셋 세고 촛불 불기

바통
08

셋 세고
촛불 불기

김화진 남유하 박연준 서고운 송 섬 윤성희 위수정 이희주

기념일
테마소설집

은행나무

차례

7 축제의 친구들
— 김화진

43 크리스마스에는 축복을
— 남유하

71 월드 발레 데이
— 박연준

107 위드걸스
— 서고운

135 껍질?
— 송 섬

177 바다의 기분
— 윤성희

205 비트와 모모
— 위수정

233 0302♡
— 이희주

축제의 친구들

김화진

김화진

2021년 문화일보 신춘문예에 〈나주에 대하여〉가 당선되며 작품 활동을 시작했다. 소설집 《나주에 대하여》, 연작소설집 《공룡의 이동 경로》, 장편소설 《동경》, 단편소설 《개를 데리고 다니는 남자》 《개구리가 되고 싶어》가 있다. 오늘의작가상을 수상했다.

무주에는 테마랜드가 하나 있고 테마랜드에는 수달이 산다. 나는 재작년 초여름 즈음 하나뿐인 친구에게 이끌려 무주라는 곳에 처음 가봤고 무주가 어디에 있고 내가 그곳에 실제로 갈 수 있다는 사실에 더해 무주에 테마랜드가 있다는 사실과 테마랜드에 수달이 있다는 사실을 덤으로 알게 되었다. 나를 데리고 간 친구는 무주에 가면 영화를 한없이 볼 수 있는데 영화 한 편과 다음 한 편을 보는 시간 사이가 매우 뜨는 때가 있고 그럴 때는 테마랜드로 가면 된다고 알려주었다.

가보니 친구의 말처럼 영화와 영화 사이에 시간이 무척 남았고 우리는 택시를 타고 테마랜드로 향했다. 그곳에서 아주 아주 귀여운 수달 두 마리가 서로에게 몸을 기대고 포갠 채 잠들어 있는 것을 보았다. 그런 것을 보니 마음이 조금 좋아지는 것 같았다. 웅크리고 잠든 수달을 보고 싶은 만큼 보고 나와서도 시간이 남아 테마랜드 앞 슈퍼에서 파는 비눗방울을 사서 원 없이 불었다. 아끼지 않고 비눗물을 푹푹 적셔서. 이야, 이게 어른이다. 친구는 비눗방울을 고르는 내게 진짜 살 거야? 거듭 물었으며 내가 비눗방울 고르기를 멈추지 않자 달가워하지 않는 표정으로 따라서 저도 하나 사더니 누구보다 즐거운 얼굴로 비눗방울을 불었다. 우르르 쏟아지는 비눗방울이 뭐라고 우리는 실없이 웃어댔다. 한 사람이 웃으면 자연스럽게 다른 사람이 웃었다. 웃다가 친구는 시계를 보았고 이제 가야 할 시간이라고 말했다. 우리는 다시 영화를 상영하는 곳으로 돌아가 저녁에 상영하는 영화를 보고 졸다 나왔다.

그렇게 눈을 비비며 나오면 같은 상영관에서 우르르 몰려나온 무리 중 누군가가 갈래? 갈래? 하는 축제의 밤이 있다. 그 무리가 내 무리가 아니더라도 은근슬쩍 섞여서 따라갈 수 있다.

*

나의 친구는 그런 온갖 축제들에 관심이 많았다. 음악 페스티벌도, 소설 읽는 모임도, 거기에서 파생된 막걸리 동호회도, 가끔은 등산도, 또 거기에서 파생된 맛집 모임에도 기쁜 얼굴과 준비된 체력으로 응했다. 누가 시키지 않았는데도 그런 곳에 간다니, 그 사실을 처음 알게 되었을 때 나는 내가 친해진 사람의 정체에 무척 놀랐었다. 지금도 놀라지 않는 건 아니지만, 그럴 수 있지 하게 되었다. 친구는 아마 누가 넣어주지 않아도 스스로 발생시키는 그 충분한 체력으로, 나에게까지 나눠줄 상냥한 마음을 잃지 않는 것 같기도 했다.

나는 도대체 뭐 하느라 그랬는지도 모르게 어물쩍 3년이나 휴학을 했고 그 바람에 내 곁에서 간간이 동기나 선배나 후배의 이야기를 들려주는 친구는 이제 이 친구밖에 남지 않았다. 그것이 나의 행운이다. 이 친구는 나의 행운이다. 그는 나를 마치 슬라임처럼 대하는데 평소에는 퍼질러져 있는 나를 간간이 찾아와 조몰락조몰락하며 무슨 말을 시키고, 가끔 통에 담아 자기가 가는 어느 축제에 나를 데리고 간다. 나는 말없이 담겨 간다. 다만 맨정신으로 말을 많이 해야 하는 자리에는 잘 가지 않는다. 몇 번 모르고 갔다가 둘러앉은 낯선 얼굴들에 떠오른 불편한 기색을 목도하고 자리를 박차고 나온 적이 있다. 그 뒤로는 친구도, 나름 판단을 했겠지.

나와 친구인 것을 제외하고 그 친구의 또 다른 대단한 능력은 바로 운전을 할 줄 안다는 것이다. 나는 그의 차에 십수 번 실렸다. 나를 데리고 갔다가 데리고 온다. 이러면 내가 주는 거 없이 빌붙는 인간쓰레기처럼 보이겠지만…… 딱히 아닌 건 아니지만 나는 걔가 그럴 때마다 한 번도 불만을 드러내거나 불평을 한 적이 없다. 불평하지 않는 것. 그건 쓰레기가 탑재했다고 해도 꽤 높이 쳐줘야 하는, 습득하기 어려운 덕목이다. 말만 하지 않으면 되는 단순한 일이 아니다. 표정으로도, 보폭으로도, 숨소리로도, 어깻짓으로도 하면 안 된다. 아무튼. 그러니까 나는 고급 덕목을 장착한 쓰레기인 것이다. 그런데 그건 사실 내게는 쉽다. 아무것도 안 하면 되니까. 불평이든 환호든 아무 평가도 안 하면 된다. 내 이상한 친구는 나의 그런 점이 퍽 마음에 드는 것 같다. 아닐 수도 있겠지만, 아니면 도대체 나를 왜 데리고 다니는 거냔 말이다. 플랑크톤이나 크릴새우 정도의 존재감이 있을 뿐인 나를.

그는 나를 무주에 데리고 갔다. 영화제가 열린다고 했다.

*

극장에서 나온 한 무리의 사람들을 따라가자 어느새 오르막길을 오르게 되었다. 하차할까, 빠질까, 오르막길은 싫은데, 혼자 생각하다 보니 결국 그들의 목적지까지 따라가게 되었다. 영화제 주최 측에서 마련한 숙소 뒤 캠핑장에서 벌어지는 술자리였다. 원님이 곳간을 열어 주린 백성을 먹이는 것과 비슷한 형태로 축제의 밤이 시작된 것 같았다. 그것만으로도 흥미로운 자리였다. 알전구들이 알알이 빛나는 밤. 거기에서는 별이 보였다. 별이 총총. 취한 채로 봐서 흐릿하게 보인 걸지도 모르지만 그 상태로도 서울보다 훨씬 밝았고 훨씬 많았다. 무주는 참 좋네…… 그런 생각을 하며 친구의 옆자리로 돌아가 맥주를 한 병 더 깠다.

나 역시 그들 틈에 섞여들 때 몹시 쭈뼛대며 따라 들어갔지만 아마도 나와 친구처럼 영화인 아닌 애호가들도 많은 듯했다. 엄밀히 말하자면 나는 영화인도 애호가도 아닌 축제 방청객이지만. 그래도 우리는 영화인인 척 입장했다. 얼추 둘러보면 그곳엔 정말 영화인들만 있는 것처럼 보였다. 귀를 쫑긋 세우고 서로 인사하는 소리를 들어보면 그렇다는 것이다. 여기는 어느 영화 촬감, 여기는 감독님, 또 여기는 조연출, 배우, 미술부 스태프, 영화제 프로그래머, 영화 기자, 기획사 직원, 그런 사람들이 서로 인사를 나누었다. 무지 익숙하고 반갑게. 나는 그들 틈에 섞여 조용히 술을 마셨다. 아니 조금은 시끄럽게.

술을 마시면 평소보다 말이 많고 유난스러워지는 것은 내 오랜 주사다. 나는 어쩌다 가까이 앉게 된 독립영화 감독들에게 소설을 쓴다고 나를 소개했다. 그랬더니 누군가가 환해진 얼굴로 아아, 소설가시구나!라고 큰 소리로 외친다. 소설가 아닌데. 그렇지만 쑥스러운 사람의 얼굴로 대답하지 않는다. 어쩐지 그 편이 좀…… 이 분위기에 어울리는 것 같아서. 어차피 알 게 뭐람. 소설 안 읽잖아들. 얘기하다 보니 웃기는 감독들이라 나는 목소리가 커지고 덩달아 웃음소리가 커진다.

친구는 그런 내가 낯설고 낯선 것보다는 좀 부끄러웠는지 옆자리에서 옆옆자리, 그보다 더 먼 자리로 떠나갔다. 친구는 이 영화제 스태프 중 아는 사람이 있다. 러닝 크루에서 알게 된 사람이라고, 오기 전에도 연락을 주고받았다고 했다. 그러라지. 나는 취해서 멋대로 내 양옆 앞자리 감독들, 감독 지망생들에게 글 쓰는 애들이 좀 이래요, 죄송, 해버렸다. 글 쓰는 애들하고 술 마셔본 적도 없으면서. 그렇지만 알 게 뭐람! 흥이 나면 그뿐이다.

내가 그렇게 말하자 앞자리에 있던 감독이 절레절레 고개를 흔들며 작가들은 양반이죠, 영화 하는 애들이 더 엉망이에요,라고 거들어준다. 작가도 모르지만 도대체 뭘 어떻게 얼마나 마시면서 사는 거냐 영화인들…… 나는 속으론 놀랐지만 겉으론 태연한 척 고개를 끄덕인다. 그죠 그죠.

취한 밤의 아는 척은 쉽고 술술 나온다. 누군가가 내게 뭔가 질문할 때마다 대답이 떠올랐다. 어떤 영화를 좋아하는지 어떤 음악을 좋아하는지 물을 때 그냥 아무렇게나 대답하면 사람들은 웃는다. 웃으면 됐지 뭐. 나는 생각하지 않는다. 한 가지 질문은 좀 어려웠는데, 누군가가 나에게 어떤 소설을 쓰세요?라고 물었기 때문이다. 나는 조금 고민하다가 또다시 술술.

밤에 대한 소설을 쓰고 있다고 말한다. 낮이 흘러가는 속도가 거북스럽고 밤공기에만 숨이 잘 쉬어져서 밤에 돌아다니는 주인공. 밤의 길거리에서 줍는 이것저것. 장갑도 줍고 스케치북도 줍고 열쇠고리도 줍고. 그것들을 방 한 귀퉁이에 두다가 쓰레기에 귀신이나 도깨비가 붙어 있다는 말을 떠올리고 겁이 나서 잠 못 드는 주인공. 낮이면 방 안의 쓰레기 생각을 하며 시무룩한 얼굴로 생기를 잃어버리는 마음의 골병이 단단히 든 대책 없는 인물에 대한 이야기를 쓰고 있다고 말한다.

그랬더니 의외로 반응이 좋았다. 뭐가 좋다는 거야? 그냥 하는 소리겠지. 내가 그냥 하는 소리였듯이.

나는 사실 백수 잔챙이다. 가진 건 뻔뻔함뿐이다. 하는 일이라곤 대학교 앞에서 와플을 만드는 일뿐이다. 나는 누군가가 내 나이를 물을 때 가장 깜짝 놀란다. 바퀴벌레라도 본 사람처럼. 나이요? 휴학과 함께 멈춘 것 같다. 이를 악물고 나이가 먹어간다는 사실을 느껴보려 애쓴다. 그렇게 고민해서 내가 나이를 먹었다는 사실을 느낄 때는 언젠가부터 가지튀김을 먹을 수 있게 되었다는 것 정도. 나는 오래도록 가지를 먹지 못했는데, 워낙 여기저기 술 마실 때 껑겨 다니니까 먹게 되었다. 어디든 중화식당에서 술 마시는 걸 좋아하는 부류가 있다.

*

 서서히 동이 터오면 짧은 축제는 막을 내린다. 아침잠을 자고 느지막이 일어난 다음 날 오후 무주를 떠나기 전, 오늘까지 이어진 어젯밤의 술자리에서 가장 오래 놀게 된 무리 중 몇몇과 밥을 먹기로 했다. 취한 채로 그런 약속을 했던 것이다. 친구는 부지런하게도 떠나기 전까지 마지막 영화를 하나 더 보겠다고 상영관으로 갔고, 혼자 남겨진 나는 누가 지키기나 할까? 하는 마음으로 그 약속이 지켜지는지 취소되는지 목격할 요량으로 그들이 알려준 식당 앞으로 어슬렁거리며 걸어갔다.
 식당 앞에 도착하자 여자 하나에 남자 둘이 나와 있었다. 이렇게만 남았네요, 했더니 자기들이 무슨 작업실 멤버라고, 어제도 얘기했다고 말하며 웃었다. 제일 크게 웃은 놈 얼굴이 마음에 들지 않았다.
 그놈은 여기에 오면 어죽과 도리뱅뱅을 꼭 먹어야 한다고 모두를 이끌고 가게로 들어갔다. 나는 또 얼결에 착석. 앉아서 물수건으로 손을 닦으며 생각했다. 어죽과 도리뱅뱅? 무슨 밴드 이름 같다……. 나는 한 번도 들어보지 못한 메뉴들이었다. 어죽이야 뭐 그래…… 생선 살로 끓인 죽 아닐까, 예상이라도 할 수 있었지만 도리뱅뱅? 도대체 무슨 재료로 만드는 어떤 형태의 음식인지 상상도 되지 않았다. 나는 기대 반 의심 반으로 엊저녁과는 달리 조용히 앉아 있었다. 그놈은 주문도 척척 했다.

이모, 여기 어죽 다섯 도리뱅뱅 둘이요.

그리고 조금 지나 어죽과 도리뱅뱅이 나왔고 모르는 음식과 첫 대면 직후 곧장 든 생각은 아…… 뭐야…… 였다. 도리뱅뱅은 잘 펴서 널어놓은 멸치볶음 같았다. 한 입 맛보고도 역시나…… 음…… 그건…… 내가 좋아하는 맛은 아니었다. 해장은 햄버건데…… 햄버거나 먹고 싶었다. 이거지, 하면서 어죽을 떠먹는 그놈을 쳐다봤다. 저거 집에 가면 철없이 컴퓨터 하는 사내새끼 주제에 밖에 나왔다고 어른인 척하는 전형적인 놈 아닐까? 어죽 맛에 속이 뒤틀려 그런 생각을 하며 개가 모르게 걔를 쏘아보았다. 사실 전형적이라는 게 진짜 뭔지 사내새끼의 진정한 성질이 뭔지 그 둘을 합친 그런 놈이 뭔지 잘 모르지만. 능숙하게 이 맛없는 집에 모두를 데려온 저놈의 리더십에 짜증이 났다.

내가 자꾸 쏘아봐서일까, 그놈이 내게 말했다.

글 쓰신댔죠? 저희 작업실에 책상 하나 남는데. 서울 가서도 관심 있으면 거기 같이 써요.

나는 의심스러운 눈초리를 감추지 않고 물었다.

공짜예요?

아니요.

나는 다시 맛을 알 수 없는 도리뱅뱅을 꾹꾹 씹었다. 그럼 그렇지.

*

 나는 무엇에 꾸준히 관심을 기울이고 공부를 해서 기르거나 수확하는 일에는 재능이 없다. 좀 다르게 살아볼까 싶어 사 온 화분을 기르는 데도 실패했다. 올망졸망한 초록 잎을 가졌던 식물들은 몇 주 후 다 말라 죽었다. 나는 그 흙을 다시 거리로 되돌려 보냈다. 바싹 마른 흙을 빌라 옆 화단에 뿌리면서 흠흠흠, 콧노래를 불렀다. 그리고 나도 모르게 무주에서 들은 작업실 이야기를 떠올렸다. 납작하고 낮은 오래된 빌라와 빌라가 늘어선 이곳 말고 작업실에 있으면 기분이 어떨까, 그 생각은 스멀스멀 퍼졌다. 마른 흙에 뿌리 내리는 종 모르는 식물처럼.
 나는 휴학을 세 번 했고 그러고도 졸업 논문을 쓰지 않아 졸업을 못 했고 그런 상태가 지겨워서 다시 휴학이나 할까, 하는 생각만 하고 있었다. 손가락 까딱하는 것도 귀찮았다. 실은 생각하는 게 귀찮았던 것 같다. 작은 머리통 안에서 벌어지는 혼란 그 자체의 생각들을 질서 있게 정리하고 몰고 또 버리고 자라게 하고 뭐 그런 일들. 생각한다는 생각만으로 지쳐버려서 나는 언제나 녹초였다. 몸이 녹초여도 머릿속은 바빴다. 구름 같은 생각들이 떠다녔다. 별로 중요하지 않은 거거나 중요하지만 중요하게 다루지는 않은 생각들이. 누워서 새벽까지 잠도 안 자고 뜬구름 잡는 시늉만 하고 있는 게 싫어서 나는 낮 시간 동안 온종일 아르바이트를 했다. 뭐, 돈도 필요했고. 우리 집은 극빈하지는 않았지만 내게 줄 여윳돈 같은 건 없었다.

엄마 아빠는 언제나 일을 했는데 그러면서 서로 사이좋게 한 번씩 경제적으로 크게 휘청였던 적이 있으며 그때 생긴 빚과 생활비를 위해 언제나 바빴다. 대화를 나눈 기억은 거의 없다. 가끔 나를 바라보는 눈에 제발, 혼자 알아서 잘 좀 해줘라, 너까지 신경 쓸 여유가 없단다, 하는 기색이 비친 것 같았다. 혼자 알아서 하는 게 뭔지 잘 모르겠으나 나는 일단 바쁘고 지친 그들의 눈에 띄지 말아야겠다는 생각을 했다. 사실 엄마 아빠가 문제는 아니었고 나는 누구의 눈에도 띄고 싶지 않았다. 또 한편으론 내가 누구 앞에서 애써 깨춤을 춰도 눈에 띄진 않을 텐데 괜한 걱정인 것 같기도 했다.

시간이 너무 안 가. 너무 느려. 너무 지루해. 빨리 늙고 싶다.

나는 친구에게 그런 말을 입버릇처럼 했다. 그건 진짜로 늙고 싶다는 소리는 아니었다. 지금의 나이보다 상대적으로 늙고 싶다는 뜻이었다. 이 어정쩡한 나이, 어정쩡하게 멈춘 것 같은 시간, 거기에서 벗어나고 싶다는 말이었다. 귀찮아서, 대충 그렇게 말한 거였다.

친구는 그런 나에게 이렇게 말했다.

넌 잠든 채로 돌아다니는 거 같아. 좀 깨어났으면 좋겠어.

작업실, 그 다 자란 것도 아닌 그저 단어에 불과한 생각이 머릿속에 움트고 난 뒤부터 나는 학교와 졸업 논문 생각은 잊고 오로지 작업실 생각만 했다. 새로운 생각이라 공들여 하기가 재밌었다. 그렇게 무주에서 돌아와서 나는 한참 고민하다가, 학교로 돌아가지 않았다. 아르바이트가 끝나면, 그리고 아르바이트가 없을 때마다, 영화제의 친구들이 말해준 그 작업실로 출석하기 시작했다. 갈 데가 있다는 건…… 좋은 일이었다. 학교에서 나는 혼자였다. 아주 오래.

나를 무주에 데려간 친구는 내 결정에 약간 아쉬워하는 듯했다. 또? 또 안 와? 그렇게 물었다. 응, 하고 대답하면서 또 내 목소리가 잠든 사람 같으려나 하는 생각을 했다. 친구는 내가 깨어난 채로 학교에 있길 바랐다. 그러고 보면 혼자는 아니었다. 친구는 나를 생각했다. 자주는 아니더라도 가끔은. 그 친구는 그렇게 나에게 연락을 해왔다. 뭐 해? 학교 안 와? 오늘 와플 가게 가면 너 있어? 그리고 가끔은 그렇게 생뚱맞게, 시간 있어? 무주 갈래? 같은 말을 하면서.

*

내가 작업실에 가는 시간과 자주 겹치는 사람은 루였다. 루는 처음 봤을 때 자기를 루라고 소개했고 나는 루에게 본명이냐고 물었다. 루는 본명이라고 했다. 김루. 이름 예쁘네. 나는 생각만 하고 말은 하지 않았다. 그런 말을 너무 많이 들었을 것 같았기 때문이다. 나와 달리 루는 식물을 잘 키웠다. 작업실에 있는 모든 식물은 루가 가져온 것이거나 루가 친구들에게 받은 것이었다. 루는 레게머리 같은 식물도 잘 키웠고 잎이 동글동글한 식물도, 잎이 하얀색으로 빛나는 식물도 잘 키웠다. 루는 작업실의 모든 사용자들에게 아무도 화분에 물을 주지 말라고 단단히 일러두었다.

물 주는 사람은 한 명이어야 해.

음…… 맞지. 루의 전문적인 태도에 아무도 반기를 들지 않았다. 루 빼고는 다 나와 비슷한 사람들인 것 같았다. 다른 존재를 돌보는 데에는 소질이 없는 사람. 스스로도 잘 돌보지 못해서 허덕이는 사람들. 뭐, 아닐 수도 있고.

루는 원피스에 재킷 차림일 때가 가장 많았다. 여름에도 그랬다. 루는 더워하지 않았지만 루를 보는 내가 더웠다. 빨리 가을이 오기를 빌게 되었다.

루가 무슨 일을 하는지 정확히는 알 수 없었다. 거의 대부분 헤드셋을 끼고 영상을 보고 있었는데 그걸 편집하는지 감상하는지 알 수 없었다. 루는 크게 웃은 적도 거의 없다. 늘 은은하게 미소를 띠고 있어서, 그 표정이 작업인지 딴짓인지 더욱 알 수 없게 했다. 반대로 난 좀 시끄러운 편이었다. 책장을 넘기는 소리도 사락사락, 웃긴 부분에 다다르면 나도 모르게 소리 내어 크크크 웃었다. 집중력도 시원찮아서 몇 분에 한 번씩은 몸을 비틀고 의자를 밀거나 당겨 드르륵 소리를 냈고 좀이 쑤시면 자리에서 일어나 창가에 기대어 밖을 봤다. 그런데도 루는 눈길도 주지 않았다. 집중력도 대단했다. 헤드셋을 쓰고 있어서 그런가?

작업실 안 나오는 날엔 뭐 해요?
내가 물었더니 루는 부모님을 돕는다고 했다. 부모님을 돕는다라…… 부모님을 30초 이상 마주하지 않은 지 오래된 나로서는 무척 낯설게 느껴지는 말이었다. 침묵이 있었고 루는 더 설명이 필요하다고 여겼는지 부모님이 작은 사업을 하는데 컴퓨터나 뭐 그런 걸 어려워하셔서 홈페이지 관리 같은 걸 도와준다고 덧붙여 설명해주었다. 컴퓨터는 나도 잘 몰라서 말해줘도 무슨 일인지 짐작이 가지 않았지만 그냥 고개를 끄덕거렸다. 그런 걸 나한테 말해주는 루가 그냥 고마웠다. 나는 그냥 굴러다니는 돌멩이 같아서, 대충 바람처럼 흘러가는 말로 곁을 지나쳐도 될 텐데 루는 제법 명확히 내 옆에 서 있고 또박또박 말을 건네는 편이었다.

그리고 내게 작업실에 나와도 된다고 말한 사람, 어죽과 도리뱅뱅을 먹인 사람의 이름은 재우였다. 재우는 가끔 작업실에서 만나면 작업을 마치고 같이 나가자고 흔쾌하게 말하곤 했다. 그게 좀 신기했다. 어, 진주 씨 있네! 이따 같이 나가요!

하고 억지가 아니라 진짜 신난 듯한 목소리로 말했다. 평소에 나는 나를 반겨주는 사람을 무조건적으로 좋아하는 편은 아니었고, 그보다는 오히려 그렇게 구는 사람에게 경계심이 과하게 작동하는 편이었지만 작업실에서 재우가 반겨주면 그건 좀 좋았다. 왜냐하면 나는 그 작업실을 정식으로 사용하는 사람이라기엔 좀 눈치가 보였기 때문이다.

 재우가 스스럼없이 대해주어서 조금 더 뻔뻔하게 그들 사이에 자리를 잡고 있을 수 있었다. 재우는 진짜로 그렇게 말한 날이면 작업실에서 역까지, 혹은 나의 집에 조금 더 가까운 역까지 오토바이로 태워다주었다. 내리막길을 내려갈 때는 진짜로 무서웠다. 작게 질렀다고 생각했는데 역에 오토바이를 세울 때마다 재우는 아우 시끄러워 죽겠네…… 하고 타박했다. 진지한 구박은 아니었다. 나는 언제나 뭐요, 하고 손을 흔들며 지하철역으로 내려갔다. 재우도 손을 흔들어줬고 내가 지하로 내려갈 때까지 출발하지 않고 기다려주었다.

 그러다가 가끔 점심이나 저녁을 같이 먹기도 했다. 언젠가 재우와 나는 지하철역 앞에서 충동적으로 두툼한 고기를 때리지 않고 그대로 튀긴 묵직하고 튀김옷이 바삭한 돈가스를 먹었다. 재우가 밥 먹고 갈래요? 하고 물었기 때문이다. 그렇게 얼떨결에 들어간 집이었는데 그 가게의 돈가스는 아주 맛있었다. 나는 소금에 한 번 소스에 한 번 양배추 샐러드도 한 번 장국도 한 번 하는 식으로 무척 성실히 먹었다. 먹고 나니 입술에 빵가루가 잔뜩 묻었는데 티슈로 닦아내고 입술에 침을 묻히자 고소한 빵가루 맛이 났다. 음, 좋군, 생각했다. 재우는 어떤가, 하고 쳐다보니 그도 만족스러운 것 같았다. 잘 먹네. 비쩍 마른 재우가 잘 먹으니 좋았다. 뭘 줘도 잘 안 먹게 생겼는데 재우는 사실 언제나 생각보다 잘 먹었다. 그를 보며 나는 잘 먹어서 좋다는 말을 이해하게 되었다.

사회성 떨어지게 생긴 외모와 달리 재우는 의외로 친화력이 좋았다. 언제나 누군가에게나 먼저 말을 거는 타입이었다. 재우는 작업실 근처 철물점 사장님과도 말을 트고 스스럼없이 이런저런 걸 물었다. 사장님도 젊은데 사근사근한 재우가 마음에 들었는지 물을 때마다 방충망이나 실외기, 가끔 물이 새는 작업실의 천장 수리 같은 것들에 대한 조언을 아끼지 않았다.

그리고 규민이 있었다. 그 사람은 키가 컸다. 조용히 각자 헤드셋을 끼고 작업을 하다가 누군가가 그의 어깨를 톡톡 치고 화면을 좀 봐달라고 하면 느릿느릿 다른 사람의 책상으로 가 허리를 구부리고 모니터를 들여다보았는데 그 모습은 마치 억새나 갈대 같았다. 나는 천천히 흔들리는 구부러진 갈대가 된 사람의 모습을 상상했다. 나는 할 일이 없어서 그런 것들을 상상했다. 재우와 비교해서 말수가 적었고 평소에는 굳이 말을 하는 타입은 아닌 것 같았는데 술을 마시면 돌변하는 타입이었다.

나는 그곳에서 그런 걸 봤다. 세 사람이 돌아다니고 이야기를 나누고 각자의 자리에서 일을 하거나 딴짓을 하며 킥킥거리거나 커피를 내리거나 하는 것들을 지켜봤다. 누군가의 모니터가 갑자기 확 밝아지던 순간이나 누군가의 스피커에서 낯선 음향이 와웅 하고 뱉어지던 순간. 그들이 땀처럼 숨처럼 흘린 것, 자리에 앉아 고요히 내뿜었거나 자리에서 웃차 하고 일어날 때 떨어뜨린 습관이나 표정, 풍기는 냄새나 두고 간 그림자 같은 것들을 주웠다. 두 눈으로도 두 발로도 그들을 졸졸 쫓아다니면서 혼자 시시콜콜 좋아했다.

나는 주로 책을 한 권씩 읽었는데 사실 잘 읽히진 않았고 눈으로 활자를 따라 그리는 것처럼 그저 보고만 있을 때가 많았다. 한 권의 책도 끝내지 못하고 함께 펼쳐놓은 노트에다가 낙서만 하고 말았다. 그러고 나서도 할 일이 없어서 진짜 글을 쓰기 시작했다. 입으로 먼저 뱉었던 것들을 기억하려고 애쓰며…… 그때 내가 뭐랬더라…… 사실 달라져도 아무 상관 없는데. 아무도 기억하지 않을 텐데 내가 한 말에 충실한 소설을 써보려 노력했다. 가끔 루와 친구들이 보여주는 영화와 뮤직비디오를 봤다. 그들에게도 내가 익숙해질 즈음, 서로가 서로를 공기처럼 자연스럽게 여기게 되었을 즈음이 되자 나는 작업실에 긴 침묵이 맴돌 때마다 습관처럼 그들에게 물었다.

너네는 영화를 왜 찍니? 곡은 왜 쓰니?

작업실에 앉아서 소설, 아니 소설이랄 것도 아닌 이상하고 하염없는 뭔지 모를 글을 쓰다 보면 나는 내가 이걸 왜 쓰고 있지? 같은 질문에 종종 사로잡혔고 그래서 기회가 날 때마다 그들에게 물어본 건데 누구도 시원한 답을 내놓는 사람은 없었다. 그저 고개를 설레설레 흔들거나 주억거리거나, 왜가 어디 있니? 하고 넘어가려 했다.

그래 우리가 이러고 있는 이유를 우리는 언제쯤 알게 될까? 아직은 몰라. 정말 알 수 없는 것투성이.

재우가 자기가 쓰는 노래 가사처럼 말했고 나는 거기에 대답하지 않았다. 루가 말했다.

쌓이고 깎이고 해서 어쩌다 여기 와 있는 거지. 할 수 없는 거 빼고, 하고 싶은 것 중에 할 수 있는 거 하고 있는 거야.

그래?

그 말이 좀 솔깃했다.

인생은 더하기 빼기야? 쌓아 올리기야? 아님 조각처럼 깎는 건가?

그러자 더 이상은 대답해주지 않았다.

궁금해하지 마.

나는 억울했다.

궁금해하는 것도 안 돼?

안 돼.

그렇게 말하고 루는 다시 음악을 틀었다.

니네 선곡 별로야.

부루퉁해진 내가 말했지만 아무도 내 말을 진지하게 듣지는 않았다.

*

주로 한두 명만 나오고 누군가가 퇴실할 때 입실하는 누군가와 마주치기만 해서 전체 멤버가 다 모인 적은 거의 없지만 가끔 누군가의 편집본을 상영하거나 하는 날이면 약속을 잡고 모두 나왔다. 일렬로 앉아 빔 프로젝터를 쏜 흰 벽을 보고 있는 동그란 머리들을 상상하면 왠지 졸업을 앞둔 중학교 3학년들이 된 것 같은 느낌이었다. 시간은 많은데 할 일은 없어서 선생님이 영화를 틀어주기만을 기다리고 있는. 그렇게 모이면 놀기도 어색하고 헤어지기도 아쉬워서 작업실 앞 공터에서 공을 차기도 했다. 그걸 축구나 족구라고 부를 수 있는지 모르겠다. 그냥 알아서 뛰면서, 공을 먼저 잡은 사람이 드리블을 하다가 옆으로 혹은 대각선으로 패스했다. 못 받은 사람은 없는지 서로 살펴가며 천천히 달리고 달리다가 패스, 패스, 또 패스.

그냥 술을 마시자고 해도 될 텐데 이상하게 그건 어떤 의식처럼 굳어져서 편의점으로 술과 안주를 사러 가기 전에 꼭 그렇게 공놀이를 했다. 공놀이를 몇 분간 하고 나서야 아 갈증

나네, 맥주 마실까? 하고 시덥지 않게 웃으며 우르르 편의점으로 향했다. 작업실에 돌아와 과자에 맥주를 마시면서는 더 시덥지 않은 짓을 했다. 분신사바나 이상형 월드컵 같은. 그러다 보면 중간 광고처럼 재우와 규민의 목소리만 들리기 시작할 때가 꼭 있었다.

그들은 싫어하는 표현 말하기를 즐겼다. 감성, 사운드, 유럽, 인디, 인맥, 데뷔, 현장, 그 형, 소개, 좀 하는, 개념, 클래스, 와꾸, 사기, 카테고리, 짜치는, 자격증, 증명, 빚, 발칙, 쩌는, 여성스러운, 도와주는, 기회, 경쟁, 피드백,

그들이 하는 말을 들어보면 디테일이 빠진 잔혹동화 같았다. 혹은 디테일만 남은 잔혹동화. 아니면 도시괴담이거나. 분명 그들은 최근에 따로따로 무슨 일을 겪었는데 결과적으로는 같은 일을 겪은 것 같았다. 서로 죽기보다 싫은 누군가를 각자 만났는데 같은 사람을 만난 것 같기도 했다. 구체적으로 말하지 않으면서 구체적으로 말하기, 전형적인 것만 말하면서 고유명사를 피해 욕하기 같은 언어 실험을 하고 있는 것 같았고 그런 걸 발명한 그들이 웃기면서도 존경스러웠다. 도대체 욕을 얼마나 하다가 저 지경까지 발전해버렸을까. 그들은 그런 말을 끊이지 않고 주고받을 수 있었다. 자신만만하고 여유로웠고 니가 이걸로 날 이길 수 있을 거 같아?라는 표정을 만면에 띄우고 있었다. 그러다가 누군가 한 명이 건져 올릴 단어가 다 떨어지면 진심으로 아까워했고 이긴 다른 쪽

은 진심으로 기뻐했다. 둘 중 하나가 벌주 개념으로 한 잔을 털어 넣으며 그 게임은 마무리되었다.

　불행, 혹은 불행까진 아닌 불만으로 행복해지기. 참 나, 진짜 웃긴 애들이다. 나는 생각했다. 루는 그 게임에 끼지 않았다. 카메라를 들고 있지 않지만 카메라가 된 것처럼 그들을 바라보았다. 루에게 이런 장면 영화에 넣을 거야? 물어보면 루는 조용히 미소 짓고는 고민 좀 해보고, 라고 대답했다.

　술 마실 때 재우와 규민은 거의 매번 이런 얘기를 했다. 디테일이 조금씩 달라졌지만 포지션은 늘 같았다. 재우가 긁으면 규민이 폭발했다. 말을 안 하던 사람이 너무 말을 잘해서, 처음 봤을 때 나는 무척 놀랐었다. 시간이 지나 나이테처럼 몇 번을 반복하는 걸 보고서 그냥 무심하게 관람할 수 있게 되었다. 구경하는 루와 나는 심드렁하면서도 의외로 매일 보는 건데도 매일 재밌다, 하는 느낌으로 참여했는데 재우는 언제나 규민을 긁는 데 진심이었다. 너무 열심이라 규민에게 뭐가를 질투하는 것처럼 보이기도 했다.

　넌 왜 그러고 사는 거야? 왜 그런 걸 만드는 거야? 아무도 안 좋아하는 걸.

　난 누가 좋아하는 걸 만들고 싶지 않아. 막 박수받고, 와 어떻게 이렇게 잘해? 그러는 거, 진짜 싫어. 너무 좋아 잔치에 한번 초대받잖아? 그럼 계속 그런 걸 해야 돼. 너무 좋아하는 거. 너무 좋다고 하는 거. 거기서 못 내려오고 굴러떨어질까 봐 걱정하고 그러다가 굴러떨어져. 너무 좋아 잔치는 팝업이거든. 질리면 옮겨 가. 딴 데서 다시 벌어져. 너 빼고, 너 없는 딴 곳에서.

 아 진짜 분위기 잡치는 데 재능 있네.

 뭐가. 내가 뭔 분위기를 망쳤어. 니가 물어봤잖아. 진지하게 대답했잖아!

 맞아. 사실 안 망쳤어. 여긴 원래 이런 분위기였는데 니가 투명 망토를 들춘 거야, 새끼야. 고맙다.

 근데 또 다들 날 안 좋아하는데 그 사이에서 누가 툭 튀어나와, 아 남들이 왜 이걸 못 알아보는지 모르겠어요 저는 이게 진짜 좋다고 탁월하다고 생각하는데…… 저는 이게 예술이라고 생각하거든요…… 같은 말을 하잖아? 그것도 믿으면 안 돼. 알겠어?

 알았어 새끼야 그만해…….

 실은 대화의 마지막은 언제나 재우의 고백으로 끝났다. 이러니저러니 해도 나는 니가 좋다야! 하고, 입이 트여 줄줄줄 말하기 시작하는 규민을 말리면서. 그 모습을 보고 있자면 재우는 규민이 화내는 것을 기다리는 것 같았다. 규민이 그렇게 말해주기를 바라서 규민을 자꾸 자극하고 걔에게 비아냥거리고 소형견처럼 까부는 것 같았다. 재우가 까불기 시작하면 루는 여전히 웃는 얼굴로 고개를 절레절레 저었고 내 쪽으로 몸을 기울여 속삭였다.

영화에 넣어야겠다, 아무래도.

그 모습을 지켜보고 있자면 나도 그런 규민이 맘에 들었다. 낮과 다른 모습이 좋았다. 뱀파이어 같기도 했다. 그냥 술 취한 사람이었지만 술에만 취하면 한 번도 안 빼놓고 그렇게 변한다는 점에서 성실한 변신 캐릭터 같았다. 누가 봐도 취한 얼굴로 두려운 이야기를 두려워하지 않고 이야기해서 좋았다. 아니, 사실 좀 두려워하는 것처럼 보였지만 어쨌든 말을 했다는 점에서. 모두가 그 두려움을 숨기고 없는 척하고 해맑게 취한 얼굴로 우린 원래 헛소리만 하니까, 하고 억지 여유를 가지려고 애쓸 때 그 애에겐 조바심이 느껴졌다. 재우와 한차례 만담 같은 말싸움, 말싸움도 아닌 콩트 같은 대화를 나누고 나서 시간이 좀 더 흐르면 규민은 이런 얘기를 하기도 했다.

나도 이렇게 살기 싫어, 사실 나도 누가 좋아했으면 좋겠어, 하지만 누가 좋아하는 건 절대 안 돼, 계속 그렇게 살아야 하니까, 그렇게 사는 건 싫으니까.

나는 그 애가 말하고자 하는 흐름이 뭔지 알 것 같았고 그렇지만 그 애의 주장에 특별히 나서서 편들진 않았다. 편들 만큼 그 이야기를 많이, 자주 한 것도 아니었기 때문이다.

대신 나는 옆에 앉은 루에게 나지막히 속삭였다.

나 무슨…… 영화 속에 들어와 있는 거 같네.

그러면 루도 나지막이 흐흐, 하고 웃었다. 그러고는 너도 들어와, 하고 문을 열어주는 시늉을 했다.

*

따뜻함과 든든함을 느끼던 그 작업실에서 나는 가끔 배신감을 느끼기도 했다. 가끔이 아니라 자주였을까. 내 시간은 진공 같은데, 시간이 흘러가지 않는 것 같은데. 그대로 주저앉아 상하는 것 같지만 상한 것도 아니고, 부스러지는 것 같지만 부스러지는 것도 아닌 채로, 그저 고체처럼 딱딱하게 머무르는 것만 같은데. 그런 나와 함께 시간을 낭비하고 있다고 믿고 깔깔거릴 때에도 누군가의 영혼은 저만치 앞질러 나가고 누군가의 영혼은 내가 모르는 방향으로 첫발을 내딛고 또 다른 누군가는 파괴하는 것처럼 보이지만 쌓아 올리거나, 수신자 없이 마구 날렸다고 여겨지지만 어느 날 갑자기 답장을 받게 될 편지를 쓰고 있을 거라는 생각이 들었을 때마다. 나는 배신당하고 있다는 느낌에 사로잡혔다. 그러면 외로워졌고 외로워질 때마다 나는 내 자리에 둔 작은 종을 울렸다. 종소리가 귀를 때리고 멀어지다가 사라질 때에만 시간과 속도를 느꼈다. 내게도 몇 초가 이렇게 선명하게 지나간다고.

……안 믿는 게 덜 슬퍼지는 길이야. 조금만 짜증 내면 돼.

슬퍼지지 않아도 돼. 짜증이 막아줘. 주르륵 흘러내리기 전에 끈적끈적하게 만들어주지.

  그런 날이면 친구에게 전화를 걸어 그렇게 말했다. 짜증스럽게. 친구는 짜증이 한 방울도 섞이지 않은 목소리로 그렇구나,라고 말하며 들어주었다.

  작업실에서 만난 사람들에게 실망하거나 그들 또는 그들의 친구들을 징그러워할 때도 있었다. 가끔 그들의 선배고 형이고 누나고 지인이라는 늙은 사람들이 올 때 그랬다. 그들은 여자고 남자고 할 거 없이 제정신이 아니었다. 들어보지도 못한 잡지의 기자라는 어떤 여자는 물어보지도 않았는데 자기 섹스 파트너 얘기를 하면서 자기가 불쌍하다고 했다. 어머 언니 힘들었겠다, 하고 들어주는 깡마른 여자애는 배우라고 했는데 물론 나야 모르는 얼굴이었다. 둘은 짝짜꿍이 잘 맞았고 못 들어주겠다 싶어 시선을 먼 곳으로 돌리면 누가 봐도 여기서 가장 나이가 많은 것 같은 남자가 촬영 현장의 부조리에 대해 씨팔 조팔 하며 언성을 높이고 있었다. 엔지니어라고 소개한 마흔 넘은 남자는 자꾸 인터넷에 글 쓰는 남자애들 문체를 소리 내어 말했다. 진짜 지랄이다…… 나는 그렇게 웅얼거리며 자리를 뜨곤 했다. 못 보던 장면이라 구경하면 재밌는 것도 한두 번이지……. 보다 보면 그냥 좀, 너무 전형적으로 이상해서 이상한 것도 없이 그저 재미가 없어 졸음이 몰려왔다. 다시 한번 고백하자면 나는 이 세상에 전형적이라는 게 뭔지 잘 모르지만, 막상 눈앞에서 보면 이게 어떤 전형이군, 하게 되는 것이다. 그러니까 그들이 자기가 괴짜라고 내뱉는 말들이 딱히 특이한 것도 없었다는 뜻이다. 한번은 루에게, 루가 그런 사람들이랑 가깝다는 게 너무너무 이해가 되지 않아서 그 사람들이랑 진짜 친해? 그 사람들이 진짜 좋아? 하고 물어봤을 때 루는 오히려 나를 안타깝다는 듯이 바라보며 말했다.

그럴 수도 있는 거야.

나는 몇 번을 되물었다. 진짜 별로인데? 뭐가 좋은 면인 거야?

그건 보기 나름이야.

그런 게 어디 있어.

어쩔 수 없어.

어쩔 수 없는 게 어디 있어.

그냥 그런 거야, 진주야.

그냥 그렇게 유야무야 친하게 지내는 거야? 하는 짓이 진짜 이상해도?

같은 걸 좋아한다는 건 의외로 힘이 센 거야.

…….

그리고 진주야, 사람은 다 이상해. 너도 못지않게 이상하잖아.

그렇게 말하며 루는 이제 그만 분위기 풀자, 그만하자,는 듯이 웃었는데 나는 그런 루를 따라 웃을 수가 없었다. 루의 그 눈빛과 말투가 실은 너는 몰라, 너는 좋아하는 게 없잖아, 라고 말하는 것 같아 오히려 나는 어딘가가 울컥했다. 더 대들고 싶었다. 가까스로 더듬어보면 목 아래, 쇄골 아래, 심장 위의 그 공간 어딘가인 것 같았다. 거기가 뜨거워졌다. 삽시간에. 그런데 할 말은 없었다. 나는 좋아하는 것도 같이 좋아하는 사람도 없었으므로. 그런 실망감을 어디 다른 데 말할 수도 없었다. 나의 한 명뿐인 친구에게도. 내가 아무리 바보라도 그걸 내 친구에게 말하면 내 친구가 대번에 슬퍼지리라는 것 정도는 알 수 있었기 때문이다.

루의 말을 듣고 나는 처음엔 화끈거리고 나중엔 슬프고 더 나중에는 부끄러워졌다. 나는 그냥 질투를 한 게 아닌가 싶어서였다. 친구 생각을 하자 알 수 있었다. 나는 그저 나보다 머저리 같은 인간들이, 저 사람들이랑 친해봤자 아무 득도 없어 보이는 인물들이 나의 작업실 멤버들과 친하다는 걸, 심지어 나보다 훨씬 오래 즐겁게 막역하게 지낸다는 걸 받아들일 수가 없었던 것이다. 어느 날 갑자기 툭 튀어나와 그들 사이에 파고든 내가 그들이 오래 만나왔거나 작업했거나 한 친구들보다 특별하고 좋은 사람일 거라고 믿었고 그게 사실이 아니더라도 나의 작업실 친구들이 나를 그렇게 봐줬으면 하는 바람이 있었다. 그게 내 소망이고 허영이었다. 내 눈에 멋져 보이는 작업실 친구들만큼만 나도 그런 면을 품고 있는 사람이 길. 그 특별하고 자세히 보면 좋은 면이 어떤 사람 눈엔 잘 보이지 않아도 작업실 친구들의 눈에만은 보이길 말이다. 그런데 루는 아니라고 한 것이다. 누가 봐도 좋은 사람 같은 건 없어. 그런 건 없고 여긴 다 이상한 사람들뿐이라고 말이다. 그런데 이 이상한 사람들이 누군가에게는 좋은 사람일 수 있다고. 그런데 나는 루에게 아직 좋은 사람은 아닌데 이상한 사람에는 포함되는 것이다.

나는 루가 짚어준 그 진실에 망연자실했다. 하지만 이상하게, 루가 한 말을 내가 한 말처럼 받아들이고 있었다. 그 상태가 이상했다. 며칠 뒤 친구와의 통화에서 나는 여전히 분노한 채로, 무척 빈정거리는 투로, 비관주의자처럼, 루의 생각을 마치 내 생각인 것처럼 쏟아냈다.

그러니까, 아무리 좋은 사람이고 싶어 애를 쓰며 발악해도 그렇게 될 수가 없다는 거야. 세상의 구조와 이치라는 것이 그렇다. 어딘가에서 좋은 사람이 되면, 어딘가에서는 나쁜 사람이 돼. 그것이 우리가 양쪽 모두일 수 있는 단순하고 명확한 이유야. 좋은 사람이 되어야 해! 하고 스스로에게 거는 강박 혹은 각오 혹은 희망 혹은 주문을 아무리 자주 되뇌고 실천한대도 그것으로 인해 좋은 사람이 되는지 아닌지는 우리는 알 수가 없는 거야. 자신이 자신을 알 수는 없는 법이니까. 그래서 종종 우리는 다른 사람을 나쁜 사람으로 만들어. 나쁜 사람이 있고 나는 그 나쁜 사람이 아니면 자동으로 좋은 사람이 되는 길에 선다는 듯이. 그러나 나쁜 사람이 아닌 건 그냥 안 나쁜 사람 (이 경우도 거의 없지만) 혹은 안티 나쁜 사람이지 좋은 사람인 것을 보증해주는 것은 아니야. 그렇지 않니?

친구는 폭포처럼 쏟아지는 내 말들을 가만히 듣고 있어주었다. 나는 그 침묵이 그걸 이제야 알았니, 같은 의미가 아니길 바랐다. 친구는 내 얘길 듣다가 말했다.

그러니까 누구 함부로 좋아하지 마.

그 반댄데. 바보. 나는 친구를 향해 속으로 비아냥거렸다. 너는 아무것도 모르잖아. 친구의 침묵과 담담함이 내게는 바보 같아 보였다. 그때 나는 아무나 바보로 만들 준비가 되어 있는 사람이었고 그러니까 사실 루의 말이 맞았다. 어디에서 좋아 보이는 사람이 누군가에게 늘 좋은 사람이 아니듯, 어디에서는 한심하고 병신같이 보이는 사람이 어디에서나 그렇게 만만한 사람은 아니라는 것을 알기에 나는 너무 유치하고 나밖에 몰랐다. 내가 만든 이상하게 질긴 장막 안에 혼자 있었다. 그 장막은 평소엔 잘 보이지 않다가 내가 떠는 염병에 지치고 슬퍼질 때 한층 질기고 뿌옇게 존재감을 드러냈다. 그러면 나는 장막 뒤에서, 늘 짓고 다니는 심드렁한 얼굴을 거두고 한층 솔직해진 얼굴로 슬퍼하는 것이다.

이상해. 멀어지는 것 같아. 근데 속도가 너무 빨라. 그전까진 너무너무 느렸는데. 너무 빨라서…… 작별할 시간도 없는 거야.

그렇게 중얼거리는 것이다.

*

축제의 친구들. 그들과 함께하는 시간은 마치 긴 밤 같았다. 겨울밤까진 아니고 겨울로 넘어가는 가을밤. 적당히 선선해서 계속해서 술을 마시고 지칠 줄 모르고 걷는 것이다. 그냥 누군가가 먼저 발을 내딛는 대로, 아무도 가는 곳이 어딘지 몰라 불평할 줄도 모르고, 서로의 목소리를 듣고 발걸음을 따라서 자리를 이동하고 또 이동해보는 것이다. 그렇게 해서 어디에 다다르게 될지도 함께 걷는 일이 무슨 의미가 있는지도 모른 채로, 혹은 함께 걷는다는 것에만 너무 큰 의미를 붙여 부풀리고 또 부풀리면서. 그러다가 갑자기 새하얀 낮이 밝아오고 그 빛에 눈부셔 하며 우리가 걸었던 길을 되돌아보면, 생각보다 빙빙 돌았거나 생각보다 멀리 왔거나 그런데 하나도 힘들지 않았다 그치? 하고 서로에게 동의를 구하고, 그렇지만 솔직한 몸은 속이지 못해 한껏 노곤해진 팔다리와 이상하게 각성된 뇌를 가지고 어리둥절 주변을 바라볼 것이다. 그때 보는 서로의 얼굴은 얼마나 낯설까. 나를 혼자 두지 않게 해줘서 고마워. 그 말을 전하지 못했는데 우리가 보낸 축제의 밤들이 갑작스레 철거되었다. 깎이거나 삭제되지 않고 그저 끝났을 뿐이다. 축제는 언제나 끝나니까.

　나는 와플 가게로 돌아갔다. 작업실이 사라지자 와플 가게 밖에 갈 곳이 없었다. 가끔 책을 읽고 친구와 놀러 다녔지만 재미라는 게 절반만 느껴졌다. 모든 감각이 뭉툭해진 느낌이었다. 달콤한 냄새가 나는 반죽을 굽고 달콤한 냄새가 진하게 나는 크림을 펴 바를 때에는 후각이 살아 있는 것 같았다. 그곳에서 의외로 평화롭다고 느꼈다. 역시 내가 있을 곳은 여긴가, 잠깐 외도를 하고 만 것인가, 그런 웃기지도 않은 생각을 하며 와플 반죽을 섞고 젓고 뜨거운 팬에 반죽을 붓고 와플 반죽이 와플이 되기를 기다렸다.

　어느 날 규민이 와플 가게로 찾아왔다. 둘러볼 것도 없는 와플 가게를 두리번거리다가 어제 태어난 사람처럼 놀라며 물었다.

　여기, 작업실이랑 가깝네요?

　맞아요. 말 안 했던가.

　들었는데 제가 까먹었나 봐요. 요즘은 뭐 해요?

　보시다시피. 와플 만들어요.

　글은 다 썼어요?

　아뇨.

　다 쓰면 알려주세요.

　왜요?

궁금하니까.

네…… 뭐.

저는 다른 친구 영화에 음향으로 일하고 있어요. 일이라기보다는 그냥, 같이 하는 거죠.

좋네요.

나중에, 같이 해요.

뭘요?

시나리오나 뭐 그런 거.

저를 뭘 보고?

그냥. 같이 하면 좋으니까.

와플은.

네?

안 드세요?

아, 사과잼와플 하나 주세요.

나는 어쩐지 화가 나서 그를 퉁명스럽게 대했다. 바삭하게 구워진 와플을 거칠게 꺼내고 잼과 크림도 흐르든지 말든지 줄줄 뿌리고 쓱쓱 발라주었다. 잼과 크림을 바른 와플을 반으로 접을 때 콰작 하는 소리가 났지만 개의치 않고 종이봉투에 넣어주었다. 그 와중에 규민이 사과잼와플을 고른 것도 짜증이 났다. 맛있는 건 알아가지고. 나는 규민이 사과잼와플을 들고 떠난 뒤에도 한참 동안이나 씩씩거리며 일을 했다. 해질 녘 집으로 돌아오는 길까지도 나는 눈앞에 없는 무언가에게 잔뜩 화가 나 있었다.

 그래, 화가 났다. 사실 달콤한 것들이 잔뜩 있는 그곳에서 나는 뭉근하게 끓은 시럽처럼 혼자 분노를 끓이고 있었다. 언젠가 술에 취한 밤 규민과 재우처럼 토막난 말들을 중얼거리고 있었다. 나 혼자서. 그러나 내가 중얼거리는 문장은 그들이 했던 것처럼 숭덩숭덩 토막 난 건 아니었고 결국 다 이어지는 말이었다. 분노 때문에 잠깐씩 끊어진 것뿐 결국 한 문장이었다.

 어떻게, 나를, 나만 두고, 다들, 잘났다, 짜증, 아니, 어디야, 뭐 해, 모두, 가쁘다, 숨이, 심장이, 조금 참아, 반죽처럼, 가만히, 괜찮아, 그럼, 처음부터, 지금까지, 똑같아, 나는, 아무것도, 너희 것, 바보 같은, 내가, 너무, 없어, 어디에, 다시, 언제, 우리, 우리? 거짓말,

 나는 이제 어디로 가?

 규민이 다녀가고 어쩐지 나는 감염병에 걸린 것 같았다. 그가 내게 열병 가루를 뿌리고 홀연히 사라진 것 같았다. 와플 가게에서만큼은 평화로웠는데 그날 이후 왜인지 짜증이 났고 짜증으로도 막을 수 없는 무언가가 며칠 내내 나의 온몸에 비 오듯 흘렀다. 나는 와플 가게에 나가길 그만뒀다.

 작업실도 와플 가게도 사라진, 오갈 데 없어진 나는 내내 집에만 틀어박혀 있었다. 어느 날 새벽, 나를 태우고 다니고 나를 기다려주던 친구에게 전화가 걸려왔다. 친구가 말을 하

지 않는 동안 새액새액 겨울의 바람 소리가 들렸다. 그걸 들려주려고 전화를 건 사람처럼 친구는 또 한참을 기다렸다. 기다리는 데 도가 튼 나의 친구. 내가 뭔가 말하기를 기다렸는지 모른다.

그러나 나는 언제나처럼 멀뚱히 친구가 들려주는 바람 소리를 듣고 있었고 친구는 한참 만에야 이제 와야지, 했다. 나는 그제야, 친구가 내내 나를 기다렸다는 걸 알았다. 휴대폰을 귀에 댄 채 누워 있던 나는 친구의 목소리에 누운 자리에서 일어서서 창문 앞으로 걸어갔다. 창문에 바싹 붙어 깊어지는 새벽의 거리를 보았다. 그리고 응, 하고 대답했다.

가야지.

나를 믿지 못하는 친구는 아주 조심스러운 목소리로 다시 물었다.

올 거지?

갈 거야.

그 순간 내가 아주 오래도록 잠들어 있다가 깨어난 것 같았다. ■

크리스마스에는 축복을

남유하

남유하

2018년 〈푸른 머리카락〉으로 한낙원과학소설상을 받으며 작품 활동을 시작했다. 지은 책으로 《다이웰 주식회사》《나무가 된 아이》《봄의 목소리》《부디 너희 세상에도》《오늘이 내일이면 좋겠다》 등이 있다.

─다음 정류장은 서울고독사박물관, 서울고독사박물관 입구입니다.

그는 하차 벨을 누르고 버스에서 내려 우산을 폈다. 분무기로 뿌려대는 듯 가느다란 빗줄기가 낡은 양복에 파고들었다. 정류장 바로 뒤편에 압도적으로 큰 건물이 있었다. ES그룹 서부지사였다. 보통 건물보다 가로로 세 배는 긴 크롬색 건물은 흐린 날씨에도 광택이 흘렀다. 건물 앞에 있는 거대한 전기양 동상에는 크리스마스 분위기를 풍기는 루미나리에 울타리가 쳐 있었다. 건물과 아파트 단지 사잇길 입구에 '서울고독사박물관 200m'라는 표지판이 보였다. 가파른 오르막길이었다. 2차선 도로 옆의 인도는 폭이 좁았다. 맞은편에서 사람이 내려올 때마다 우산을 머리 위로 당겨 쓰고 아파트 담벼락에 몸을 붙여야 했다. 바닥의 물기 때문에 닳아빠진 구두 밑

창이 미끄러웠다. 행여 발이 미끄러질까 봐 삐걱거리는 무릎에 잔뜩 힘을 주고 걸었다. 물속을 걷는 것처럼 숨이 차올랐고 목구멍에서는 며칠 묵은 재떨이 냄새가 올라왔다. 쓰디쓴 침을 그러모아 뱉었다. 허연 거품이 고인 빗물 위로 떠올랐다. 얼마나 더 올라가야 하는지, 200미터가 이렇게 먼 거리인지. 차라리 축축한 길바닥에 주저앉아버리고 싶어질 때쯤 그의 눈 앞에 박물관이 나타났다. 연회색 벽돌로 지어진 아담한 2층 건물 앞에는 노란 스쿨버스가 주차되어 있었다. 그는 건물 입구에 택배 상자처럼 놓여 있는 매표소로 갔다. 무인 발권기 두 대를 지나쳐 안쪽으로 가자 모자를 깊게 눌러 쓴 매표소 직원이 그를 올려다보며 물었다.

"입장권 드릴까요?"

"면접 보러 왔는데요."

서울고독사박물관. 환경관리원 모집. 구인류 우대. 나이 제한 없음. 3개월 수습 기간 후 계약직 전환 가능. 보기 드문 조건이었다. 이런 공고는 대부분 국가기관에서 낸다. 국가기관에서는 구인류 고용법에 따라 일정 비율 이상의 구인류를 고용해야 하기 때문이다. 그는 보통 나이 제한에서 걸렸다. 고독사박물관은 국가기관이 아니니 구인류를 배려한다는 생색을 내려는 속셈일 것이다.

"안으로 들어가서 안내 데스크 직원에게 말씀하세요."

입구에서 젖은 우산을 접어 물기를 털고 안으로 들어갔다.

가장 먼저 눈에 띈 건 중앙 홀에 전시된 여섯 대의 올리였다. 1세대 올리부터 6세대 올리까지, 은빛 마네킹 같았던 올리의 외형은 3세대까지 인간과 닮아가다 4세대 이후부터 로봇처럼 단순한 형태로 되돌아갔다. 3세대와 4세대 사이에 있었던 마인드 업로딩의 영향이다. 특이점을 지나며 뇌의 정보를 안드로이드 보디에 이식하는 마인드 업로딩 기술이 비약적으로 발달했다. 그 결과 사람들은—외양만으로는 생물학적 인간과 구분할 수 없는—정교하고 결함 없는 기계 몸을 갖게 되었다. 사람들은 인류가 죽음을 정복했으며 질병과 고통, 노화에서 해방되었다고 떠들어댔다. 그러나 안드로이드 보디를 구매할 수 없는 사람들은 여전히 죽었다. 모든 인간은 죽는다. 소크라테스는 인간이다. 그러므로 소크라테스는 죽는다. 절대불변의 진리였던 아리스토텔레스의 삼단논법은 이 시대에 성립하지 않는다. 이제는 가난한 사람들만 죽는다. 과학기술의 발달로 죽음마저 공평하지 않게 된 것이다.

정문 왼편의 안내 데스크에는 유니폼을 입은 직원이 앉아 있었다. 그는 안내 데스크로 다가갔다.

"면접 보러 왔습니다. 2시에요."

자리에서 일어난 직원이 무표정한 얼굴로 그를 바라봤다. 그의 동공 위로 푸른 세로선이 지나갔다. 홍채 인식을 통해 신원을 확인하는 절차였다.

"김윤호 씨?"

"네."

"복도 끝 좌측에 있는 사무실로 가세요."

안내 직원이 반듯한 손날로 전시장 옆쪽의 복도를 가리켰다. 화장실이 어디냐고 물어보려는데 반대편 복도에 화장실 표지가 눈에 띄었다. 그는 화장실로 들어갔다. 좁은 화장실에는 변기와 소변기, 세면대가 붙어 있었다. 휴지걸이의 휴지도 심만 남아 있는 게 관리하는 사람이 없는 것 같았지만 청결했다. 쓰는 사람이 거의 없을 테니 당연한 일이다. 그는 세면대 위의 거울을 봤다. 습한 날씨에 숱이 적은 정수리가 그대로 드러나 있었다. 이리저리 매만져도 더 나아 보이지는 않았다. 어차피 사람들을 상대하는 업무도 아니고, 전시장을 청소하는 일이다. 외모를 보고 뽑지는 않을 것이다. 그래도 최대한 단정하게 머리 모양을 가다듬고 소변기 앞에서 지퍼를 내렸다. 오줌 줄기는 고장 난 수도꼭지처럼 찔찔거리다가 끊어졌다.

아직 2시까지는 15분 정도 남아 있었다. 시간에 맞춰 가는 편이 나을 것이다. 그는 화장실에서 나와 중앙 홀을 둘러봤다. 전시장 안쪽에서 견학 온 아이들이 웅성거리는 소리가 들렸다. 로비 한구석의 카페와 핫도그 가게는 영업하지 않았다. 카페의 커피 머신이나 핫도그 모형이 들어 있는 진열장을 흰 천으로 덮어놓은 걸 보면 오늘만 쉬는 건 아닌가 보다. 새삼스러운 일은 아니다. 사람들이 신인류가 되고 나서 많은 식당이 안드로이드 충전소로 변해가는 걸 지켜봤으니까.

전시장 안에서 빨간 원피스를 입은 아이가 뛰어나와 화장실로 들어갔다. 화장실에 가다니, 저 아이는 진짜 사람인지도.

전시장 옆 복도를 천천히 걸었다. 복도 중간에 있는 의자에 잠시 앉아 있기도 했다. 5분을 남기고 사무실 앞에 갔다. 복도 끝의 사무실은 문이 굳게 닫혀 있었다. 노크하려다 문을 열고 안으로 들어갔다. 높은 파티션으로 가려져 사람이 몇 명이나 있는지 가늠할 수 없었다. 어디로 가야 할지 몰라 막막한 기분으로 서 있는데, 입구에서 가장 가까운 자리의 단발머리가 그에게 다가왔다.

"안녕하세요. 김윤호 씨죠?"

"네. 2시에 면접이 있어서 왔습니다."

"담당자가 교통사고를 당해 면접이 좀 늦어질 것 같아요. 전시장이라도 둘러보시면서 기다리시겠어요?"

"교통사고가 났다고요? 저는 다음에 다시 와도 됩니다만."

"아뇨. 30분 정도만 기다리시면 돼요. 다행히 박물관 내에 호환되는 보디를 가진 분이 계셔서 신속하게 조치할 수 있는 상황입니다."

"네, 알겠습니다."

잔뜩 긴장했던 그는 담당자의 부재에 맥이 빠졌다. 사무실 옆에는 간이 휴게실이 마련되어 있었다. 생각 같아선 휴게실

의자에 앉아 회색 하늘과 창에 부딪히는 빗방울을 보며 시간을 죽이고 싶었다. 아니, 단발머리가 전시장이라도 둘러보라고 했으니 그 말대로 하는 편이 좋을 것이다. 어쩌면 이것도 면접의 연장선인지도 모른다. 전시장에 쓰레기라도 버려져 있으면 주워서 버리라는 뜻이 아니겠는가.

그는 '고독과 죽음'이라는 전광판이 붙어 있는 전시장으로 갔다. 전시장은 영화가 시작하기 전 극장처럼 어두웠고, 전시물 위에만 주황색 조명이 달려 있었다. 열댓 명 정도의 아이들이 고독사 현장을 재현한 전시물을 보고 있었다. 가능하면 아이들과 섞이고 싶지 않았다. 관람 순서와 반대 방향으로 돌면 중간에 한 번을 제외하고 동선이 겹칠 일은 없을 것이다. 그는 맨 마지막 전시물로 갔다. 지하실 바닥에 엎드려 있는 남자의 얼굴을 남자 몸집의 반만 한 셰퍼드가 물어뜯고 있었다. 전시물의 제목은 '지하실 계단에서 미끄러져 죽은 남자와 배고픈 개'. 제목 옆에 작게 쓰여 있는 설명은—그가 어떤 삶을 살다 고독사하게 되었는지의 경위가 쓰여 있는 것 같았으나—굳이 읽어보지 않았다.

다음 전시물은 베란다에서 목을 맨 시체였다. 그 옆에는 욕조에서 죽은 사람이 있었다. 혼자 사는 사람들은 욕실에서 죽는 경우가 종종 있었다. 미끄러져 넘어진 채로 죽거나, 만취한 상태로 따뜻한 욕조 안에서 잠이 들거나, 용변을 보다 뇌

출혈로 죽는 사고사가 대부분이었다. 욕실 문이 닫혀 아사하는 사람도 있었고, 욕조에서 손목을 긋는 자살도 드물지 않았다. 욕조 밖에서 죽은 시체는 처리하기 쉬웠으나 욕조 안, 물속의 시체는 보기도 흉했고 치우기도 힘들었다. 사장은 그런 시체를 육개장이라고 불렀다. 그런 농담 같지 않은 농담을 하는 사장의 표정은 마스크와 고글에 가려 흐릿하긴 했지만 눈물을 흘리지 않으며 우는 사람처럼 보였다.

밀랍 인형으로 만든 전시장의 시체들은 보기에는 그럴듯했으나 그에게는 핫도그 모형이나 다름없었다. 고독사 현장에 필수적인 냄새, 시취가 없었기 때문이다. 고독사 현장을 청소하며 부패한 시체의 모습보다 괴로웠던 건 시체가 뿜어내는 악취였다. 콧속은 물론 귓속까지, 털구멍까지 파고들어 아무리 닦아내도 지워지지 않는 냄새. 10여 년이 지났는데도 그 냄새를 떠올리자 목구멍에서 미끈한 침이 넘어왔다.

그는 유품정리사였다. 고독사한 사람들의 집을 청소하는 특수청소업체에서 일했다. 스물넷 되던 해부터 일을 시작해 20년 동안 차곡차곡 경력을 쌓아나갔다. 그 당시 사망자 열에 일곱은 고독사였다. 혼자 사는 가구는 매년 늘어났고 혼자 죽는 사람도 늘어났다. 이웃이 누군지 알지 못하던 사람들은 시체 썩는 냄새를 맡고서야 옆집에도 자신과 같은 인간이 살고 있었다는 사실을 실감했다. 하는 일이 일인지라 대놓고 호황이라고 말할 수는 없었지만 부족함 없는 나날이었다. 올리가 등장하기 전까지는 그랬다.

10년 전, 지금은 ES그룹으로 사명을 변경한 전기양 주식회사에서 보급형 가사도우미 로봇인 올리를 개발했다. 신형 배터리 개발로 원가를 혁신적으로 낮춤으로써 부자들 사이에서나 쓰던 가사도우미 로봇을 누구나 가질 수 있게 된 것이다. 올리의 등장으로 고독사는 현저히 줄었다. 고독하게 죽는 사람이 줄었다는 의미는 아니다. 사람들은 여전히 혼자 죽었다. 다만 소유주의 생체 신호가 잡히지 않으면 올리의 시스템이 곧바로 해당 주민센터에 신고했으므로 죽은 채로 여러 날 방치되는 일이 없어졌다는 의미다. 아무도 자신이 죽은 후에 방구석에서 썩어가며 냄새를 풍기길 원하지 않았다. 더 많은 올리들이 1인 가정에 보급됐다. 고독사가 완전히 사라지는 데는 오랜 시일이 걸리지 않았다. 특수청소업체도 빠른 속도로 사라졌다. 더는 유품정리사의 손이 필요하지 않게 된 것이다. 한 달에 한두 건 정도 일이 들어왔지만 그 돈으로는 사무실 운영도 벅찼다. 월급이 반으로, 다시 반의반으로 줄어들었다. 물품 구매 비용도 줄어 일회용으로 입던 방호복을 재활용했다. 그러다 사고가 일어났다. 방호복 턱 밑부분에 미세한 실금이 간 줄 모르고 작업한 것이다.

8년 전 겨울이었다. 오랜만에 일거리가 들어왔다. 겨울에 발견된 시체치고 부패가 심했다. 보일러가 원인이었다. 추위를 심하게 타는 사람인지 실내 온도가 25도에 맞춰져 있었다. 난방비를 어찌 감당했을지는 알 바 아니었다. 역한 훈기를 가르고 방으로 가 반듯이 누워 있는 시체를 뒤집었다. 검은 타르처럼 끈적거리는 시체 속에서 하얀 구더기와 누런 번데기가 뒤엉켜 꾸물댔고, 파리 떼가 윙윙거리며 시야를 가렸다. 가장 먼저 시체의 항문이라고 추정되는 곳을 막고 작업했다. 특이한 점은 없었다. 다만 시취가 다른 날보다 유독 심하게 느껴졌다. 작업을 끝내고 집에 오며 연신 헛기침을 했다. 목구멍이 말라 갈라질 것처럼 건조하고 따가웠다. 평소처럼 오래 샤워하고 김 서린 거울을 닦고 입을 벌려 목구멍을 들여다봤다. 벌겋게 부어오른 편도선에 새빨간 점들이 흩뿌려져 있었다. 점의 모양이 불길한 점괘처럼 보였지만 그래봐야 목감기겠거니 하고 생강차를 마셨다. 별 차도는 없었다. 다음 날이 되자 통증이 심해지고 열까지 났다. 24시간 중에 기침하지 않는 시간이 기침하는 시간보다 짧았다. 그래도 병원에 가지 않고 약국에서 해열진통제와 기침감기약을 사 먹었다. 오한이 들어 이불을 머리끝까지 뒤집어쓴 채 악몽과 현실 사이를 오갔다. 목에서 구더기와 번데기들, 정체 모를 빨간 벌레들이 쏟아져 나오는 꿈을 꿨다. 해열제를 먹어도 열이 떨어지기는커녕 뇌를 녹일 기세로 끓어올랐다. 편도선이 터질 듯 부어 목구멍을 막았다. 버티고 버티다 이러다 정말 죽겠다 싶어 119에 전화하고 의식을 잃었다. 깨어났을 때는 응급수술을 마친 뒤였다. 바이러스 감염 부위가 깊고 넓어 성대를 제거할 수밖에 없었습니다. 인공 성대를 이식했으니 걱정하지 마세요. 의사가 말했다.

　인공 성대에서 울리는 목소리는 낮고 부드러웠다. 예전보다 듣기 좋은 음성이란 건 알겠는데 예전 목소리가 어땠는지 기억나지 않았다. 그는 원체 말을 많이 하는 편이 아니었다. 자신조차 미련을 갖지 않았던 목소리를 아쉬워했던 유일한 사람은 이모였다. 이모는 그가 사는 독신자 아파트 옆 단지에 살고 있었다. 그리고 잊을 만하면 반찬을 싸 들고 찾아왔다. 요즘 배불리 먹을 만한 식당도 없잖아. 유동식 같은 것만 먹으면 위장이 제 기능을 못 한대. 그는 자기 위장을 위해 밥을 챙겨 먹을 의지가 없었다. 이모가 준 반찬은 냉장고에서 천천히 상해갔다. 밀폐 용기 안이 하얗거나 파랗거나 검은 곰팡이로 덮일 때쯤 음식물 쓰레기 처리기에 쏟아버렸다.

　"난 네 목소리가 훨씬 좋았어. 인공 성대에서 나오는 목소리는 너무 완벽해서 정이 안 가."

　그날도 파김치와 멸치볶음 같은 밑반찬을 바리바리 싸 온 이모가 말했다.

　"제 목소리가 어땠는데요?"

　"글쎄다. 말을 끝낼 때마다 약간 갈라지는 투박한 목소리였지. 가수가 고음 처리를 잘 못해서 빽빽대는 소리가 나는 것처럼 말이야."

이모가 그의 목소리를 흉내 내려 애쓰는 바람에 웃음이 나왔다. 웃음소리조차 지나치게 매끄러웠다.

그사이 아이들이 우르르 몰려왔다. 그는 전시물에서 몇 걸음 물러났다. 구더기 좀 봐. 춤추는 잡곡밥 같아. 누군가의 말에 아이들이 웃음을 터뜨렸다. 아이들의 웃음소리도 구슬처럼 매끈했다. 단 한 명, 빨간 원피스를 입은 아이만 웃지 않았다. 아까 화장실에 갔던 아이였다. 그나저나 춤추는 잡곡밥이라, 시적인 표현이다. 20년 동안 구더기와 전쟁을 벌였지만 그는 구더기를 무엇에 비유해 생각해본 적이 없었다. 구더기는 구더기일 뿐이었다. 작업에 들어가기 전, 사장은 마스크를 꽉 조이지 않으면 구더기가 콧구멍으로 기어들어가 뇌를 파먹을 거라는 농담을 하곤 했다. 구더기는 아니지만 작업 현장의 바이러스가 그의 성대를 갉아 먹었으니 사장의 농담은 반쯤 현실이 된 거나 마찬가지였다. 미라처럼 목에 친친 감았던 붕대를 풀고 사무실로 복귀했을 때 그를 맞이하는 사람은 사장밖에 없었다. 다른 직원들은 일찌감치 떠났지만 창립 멤버인 노 이사마저 떠날 줄은 몰랐다. 하긴 돈벌이가 되지 않는데 그만두는 게 당연했다. 그렇지만 그는 일을 그만둘 수 없었다. 사장에 대한 의리 때문이 아니었다. 부패한 시체를 처리하는 것 말고 다른 일을 하는 자신을 상상할 수 없었기 때문이다.

"이 짓거리도 이달 말까지만이다. 너도 어제 기사 봤지?"

"네?"

세상 돌아가는 일에 관심이 없는 그는 뉴스를 보지 않았다. 일을 마치고 돌아가면 오랜 시간 샤워하고 유통기한이 임박해 마감 세일 하는 싸구려 유동식으로 저녁을 때우고 드라마 채널을 틀어놓고 보는 둥 마는 둥 하다가 잠이 들었다. 일이 없는 날에는 책을 읽기도 했다. 돋보기를 쓰고 종이책을 읽을 때면 구시대의 유물이 된 것 같은 느낌이 들었다. 그는 그런 느낌이 싫지 않았다.

"우리 완전히 망했다고. 내년 1월 1일부터 취약계층이 아니라도 1인 가구면 올리를 무조건 공짜로 나눠준단다."

사장이 핸드폰을 테이블에 던지듯 내려놓았다. 망했다. 끝장이다. 유사어 찾기를 하듯 그의 머릿속에 비관적인 단어들이 떠올랐다.

"이번 달에 한 건이라도 들어와야 너한테 퇴직금이라도 몇 푼 챙겨줄 텐데 말이다."

퇴직금은 바라지도 않는다. 벌써 석 달째 월급을 받지 못했다. 일거리가 없었으니 달라고 할 염치도 없었다. 매달 카드값이 빠져나가면 통장 잔고는 무섭게 줄었다.

막막한 심정으로 퇴근했더니 집 안에 불이 환하게 켜져 있었다. 이모였다. 그날 그는 다른 사람과 이야기를 나눌 기분이 아니었다. 작은 테이블 위에 자잘한 반찬 통들이 놓여 있었고, 전기밥솥에서는 갓 지은 밥 냄새가 풍겼다.

"윤호야, 밥 안 먹었지?"

"생각 없어요."

그를 겪어본 이모는 두 번 권하지 않고 반찬 통의 뚜껑을 조용히 닫아 냉장고에 넣었다. 그는 주방에 버티고 서서 이모가 돌아가길 바라며 억지 미소를 지어 보였다. 이런 날은 그냥 돌아가는 게 그들 사이의 암묵적인 약속이었다. 그런데 그날따라 이모는 빈 식탁에 자리를 잡았다. 그는 따끔거리는 미간을 검지와 중지로 꾹 누르며 이모의 맞은편에 앉았다. 하실 말씀이라도 있느냐는 질문은 하지 않았다. 용건이 있다면 그가 묻지 않아도 말할 것이다.

"다가오는 크리스마스에 죽으려고 한다."

하얗게 각질이 일어난, 주름진 입에서 예상치 못했던 말이 나왔다.

"외국에 가면 주사 한 방으로 편히 죽을 수도 있다던데, 절차도 복잡하고 돈도 없고."

예상치 못했던 말이지만 놀랍지는 않았다. 전에도 이모는 존엄하게 죽고 싶다는 말을 했었다. 다만 자살을 결심했다면 그에게 굳이 이야기를 꺼낸 이유를 짐작할 수 없었다. 혹시 외국에 갈 비용을 보태달라는 것일까?

"그래, 내 어려운 부탁 하나 하려고."

이모가 말했다. 그는 거절의 말을 생각하느라 온통 정신이 팔렸다. 이모, 저도 요즘 일거리가 없어서요. 여윳돈은커녕 먹고 살기도 힘들어요.

"너 일할 때 독한 약품들 많이 쓰잖아. 그거 한 병만 나한테 줄 수 있지?"

말을 끝낸 이모는 사랑 고백이라도 한 사람처럼 눈을 가늘게 뜨며 볼을 붉혔다. 그의 예상과는 다른 전개였다.

"뒤처리도 부탁한다. 여기서 혼자 썩어가고 싶진 않아."

무슨 말을 해야 할지 알 수 없었다. 그는 말없이 테이블 모서리만 내려다보았다.

"고맙다. 너라면 내 부탁을 들어줄 줄 알았다."

이모가 이미 대답을 들은 듯이 그의 손을 잡았다. 주름과 검버섯이 가득한 거칠고 메마른 손이었지만 보름 후에 죽어야 할 사람의 손 같지는 않았.

그날 밤, 잠이 오지 않았다. 이모의 부탁 때문이 아니었다. 부탁은 들어줄 것이다. 고민하는 이유는 다른 데 있었다. 이모에게는 올리가 없다. 이모는 기초생활수급자였지만 기계를 신뢰하지 않았으므로 구청에서 무상으로 보급되는 올리를 신청하지 않았다. 즉, 이모의 죽음은 그가 신고하지 않는다면 고독사가 될 것이다. 그의 수중에 얼마간의 돈이 들어온다는 뜻이다. 그가 신고하든 신고하지 않든, 이모가 죽는다는 사실은 변하지 않았다.

크리스마스이브. 루미나리에로 장식된 거리는 고요했다. 구세군의 종소리나 연인들의 웃음소리만 간간이 들려왔다. 그의 가방에는 이모에게 줄 크리스마스카드와 희석하지 않은 특수청소 용액이 들어 있었다. 사람의 뼈도 순식간에 녹이는 약품이었다. 밤늦은 시간, 이모의 집 앞에 가서 초인종을 눌렀다. 이모가 그의 집에 찾아온 적은 많지만 그가 이모 집에 온 건 몇 년 만인지 기억나지 않았다.

"드디어 내 산타가 와줬구나."

이모가 반갑게 그를 맞았다. 다른 날보다 곱게 화장한 이모는 밝은 살구색 원피스를 입고 있었다. 소매나 목둘레가 낡긴 했지만 가지고 있는 옷 중 가장 좋은 옷을 입은 것 같았다. 그는 신을 벗고 안으로 들어갔다. 이모가 분주하게 드립 커피를 내렸다. 구수하고 쌉싸름한 커피 향이 좁은 거실을 채웠다. 그의 취향을 잘 아는 이모는 설탕을 두 스푼 넣었다. 지금도 충분히 심장이 빨리 뛰는데 커피를 마시면 심장이 터지는 게 아닐까. 그렇게 생각하면서도 이모가 건네는 커피를 사양하지 못하고 마셨다. 큽, 그는 입안에 머금은 커피를 간신히 삼켰다. 커피에서는 짠맛이 났다.

"왜?"

그는 미간을 찌푸린 채 고개를 저었다. 이모가 잔을 가져가 맛을 보았다.

"내 정신 좀 봐. 설탕 대신 소금을 넣었네."

이모는 재미있다는 듯 한참 동안 잔웃음을 지었다.

"새로 타줄게."

이번에도 그는 사양하지 못했다. 커피를 다시 내리는 이모의 몸동작이 어딘지 모르게 어색하고 뻣뻣했다. 그는 이모를 위해 미소 짓고 싶었으나 입가의 근육은 경련하듯 두어 번 씰룩거릴 뿐이었다. 설탕을 넣은 커피를 다 마신 후 이모에게 크리스마스카드를 주었다. 아기 천사들이 그려진 카드였다. 천사들이 이모의 영혼을 좋은 곳으로 이끌기를 바라는 마음으로 고른 것이었다. 크리스마스에는 축복을. 이모가 나지막한 소리로 그가 써놓은 글귀를 읽었다. 더 의미 있는 말을 쓰고 싶었지만 그는 늘 언어가 부족했다.

"고맙다, 윤호야."

입체감이 있는 아기 천사를 손가락으로 쓰다듬던 이모는 고개를 들어 벽시계를 봤다. 시곗바늘이 12에 가까워지고 있었다.

"이제 갈 시간이구나."

이모는 혼잣말하듯 중얼거리며 찬장에서 주황색 물고기가 그려진 머그컵을 꺼냈다.

"이게 내가 제일 좋아하는 컵이라."

컵을 든 이모가 침대로 가서 등받이에 기대앉았다.

"난 준비됐어."

준비됐다는 말과 달리 머그컵을 쥔 손은 가늘게 떨렸다. 그는 이모의 옆에 무릎을 꿇고 앉아 가방에 들어 있는 약품 병을 꺼냈다. 뚜껑을 열자 복숭아 향을 닮은 매캐한 냄새가 코를 쏘았다. 가득 따라, 가득. 이모가 주저하는 그를 재촉했다. 그는 점도가 있는 약물을 컵에 반쯤 따랐다.

"바로 신고해줄 거지?"

이모의 물음에 힘없이 고개를 끄덕였다.

"그럼 너만 믿는다."

이모는 컵 안의 용액을 단숨에 들이켰다. 그러나 죽은 자를 녹이는 독한 용액이라고 해도 산 자의 목숨을 단번에 끊지는 못했다. 이모는 몸을 뒤틀며 비쩍 마른 손가락으로 목을 쥐어뜯었다. 쭈글쭈글한 목에 손톱이 꽂히더니 그대로 붉은 사선이 그어졌다. 충혈된 눈에서는 피가 쏟아져 나올 것 같았다. 그 벌건 눈이, 어서 끝내달라고 외치고 있었다. 그는 베개를 들어 이모의 얼굴을 덮었다. 버둥거림이 멈출 때까지 팔에 힘을 빼지 않았다.

이모가 숨을 거둔 것을 확인하고 베개를 뗐다. 부릅뜬 눈을 감기고 고통으로 벌어진 입을 닫아주었다. 물티슈로 목에 맺힌 피도 닦아주었다. 약품이 들었던 머그컵과 그가 커피를 마셨던 잔을 씻어 찬장에 넣었다. 크리스마스카드도 도로 가방에 넣었다. 마지막으로 보일러 온도를 29도로 높여두고 집을 나왔다.

이모의 시신을 수습한 건 그로부터 열흘이 지나서였다. 그 정도면 따뜻한 실내에서 시신이 부패하기 충분한 기간이었다. 그는 이모와 연락이 되지 않는다며 주민센터에 신고하고 사장과 함께 고독사 현장을 수습했다. 그때만큼은 사장도 입을 꾹 다문 채 어떤 농담도 하지 않았다. "퇴직금도 못 주는데 이거라도 받아." 사장은 주민센터에서 청소비로 지급한 350만 원을 고스란히 그에게 주었다. 죽은 뒤 바로 신고해달라는 이모의 부탁을 들어주지 않은 대가였다.

  아이들이 밖으로 나가고 전시장이 고요해졌다. 그는 눈을 크게 뜨고 전시물을 노려봤다. 방바닥에 쓰러진 검은 시체에는 하얀 구더기와 누런 번데기가 들끓고 있었다. 구더기와 번데기의 비율이 반반인 걸로 볼 때 죽은 지 2주 정도 지났을 것이다. 이모의 시체를 처리하러 갔을 때 머리끝까지 덮어주었던 차렵이불은 사람의 형상으로 어둡게 변색해 있었다. 이불을 걷자 더는 이모라 부를 수 없는 썩은 살덩어리 속에서 수많은 구더기가 덩어리처럼 뭉쳐 꿈틀거렸다. 언제나처럼 그는 구더기를 퇴치하기 위해 분무기로 살충제를 뿌렸다. 구더기 소굴이 되어버린 이모의 얼굴에 살충제를 뿌리는데 눈물이 나왔다. 슬펐다. 그것이 유품정리사로서의 마지막 일이라는 사실이, 이모와의 약속을 지키지 않았다는 것보다 더 슬펐다. 썩은 훈기로 가득 찬 집 안에서 그는 무릎을 꿇고 오열했다. 그 뒤로 일용직을 전전하며 살았다. 인력시장에 구직

등록해놓고 산업용 로봇의 고장으로 급하게 인력이 필요한 곳에 불려 가는 식이었다.

눈가에 고인 눈물을 훔치고, 비틀거리며 전시장 밖으로 나왔다. 복도 구석에 등받이 없는 회색 의자가 있었다. 그는 의자에 주저앉아 머리를 감쌌다. 두개골 안에 가득 찬 구더기들이 밖으로 기어 나오려 마구 꿈틀댔다. 소리를 지르고 싶었지만 그럴 수 없었다. 돌발 행동을 했다간 안내 데스크의 직원이 그의 모습을 녹화해 면접관에게 송출할 것이다. 어디든 안드로이드, 신인류의 눈이 없는 곳으로 가야 한다. 도망치듯 시청각실로 갔다. 관람객의 입장을 인지한 시청각실의 스크린이 밝아졌다. 그는 푸르스름한 빛에 감싸인 채 맨 뒷자리에 앉았다. 이곳에서도 소리칠 순 없지만 식은땀을 흘리며 숨을 몰아쉬는 모습은 감출 수 있을 것이다.

"시청각실에 오신 것을 환영합니다. 원하시는 영상을 선택해주세요. 서울고독사박물관 홍보 영상, ES그룹의 설립자이자 박물관장인 필립 최의 인터뷰, 다큐멘터리 〈고독한 죽음〉 중 선택하실 수 있습니다."

안내 음성과 함께 앞좌석 등받이의 터치스크린이 활성화됐다. 그는 아무것도 선택하고 싶지 않아 가만 있었다. 또다시 안내 음성이 흘러나왔다. 어쩔 수 없이 홍보 영상을 눌렀다. 경쾌한 음악이 흘러나왔고, 푸른 하늘을 배경으로 박물관 외관이 화면 가득 들어찼다. 가는 빗줄기 속에서 본 것과는 완전히 다른 건물처럼 웅장해 보였다.

"서울고독사박물관은 우리나라 유일의 종합 고독사박물관입니다. 다양한 전시물을 통해 이제는 사라지고 잊혀가는 고독사의 사례를 보여줌으로써 죽음이 친숙하지 않은 미래 세대에게 죽음에 대한 교육적 효과와 흥미를 높이고자 했습니다. 서울고독사박물관은 인간과 올리가 어우러져 사는 세상이 얼마나 아름다운지 깨달을 수 있는 서울의 명소로 자리 잡고 있습니다. 박물관 1층에는 고독과 죽음 전시장과 시청각실이, 2층에는 특별 체험관과 기획 전시실이 마련되어 있으며……."

개소리. 그는 속으로 욕을 뇌까리며 스크린을 노려봤다. 내레이터의 매끈한 목소리가 자기 목소리와 닮아 더 기분이 나빴다. 고독사박물관은 ES그룹 회장인 필립 최가 자신의 업적을 자랑하기 위해 만든 박물관이다. 홍보 영상이 끝나고 기다렸다는 듯 장면이 전환되며 필립 최가 등장했다. 그는 전기양 로고가 새겨진 진회색 스웨터를 입고 있었다. 100살이 넘었지만 삼십대 중반의 외모를 하고 있다.

"2020년대 후반에 접어들며 고독사는 심각한 사회문제로 대두됐습니다. 홀로 사는 사람이 늘어나며 피할 수 없는 문제가 되었죠. 정부에서는 2020년대 초부터 고독사 예방법을 제정하고 인공지능을 활용한 1인 가구 안부 확인 서비스를 시행했지만 그것도 한계가 있었고요. 고독사한 시체를 처리하기 위한 사회적 비용도 만만치 않았습니다. 그걸 지켜보던 저는 고성능 가사도우미 로봇을 보급형으로 만들면 어떨까, 발상의 전환을 했어요. 그렇게 올리가 탄생했습니다."

필립 최가 뒷배경처럼 서 있던 로봇을 뿌듯한 얼굴로 돌아봤다. 필립 최의 눈가가 촉촉해지는 장면을 카메라가 클로즈업했다. 어차피 연출이겠지. 그는 코웃음을 쳤다. 고사양 안드로이드는 눈물을 흘리고, 얼굴이 붉어지고, 심지어 트림도 한다. 올리가 사회적 비용을 줄인 건 사실이다. 많은 사람이 위안을 받은 것도. 이모에게도 올리가 있었다면 어땠을까. 올리는 적어도 이모를 배신하지는 않았을 것이다.

그는 복도로 나왔다. 아까보다 굵어진 빗방울이 창문에 빗살무늬를 그리고 있었다. 숨을 깊이 들이마시자 습한 공기가 폐를 채웠다. 아이들은 견학이 끝나고 나갔는지 고요한 공간에는 그의 발소리만 울렸다. 전기양 로고가 새겨진 벽시계가 시야에 들어왔다. 2시 35분. 대기하라던 시간보다 10여 분이 더 지났다. 얼른 핸드폰을 꺼내 수신 내역을 확인했다. 부재중 전화도, 사무실로 오라는 메시지도 없었다. 역시 전시장 안을 둘러보는 태도도 면접의 연장선상이었을까. 어디 쓰레기라도 떨어지지 않았는지 주의 깊게 살펴봐야 했었나. 그는 초조한 마음으로 사무실에 갔다. 문은 여전히 닫혀 있었다. 노크를 하고 문을 열었다.

"아, 김윤호 씨. 안 그래도 저희가 연락드리려던 참입니다."

단발머리가 말했다. 웃는 표정이 어색했다. 고급 보디는 아니라는 의미다.

"면접 담당자님이 돌아오셨나요?"

"아뇨. 그게, 응급처치를 하다가 비 때문에 오류가 발생했나 봐요. 죄송하지만 오늘은 이만 돌아가주시겠어요? 면접 일정은 다시 알려드릴게요."

안드로이드의 외피는 인간의 피부처럼 연약하지 않지만 내부 장기를 이루는 부품은 물에 취약하다. 사고로 피부가 파열되고 부품이 물에 젖었다면 새로운 보디로 갈아야 할 것이다. 새 보디를 살 돈이 없다면 신인류라 해도 죽는다. 만난 적도 없는 신인류에게 연민은 느껴지지 않았다. 대신 그는 비를 맞아도 기껏해야 감기에 걸리는 자기 몸에 구차한 승리감을 느꼈고, 스스로의 저열함을 경멸했다.

그는 박물관을 나왔다. 빗줄기가 더 거세졌지만 우산을 펴지 않았다. 비 오는 날 헛걸음을 했는데도 이상하게 가뿐했다. 애당초 그에게는 면접이 중요한 게 아니었는지도 모른다. 고독사박물관에서 환경관리원을 채용한다는 공고를 봤을 때부터 가짜 시체를 치우고 싶다는 생각은 없었다. 그저 답을 찾고 싶었다. 고독하게 죽은 사람들의 마지막을 정리하며 살아온 인생에 어떤 의미가 있는지, 왜 자신이 유품정리사라는 직업에 그토록 집착했는지, 왜 다른 사람들처럼 새로운 일을 찾아 떠나지 않았는지. 그저 생존하기 위해 선택한 일이라고 하기에는 모순이 있었다. 그는 낡은 빌딩의 경비원을 할 수도 있었고, 소도시 요양병원의 보호사가 될 수도 있었다. 그런데도 그는 일용직으로 떠돌며 유품정리사로서의 경력을 끝장낸 올리를, 필립 츠를 증오했다. 필립 츠는 그의 존재 자체를 모를뿐더러, 안다고 해도 하등 신경 쓰지 않을 텐데도.

오늘 박물관을 둘러보며—그가 목격한 죽음을 파노라마처럼 맞닥뜨리며—어렴풋이 답을 찾았다. 그는 죽음을 끔찍이 두려워하는 인간이었다. 죽는다는 사실이 두려워 견딜 수 없었기 때문에 항상 죽고 싶었다. 죽고 나면 더는 죽음을 두려워하지 않아도 되니까. 정작 죽을 용기는 없었다. 그러면서도 죽음에 대해 끊임없이 생각했다. 그런 집착은 어린 시절 부모의 죽음에서 비롯되었을 것이다. 비극적인 사고였다. 그는 피 웅덩이에서 살아남은 기적의 아이로 불렸다. 기적은 종종 불행의 시작이 된다.

그가 유일하게 안식을 찾을 수 있었던 순간은 썩은 시체를 치울 때뿐이었다. 정신을 오롯이 붙잡기조차 어려울 정도의 시취를 맡으며, 구더기, 파리 떼와 싸우며 부패한 살덩어리를 처리할 때면 그를 짓누르던 피상적인 개념이 물리적인 상황으로 탈바꿈했다. 그렇게 죽음과 마주하는 방법으로 죽음에 대한 공포를 견뎌냈다. 요즘 사람들은 죽음을 두려워하지 않는다. 안드로이드 보디에 의식을 탑재한 신인류는 죽지 않으니까. 죽는 사람은 둘 중 하나다. 돈이 없거나, 신념이 있거나.

비에 흠뻑 젖은 채 버스에 올랐다. 사람들이 그에게서 밀려나듯 멀어졌다. 인중에 내려앉는 콧김이 유난히 뜨거웠다. 교회 앞에 장식된 트리 주변으로 내리는 빗줄기가 빛났다. 아름다운 풍경이었으나 그는 무감했다. 일상에 스치는 아름다운 것들이 조금의 위안도 주지 못할 때, 인간의 선택지는 협소해진다. 이제 그만 끝내야겠다. 그는 빈자리에 앉아 부옇게 흐려진 세상을 바라봤다. 문득 이모의 멸치볶음이 먹고 싶었다. 찝찔하면서 달콤한 맛, 딱딱한 멸치 꼬리가 잇몸을 찌를 때의 불쾌감까지 그리웠다.

그는 집에 돌아와 양복을 벗었다. 속옷도, 양말도 벗고 알몸이 되었다. 보일러를 틀지 않은 방은 싸늘해 피부에 소름이 돋았다. 냉장고에서 소주를 꺼내고 먼지 쌓인 선풍기를 방구석에서 끌어당겨 틀었다. 축축한 몸이 마르기를 기다리며 소주병 주둥이에 입을 대고 병나발을 불었다. 냉장고에 안줏거리가 있나 찾아보려다 이내 포기했다. 대파 맛 유동식 말고는 먹을 게 없었다. 대파 맛 따위를 만드는 건 신인류의 실험 정신이라고 봐줘야 하나. 혹은 먹어야만 살 수 있는 구인류에 대한 조롱인지도.

소주병이 바닥을 보일 즈음 얼추 몸이 말랐다. 그는 옷장 구석에 개어놓았던 방호복을 꺼냈다. 방호복을 갖춰 입고 옷장 거울에 비친 얼굴을 살폈다. 탄력이 없어진 턱살 아래 새겨진 가로 5센티미터의 흉터. 그에게 선택권이 있었다면 굳이 인공 성대를 이식하지 않았을 것이다. 베란다로 가서 구석에 있는 향 상자를 열었다. 부러진 짧은 향 하나가 덩그러니 남아 있었다. 그러고 보니 작년에 긴 것을 쓴 기억이 났다. 라이터로 향에 불을 붙였다. 날씨가 습해서인지 자꾸 꺼졌다. 그래도 회색 연기가 피어오를 때까지 포기하지 않았다.

향을 피우고 주방으로 이동해 찬장을 열었다. 그리고 접시와 컵 뒤편에 두었던 약병을 꺼냈다. 병 안에는 황록색 용액이 있었다. 이모에게 준 것과 같은 희석하지 않은 특수청소 용액이었다. 옆에는 천사가 나팔을 부는 크리스마스카드가 있었다. 카드를 집어 펼쳐봤다. 크리스마스에는 축복을. 자기 글씨인데도 위화감이 들었다. 그는 약병과 카드를 테이블에 올려놓았다. 아끼는 머그컵 따위는 없었다. 그냥 약병째 마시는 거다. 다만 약을 마시기 전에 할 일이 있었다. 거실 구석에서 충전 중인 올리를 처리해야 했다. 전원을 꺼버리면 생체 신호가 전달되지 않으므로 내일 오전 주민센터에서 점검을 나올 것이다. 그건 그가 원하는 바가 아니다. 고장 나거나 훼손된 올리는 주민센터에 신고하고 직접 가져가 수리를 받아야 한다. 그러나 수리를 받지 않는다고 점검 나오는 일은 없다. 행정이라는 건 언제나 빠져나갈 구멍을 주기 위해 존재한다.

싱크대 서랍에서 과도를 꺼냈다. 과일 따위 먹은 게 언제인지 기억나지 않지만 칼은 여전히 날이 서 있었다. 그는 뾰족한 칼끝으로 올리의 턱 밑을, 얼굴과 목의 이음새 부분의 실리콘을 갈랐다. 올리의 고개를 뒤로 젖히고 가로로 5센티미터 정도 벌어진 틈으로 병 바닥에 깔린 소주를 부었다. 은빛 얼굴 위에서 꼴사납게 빛나던 파란 눈이 어두워졌다. 그는 리모컨을 찾아 고장 신고를 했다. 그리고 다시 테이블로 돌아갔다. 황록색 액체를 응시하며 인류 최후의 고독사 사례로 박물관에 진열된 자신의 모습을 상상했다. 〈올리를 파괴하고 고독사를 선택한 남자〉. 전시물 옆에 붙은 제목과 구차한 설명을 상상하며 쓴웃음을 지었다.

검은 뚜껑을 향해 손을 가져가는데 핸드폰이 진동했다. 대출 금리를 할인해준다는 광고 전화일까. 새로운 면접 일정을 알려주는 전화일까. 핸드폰과 약병. 어느 쪽을 집어 들어야 할지 마음을 정하지 못한 채, 그는 진동하는 소음 속에 서 있었다. ■

월드 발레 데이

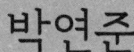

박연준

박연준

2004년 중앙신인문학상을 통해 작품 활동을 시작했다. 시집 《속눈썹이 지르는 비명》《아버지는 나를 처제, 하고 불렀다》《베누스 푸디카》《밤, 비, 뱀》《사랑이 죽었는지 가서 보고 오렴》, 장편소설 《여름과 루비》, 산문집 《소란》《밤은 길고, 괴롭습니다》《인생은 이상하게 흐른다》《모월모일》《쓰는 기분》《고요한 포옹》《듣는 사람》 등이 있다.

"나는 새벽처럼 무심하고 싶어,
옷핀으로
도시를 측량하는 늙은 여왕을
내려다보는 새벽처럼."

— 윌리엄 버틀러 예이츠, 〈새벽〉 중에서

1

나는 죽은 무용수다.

영화는 끝났고 엔딩 크레디트는 올라갔다. 의자에서 일어나 퇴장해야 한다. 그런데 아직 이곳을 벗어날 수 없다. 나는 왜 떠나지 못하지? 산 자들이 계속 살 수 있도록 자리를 비우고 퇴장해야 하는데. 목소리를 반납하지 못하는 것이 이상하다. 사는 일에 미련이 남아 있는 걸까? 사실을 말하자면 나는 나를 향해 들려오는 여자아이의 목소리 때문에 떠나지 못하고 있다.

몸은 사라졌다. 내 전부였던 몸! 내 나타남은 현시가 아니고 불투명이 아니고 무게가 아니고 부피가 아니고 상상 또한 아니다. 내겐 목소리가 남았다. 목소리로 여자아이에게 닿고 싶다. 비겁해. 선생님은 왜 이렇게 빨리 가버렸죠? 왜 포기했죠? 민오, 그 애의 질문이 나를 붙들고 있다.

―안 돼. 안 돼. 아니야!
저쪽, 조금 거리가 있지만 얼마든지 느낄 수 있는 곳에 목소리만 남은 존재가 있다. 쟤도 죽었다. 쟤도 나처럼 죽은 무용수다. 우리는 공교롭게도 같은 날 죽었다. 나는 방에서, 쟤는 거리에서. 나는 자의로, 쟤는 사고로.

나보다 더 정신이 없을 게 분명한 무희. 세상에, 쟤는 어쩜 이름부터 무용수의 팔자로 태어났을까? 최무희. 그렇지만 너는 죽었단다. 아니라고 외치는 게 지금 네가 할 수 있는 유일한 일일지도 모르지. 무희는 죽음을 받아들이지 못해 헤매고 있다. 죽은 사람도 산 사람만큼 헤맨다. 무희는 죽은 무용수가 될 마음이 없었을 것이다. 무희는 허리를 잔뜩 수그려 부러진 두 발목을 부여잡고 있다. 저 모습은 좀 무섭긴 하다.

사람들은 죽은 후에는 눈물 흘릴 일이 없는 줄 알겠지. 무희는 울고 있다. 눈물을 배출할 눈, 눈물이 타고 내려갈 뺨, 눈물을 훔칠 손의 실감이 사라졌을 뿐. 사라진 게 실감일까? 사라진다는 게 정확히 무엇인지 모르겠다.

—지독한 냄새!

지나가는 귀신들이 나를 나무란다. 저들의 말에 따르면 자살한 영(靈)에게선 불쾌한 냄새가 난단다. 죽고 싶어서 죽은 주제에 무슨 미련으로 안 꺼지는 거야? 좁아터졌어. 좁아! 귀신들의 얘기는 또렷이 들린다. 산 자의 이야기는 뭉개져 들리거나 아주 작게, 잡음처럼 들린다. 물속에서 하는 말처럼 들린다. 나는 못 들은 척한다. 조금 울어본다. 수분 없이 기분으로 운다. 시작과 끝이 모호하기에, 실감이 없기에 내 눈물은 그치기 어렵고 기분은 사그라지지 않는다. 내가 자명한 존재라면 부재하기도 쉬울 텐데. 내 부재는 존재만큼 희미하다. 어쩌면 모든 게 나의 오해일지도 모른다.

흐느끼는 상태로 배회하다 하마터면 불투명해질 뻔했다. 도드라질 뻔했다. 죽은 무용수가 무대에 나타난다면? 죽은 무용수가 무대에서 춤춘다면 사람들은 싫어하겠지? 죽었다는 것은 더 이상 규율과 규칙이 적용되지 않는다는 뜻일까? 나는 너무 오랫동안 규칙과 규율, 루틴 속에서 살았다. 무언가를 하고 싶다. 이를테면 몸을 움직이고 싶다. 어깨를 들썩이고, 바닥에 웅크리고, 주먹으로 눈을 비비고 싶다. 그럴 수 없기에 우는 기분으로 돌아다닌다. 서성인다. 나는 민오에게 간다.

—뭐 해? 미쳤어? 왜 안 와?

민오는 스마트폰을 들어 문자를 읽고는 눈을 감는다. 연습 시간에 이미 늦었다. 민오는 얼굴을 잔뜩 찌푸린 채 생각한다. 무엇을 생각하지, 민오? 모르겠다.

민오를 바라보다 하마터면 내가 살아 있다고 착각할 뻔했다. 여전히 생생하다. 생각하기. 고통받기. 생각하기. 괴로워하기. 생각하기. 구토하기. 생각하기. 죽고 싶어 하기. 생생하다. 지독한 아침. 생생하다. 무용수가 움직이는 일보다 생각하는 일에 마음을 더 기울일 때 벌어지는 일. 위험하다. 민오,

생각하지 말고 움직여. 일어나. 몸을 깨우고 주물러. 통증이 있더라도 떨치고 밖으로 나가. 나는 여전히 민오의 선생처럼 군다. 죽어서도 내 입은 민오의 귀에 다가간다. 말해주려고. 일어나게 하려고. 민오는 두 달 전부터 왼쪽 무릎에 기분 나쁜 통증을 느끼고 있다. 그걸 알지만 민오, 통증은 사라질 수 있어도 무대는 사라지지 않아.

통증은 몸에 사는 새다. 무용수라면 안다. 통증은 몸 어느 곳이든 둥지를 틀고 머물 수 있다. 날개를 펄럭여 이리저리 옮겨 다닐 수 있다. 통증은 언제나 있다. 모든 곳에. 자면서도 통증이 몸 곳곳을 훑고 다님을 알고, 느끼고, 생각한다. 아는 것과 느끼는 것과 생각하는 것은 조금씩 다르다. 정신이 건강한 무용수라면 나처럼 통증을 분류하고 곱씹지 않을지도 모른다. 고통을 세분화해 이름을 부여하려 하지 않을지도 모른다. 나 역시 깊이 생각하지 않을 때가 있었다. 받아들이기. 아주 어릴 때부터 우리는 그걸 배운다. 그걸 제일 잘한다. 그냥 받아들이기. 이유를 생각하지 않기. 그렇지만.

어느 날 머릿속에 꽈리처럼 의문 하나가 부풀어 오른다.
왜?
이렇게까지? 무엇을 위해? 언제까지?
실격.

통증에 대해 계속 이야기하고 싶다. 목에서부터 발끝까지 흘러 다니는 통증. 발레 무용수의 발은 광대하다. 발에도 영역이 있다. 엄지부터 새끼발가락까지, 발등부터 발목까지 다르게 아프다. 아킬레스건이 늘어났을 때 짧아졌을 때, 근육이 수축할 때 지나치게 이완할 때, 염증이 생겼을 때, 인대가 끊어졌을 때. 이유 없이 부었을 때, 욱신거릴 때, 검은 멍이 들 때, 붉은 멍이 들 때, 물집이 잡힐 때, 물집이 터질 때, 열 개의 발톱이 하나둘씩, 차례대로 빠질 때의 통증, 보이지 않는 새들. 발에서 시작한 통증은 쉽게 무릎, 골반, 허리, 목을 타고 이동할 수 있다. 통증은 연대한다. 움직이고 들썩인다.

무용수에게 통증은 신이다. 보통 사람들이 통증을 없애는 데 사력을 다한다면 우리는 통증을 달래고 무뎌지게 한 뒤 그 다음, 진짜 원하는 바를 이루려고 한다. 우리에겐 목적이 있다. 알다시피 우리는 춤을 춘다. 발끝에 체중을 올리고―하지만 가능한 한 발끝에 무게가 덜 가도록, 풀업으로 무게를 분산한다―뛰고 회전하고 날아오르고 착지한다. 땅은 내 관할이 아니라는 듯, 마치 우리가 허공에 속한 존재라는 듯 무대에서는 그렇게 굴어야 한다. 아프지 않은 무용수는 없다. 우리는 통증에 유난하지 않다. 우리는 욕심이 많지 않다. 연습을 할 수 있을지 그렇지 않은지, 무대에 오를 수 있을지 아닌지 그것만이 중요하다.

민오는 열여섯 살이다. 부상 앞에서 태연하기엔 어리다. 나도 그랬다.

열여섯의 나는 돈다. 울음을 참는다. 우는 건 소용이 없다. 하지만 나도 울 때가 있다. 하늘을 나는 새를 바라볼 때 운다. 어느 때는 한 자리에 서서 흐느껴 운 적도 있다.

새가 되고 싶어.
정말로, 새가 되고 싶어.

세상에서 가장 슬픈 일이 무엇인지 아는가? 인간이 새가 되고 싶어 하는 일이다. 어째서 나는 새가 아닌가. 나는 새와 비슷하게 발등을 구부린다. 비슷하게 날아오른다. 비슷하게 하늘을 향해 솟아오르고 가벼이 착지한다. 새처럼 날기에 알맞은 체형으로 가꾸고 새처럼 호흡한다. 내 평생은 새를 흉내 내는 데 쓰일 것이라는 예감이 든다. 흉내가 아니라 진짜가 된다면, 내가 정말 새라면 좋을 텐데. 운다. 내가 하고 싶은 일이 새 되기,뿐이라는 생각이 들 때도 있다. 발레를 잊는다. 새. 새가 된다면. 어쩌면 나의 직업은 '흉내 내기'일지도 모른다. 나보다 더 새에 근접한 모습으로 날아오르는 자는 많다. 나보다 더 잘 흉내 내는 사람은 차고 넘친다. 그렇더라도 내 십대는 온통 새의 아름다움을 흉내 내는 데 바쳐진다. 나는 한 번도 내 장래를 의심한 적이 없다.

월드 발레 데이

여덟 살 때 집 앞에 발레 학원이 생겼다. 그게 시작이었다. 엄마는 내 아래로 동생이 둘이나 있으니 한두 시간 숨통이나 틔울 생각으로 나를 발레 학원에 보냈다. 나중에 이 일이 엄마의 숨통을 끊어놓을 줄도 모르고, 잠깐의 평화를 위해 나쁜 선택을 했다. 훗날 엄마는 내가 없는 방에서 내 발레복을 개키며 땀에 젖은 포인트 슈즈를 바람에 말리며 이런 생각을 했다고 한다. 그때 발레가 아니라 영어 학원이나 태권도장에 보냈다면……. 엄마는 나로 인해 늘 가난해야 했다. 엄마는 물에 빠진 사람처럼 절박하게 일했다.

하필 나는 뛰어났다. 무용수의 자질을 가지고 있었다. 의심하지 않고 연습하기. 요행을 바라지 않기. 미친 듯이 기본기를 갈고 닦아 놀라운 속도로 성장하기. 남들보다 수월하게 다음 단계를 밟아가기. 의심하지 않았으므로 나는 뛰어났다. 엄마는 이렇게 될 줄 몰랐다. 바보처럼, 부자도 아니면서, 가난한 주제에 엄마는 물고기를 바다로 데려갔다. 넓은 바다를 맛보았으므로 나는 한사코 돌아가지 않으려 했다. 바다가 내 무대라고, 여기에서 헤엄칠 거라고, 바다의 새가 될 거라고 우겼다. 내 세상은 넓어지고 엄마는 점점 가난해졌다.

여덟 살. 18킬로그램의 몸. 가벼운 시작이었다. 음악에 맞춰 점프하고 매트에 누워 다리를 찢고 친구들과 투 스텝으로 뛰어다녔다. 높이! 예쁘게! 새처럼 훨훨! 선생님의 주문은 간단했다. 나는 쉽게 해냈다. 격려와 칭찬이 쏟아졌다. 차가운 바(bar)에 작은 손을 올리고 고개를 높이 쳐들었다. 근육을 길게 뽑아내듯, 다리를 들고 손끝을 따라 고개를 움직이며 음악 안으로 들어갔다. 세상은 시끄럽지만 음악이 요새가 되어주었다. 발레를 하는 동안 모든 것을 잊었다. 가족도 친구도 내 존재마저 잊었다. 나는 오직 아름다움에 복무하기 위해 태어난 작은 새가 된 것 같았다. 쉬웠다. 마치 세상에서 할 수 있는 일이 이것뿐인 것 같았다. 이렇게 재미있는 짓을 날마다 하는 사람이 되고 싶었다. 날마다 칭찬을 받겠지. 아름답다는 이야기를 듣겠지. 아홉 살 때 나는 사랑에 빠졌고, 열 살 때 행복했으며, 열한 살 때 진지해졌다.

―이렇게 집중력이 있는 아이는 처음 봐요. 발등이 너무 좋고, 다리가 길고, 무릎도 쏙 들어갔어요. 음악에 대한 이해도가 높고 의지도 강해요. 키가 좀 작은데 키는 뭐, 크지 않겠어요? 전공을 시키셔야 합니다, 어머님.

선생님의 말에 엄마의 얼굴이 어두워졌다.

―전공이라니. 우리 집이 그럴 형편이니?

나의 장점은 하나에 빠지면 다른 것은 생각하지 않는다는 것이다. 나의 단점은 하나에 빠지면 다른 것은 생각하지 않는다는 것이다. 여덟 살부터 스무 해 동안, 나는 마네주

(tour de manége)를 도는 무용수처럼 내 세상을 돌았다. 멈추면 끝이고 시선을 놓치면 끝이고 방향을 잘못 잡으면 끝장이 나기 때문에 쉴 수 없었다. 쉬다니? 그럼 떨어질 텐데? 어디에서 떨어지냐고? 포인트 슈즈의 높이가 내겐 빌딩 같았다.

본격적으로 엄마가 가난해진 건 내가 중학교 3학년 때다. 꿈속에서 나는 거리에 세워진 회색 자동차를 보고 있었다. 차 내부를 보기 위해 좀 더 가까이 다가가려 했다. 기어이 차 바로 앞까지 다가갔다. 창문에 얼굴을 밀착하고 안쪽을 들여다보려는 순간 거칠게 차 문이 열렸다. 턱이 욱신거리네, 생각하자마자 따뜻하고 끈적한 액체가 느껴졌다. 입 주변이 피에로처럼 붉게 물들었다. 고개를 수그리자 치아가 아래로 우르르 쏟아졌다.

한동안 이 꿈 때문에 아버지가 우리를 떠난 거라 생각했다. 우리는 더 가난해졌지만 나의 마네주는 멈추는 법이 없었다. 나는 멈추는 법을 몰랐기에 예중, 예고를 거쳐 예술대학에 입학하게 되고, 엄마는 점점 야위어갔다. 엄마는 물건이나 보험을 팔고, 건물을 청소하고 야간에 대리운전을 했다. 닥치는 대로 일해도 늘 돈이 없었다. 하필 나는 뛰어났다. 가난한 주제에 포기를 몰랐다. 내가 조금이라도 꾀를 부리기를 엄마가 기대했을까? 조금만 덜 노력하기를, 친구들보다 뒤처지기를, 흥미를 잃기를, 이 길이 나의 길이 아닐지도 모른다고 고민하기를 엄마는 바랐을지 모른다. 때때로 엄마가 내 등을 토닥일 때 나를 원망하고 있을지도 모른다는 생각이 들었다. 넌 정말 대단한 아이야. 어려운 상황에서도 포기를 모르지. 나의 딸, 너는 정말 훌륭하구나. 그리고 너는 너무 무서워. 무섭게 노력하고 무섭게 질주하지. 너는 멈추는 법을 모르는 팽이 같아. 나의 딸, 곤두서서 내려오지 않는구나. 나의 딸, 대단하구나. 모든 게 나의 오해일지도 모른다.

  나는 팽이처럼 가속력을 이용해 진학했다. 조금이라도 느슨해지면 이제 네 엄마 생각해서라도 그만해야 하지 않겠니, 라며 누군가 나를 막아서고 무대에서 내려오게 할 것 같았다. 두려웠다. 아무도 하지 않은 그만하라는 말이 곧 들릴 것 같았다. 돈은 계속 필요했다. 콩쿠르를 나갈 때마다, 연습을 많이 하면 일주일에 두세 켤레는 우습게 소진되는 포인트 슈즈를 사야 할 때마다, 콩쿠르 작품에 맞는 의상을 마련해야 할 때마다, 집에서 먼 거리를 통학할 때마다, 개인 레슨을 받아야 할 때마다 돈이 들었다. 생각은 너무 위험하기에 생각하지 않았다. 나는 그저 행동하고 춤췄다. 나는 오로라 공주, 감자티 공주, 순박한 시골 처녀 지젤, 아름다운 무희였다. 무대에서는 결코 가난 때문에 걱정하지 않았다. 무대에서는 미소를 짓고 아름답게 웃었다. 나는 건너갔다. 다음 단계로, 여기에서 내 발목을 잡을 위험이 있는 것들을 피하기 위해 저기로 갔다. 저기에서 다시 거기로. 그곳으로, 그곳으로, 그곳으로, 끊임없이 옮겨 갔다. 누구도 나를 말릴 수 없었다. 친구들은 나를 보고 놀라거나 불편해했다. 칭송하거나 나무랐다. 내가 눈부셨으므로. 가난한 주제에 눈부셨으므로. 쉴 법도 한데 정진했으므로. 예술을 가르치는 학교에서 나처럼 가난한 애는 흔치 않았으므로. 나는 가진 게 없기에 더 눈부셔야 했다. 돌아가는 팽이는 도는 게 아니라 곤두선다. 곤두섬으로 돈다. 돌아야 한다.

　나는 다이어트를 할 필요가 없었다. 친구들이 식욕과 체중 사이에서 괴로워할 때, 먹고 토하고 달리며 다이어트에 강박을 가질 때에도 나는 비교적 괜찮았다. 때때로 살이 너무 빠졌다. 팽이를 멈출 겨를이 없었으므로 버거웠다. 곤두서느라 늘 에너지를 너무 많이 썼다. 발레는 엄청난 근력을 필요로 하는 장르이기에 에너지를 비축하느라 애를 썼다. 싸구려 과자들, 설탕이 응축된 음료를 걸어 다니며 삼켰다. 그런데도 살이 빠졌다.

　춤출 땐 가벼운 게 좋다. 살이 없는 게 좋다. 팔은 끝과 시작이 어디인지 모르도록 하는 게 좋다. 다리는 곧게 뻗되 무릎에서 발목, 발목에서 발끝까지 곡선으로 이어져 보이도록

하는 게 좋다. 날아오르는 새의 발처럼 휘어진 발끝이라면 제일 좋다. 가장 높은 곳으로, 내려오지 않을 듯 뛰어오르고는 무게가 없는 듯 안정적으로 착지하는 게 좋다. 착지는 여유롭고 우아한 동작으로, 마치 내려올 줄 몰랐다는 듯하는 게 좋다. 무대에서 발레 무용수는 드러난다. 무용수에겐 입이 없다. 표정과 몸짓, 음악이 언어다. 음악을 옷처럼 입고 이야기한다. 내가 여기 있어요. 솟아오르고 날아오르며, 부피와 두께를 모른 채 존재하지요. 힘든 동작을 해낼 때에도 미소를 잃지 않는다. 재능이란?

아주 쉽게.
아주 쉬운 듯이, 그것을 하는 것.

어렵게 나는 새를 본 적 있는가. 날개가 온전하다면 새는 쉽게 난다. 자신이 날고 있다는 것을 모르는 존재처럼 난다. 아주 쉬운 듯이, 그것을 하는 것. 그게 재능이야.

내가 동경하던 어느 선배는 그렇게 춤췄다. 날아오르는 줄 모르는 채로 날고 착지 후엔 웃는다. 겁내지 않는다. 겁은 날아오를 수 없을지도 모른다는 의심에서 피어난다. 그는 날 수 있을지 없을지, 수행 능력보다는 '날기' 그 자체에 빠져 있었다. 그는 그냥 날기로 한다. 떠오르기. 가능성은 하늘에서 생

월드 발레 데이

각하기로 한다. 어쨌든 그는 날아오른다. 주위로 '그의 기분'이 우수수 떨어진다. 기분이, 그와 함께 착지한다. 그는 방금 날았다. 기분이 어떻지? 아마도 만족에 가깝겠지. 충일함. 좋아. 이번에도. 너무 좋아. 계속 좋을 거야. 계속 좋다는 건 어떤 의미지? 어쩌면 모든 게 나의 오해일지도 모른다.

2

─너 지금 되게 흉해.

훅 치고 들어오는 무희의 말에 하마터면 비명을 지를 뻔했다.

─뭐야, 언제 따라왔어?

─따라온 게 아니야. 그냥 보여. 네가 가는 길이. 귀신이 된다는 게 이런 건가?

무희는 민오가 연습하는 모습을 바라보는 내 뒤에 서 있다.

─여기와 저기가 없네. 나는 그냥 여기 있었는데 네가 저기에서 애들 연습하는 것을 보는 게 보여. 죽음이 이런 건가 봐.

─뭐가.

─쉽게 보이는 거. 쉽게 움직이는 거.

무희는 울고 있었다. 자기가 우는 줄도 몰랐다.

―그만 울어. 언제까지 울 거야?
―나 울어?
―몸 전체로 우는데 뭐.
―눈물이 안 나는데. 그런데도 울음이 안 멈추네.
우리는 나란히 서서 아이들이 연습하는 것을 바라본다.

―내 몸을 만질 수 없다는 게 이상해.
―움직이는데 움직이는 것 같지 않지.
―보이지도 않지.
―우린 안 보여, 다른 사람들에게.
―믿기지 않아.
―몸을 보이는 게 우리 일이었는데. 몸으로 다 했는데.
―몸을 벗어나고 싶었는데.
―몸이 없으니 이상하지.
―없다고 할 수 있을까, 정말.
우리는 나란히 서서 만질 수 없는 서로의 몸을 눈으로 만졌다.

―나는 죽고 싶지 않았어. 그런 생각 해본 적도 없어.
무희가 나를 나무라듯 말했다. 우리 둘의 죽음이 다르다는 이야기를 하고 싶은 거겠지.
―이럴 줄 알았다면 열심히 안 살았을 거야.

─네가 죽을지 몰랐어.

─열심히 살지 말걸.

─네 사고는 너무…….

─억울해. 억울해. 억울하다고.

─그래.

─이제야 춤출 수 있을 것 같았는데.

우리는 나란히 서서 움직이는 민오를 바라보았다.

─민오는 발란스를 다시 잡아야겠네.

─를르베(relevé)할 때 새끼발가락 쪽으로 서.

─그것만 잡으면 축이 훨씬 좋아질 텐데.

─결국 코어 문제야.

─몸은 참 예쁜데.

─발레하라고 빚어놓은 것 같지?

─그러네. 자기는 모르겠지만.

─모르지. 우린 늘 욕을 먹으며 살았으니까.

─우리처럼 지적을 많이 받으며 자라는 애들이 있을까?

─사는 건 다 힘드니까.

─발레는 가혹해.

─뚜렷하게 드러나지. 모든 것이.

─억울해.

우리는 나란히 서서 민오와 아이들이 한 손으로 바를 잡고 고개를 쳐들고 클래스에 임하는 모습을 바라봤다. 소리도 모양도 감촉도 없는 비가 우리 주변에만 내리고 있는 것 같았다. 우리는 나란히 서서 아이들이 가지고 있는 장점과 단점을 논하다가 생각에 빠져들었다. 이런저런 생각들. 우리를 우리이게 한 모든 시간들, 성장과 실패의 기록에 대해 생각했다.

우리는 생각하지만, 아이들은 너무 많이 생각하면 안 된다. 그냥 해야 한다. 단순하고 신실하게. 성실보다는 신실이다. 성실은 지칠 수 있다. 지치면 생각하게 된다. 신실하다는 건 믿음 안에서의 착실함이므로 훨씬 낫다. 발레를 하는 아이들은 의심하면 안 된다. 이걸 할 수 있을까, 하는 게 옳을까 생각하는 순간 높이 날아오를 수 없다. 누군가 어떤 능력을 잃었다면 믿음이 흔들렸기 때문이다. 믿음은 바보들의 성전이다. 어리숙해야 이룰 수 있다.

민오, 생각이 많다는 건 '할' 시간이 없다는 거야. 생각하는 것을 할 시간. 나에겐 그게 없었단다. 내가 생각하는 것을 할 이유. 생각이 나 대신 많은 것을 하기 때문이지. 생각이 나 대신 살고, 생각이 나 대신 울고, 생각이 나 대신 포기하지. 괴로움으로 죽을지도 모른다, 할 수 없을지도 모른다, 살 수 없을지도 모른다. 왜냐하면 내가 하지 않고 생각하기에 생각은 나를 대신해서 모든 것을 지배하기에……. 생각하지 마. 계속 돌아.

월드 발레 데이

어릴 때, 열세 살이나 열넷, 열다섯 살 때. 탈의실에서 연습 슈즈를 포인트 슈즈로 바꿔 신을 때, 친구들은 말한다.

짜증 나. 선생님은 맨날 나보고 돼지래. 뚱뚱한데 어떻게 될 거냐고. 우리 엄마는 맨날 나보고 너는 뭐든지 될 수 있어, 뭐든지. 엄마가 있잖아, 엄마가 그렇게 만들 거야, 이런다. 네가 하고 싶은 것 다 시켜줄게. 너는 그냥 열심히만 해, 이러는 거야. 짜증 나게. 네 꿈을 맘껏 펼쳐! 넌 노력만 하면 돼, 이러는 거지. 우리 엄마도. 우리 엄마도 그래. 난 지쳤는데. 짜증 나. 그럴 때마다 막 성질을 부리고 싶어. 그렇게 좋으면 엄마가 해. 엄마가 포인트 슈즈를 신고 뛰고 돌아보라고. 발가락이랑 발목이랑 얼마나 아픈지. 엄마가 발가락을 새처럼, 갈고리처럼 휘어지게 만들고 해봐. 엄마가 160센티미터에 38킬로그램으로 살아보라고. 친구들은 웃는다. 나는 우리 엄마가 발레에 목숨 걸지 말래. 하다가 다른 거 하고 싶으면 그냥 다른 거 하래. 진짜? 좋겠다. 우리 엄마는 무조건 목숨 걸라는데. 짜증 나.

저들은 탓할 누군가가 필요하다. 의지할 누군가이거나. 그들에겐 여지가 있다. 내게 없는 거다. 없는 것이 많지만 내겐 특히 여지가 없다. 나는 탈의실에서도 마네주 턴을 멈추지 않는다. 계속 돈다. 넌 왜 맨날 같은 레오타드만 입니? 너 포인트 슈즈 죽은 거 아냐? 발 안 아파? 새거 없어? 나는 그냥 계속 돈다. 더 뛰어나야 한다. 다른 아이들보다 빛나려면 돌아야 한다. 연습이 끝나면 친구들을 집에 데려가기 위해 서 있는 자동차가 보인다. 그 안에 엄마나 아빠가 있다. 몸에 좋은 샐러드와 소고기를 먹고 무용수 전용 재활 운동과 마사지를 해주는 곳에 데려가고, 기분 전환으로 쇼핑을 하게 할 사람들이 기다리고 있다. 상관없다. 나는 바쁘다. 눈부시게 실력을 갈고닦아야 한다. 그것만 중요하다. 다른 건 소용이 없다. 나는 계속 돈다.

돌다 보니 나는 어른이고, 무용수가 되어 있다. 나는 뛰어나지만 어딘가 휘어져 있다는 것을 느낀다. 이를 너무 악물었나. 더 이상 할 수 없을 만큼 나를 사용했나. 그런데 나는 쉴 수 없다. 무용단에 입단해서도 결코 쉴 수 없다. 내겐 약점이 많다. 나는 늘 수정하느라 바빴으므로, 지금 그대로의 나로 편하게 있는 법을 알지 못한다. 나는 다른 무용수들에 비해 키가 작고, 얼굴이 예쁘지 않다. 나는 모든 것을 갖추려고 노력했는데 아직도 부족하다. 여지가 없다. 나는 테크닉은 뛰어나지만 갖고 태어나지 못한 것들이 있다. 갖고 태어나지 못한 것을 이미 갖고 태어난 이들이 있다. 나는 그들과 동일한 무대에 선다. 피로하다. 지나치게 늙어버렸다. 시간의 가속력을 온몸으로 타고 돌며, 피로해졌다. 나는 고개를 든다. 갖추기 위해. 할 수 있는 여건을 다 갖추기 위해. 고개를 드는 순간, 나는 튕겨져 나갔다.

3

 춤을 잘 춰도 형편없는 선생이 될 수 있고 춤을 못 춰도 빛나는 것을 전수하는 선생이 될 수 있다. 좋은 선생, 그들은 보통 가르칠 수 없는 것을 가르친다. 말로 할 수 없는 것, 스스로 느끼기 전엔 깨달을 수 없는 것을 가르치는 선생이 있다. 내게도 그런 스승이 있었다. 그는 제자가 자기보다 커다란 날개를 장착하는 것을 본다. 멀리, 높이, 자신으로부터 날아가는 제자를 본다. 바라본다. 바라보며 고통스러워하고(가버리다니!) 바라보며 기뻐한다(내가 빚은 아름다움을 봐. 쟤는 진짜야. 내 속에 있었어!).

 무지한 선생, 뛰어난 선생, 놀라운 선생, 나를 사랑하는 선생, 나를 질투하는 선생, 나를 싫어하는 선생, 나를 도우려는 선생, 나를 눌러버리려는 선생……. 그들은 내가 멈추지 않았으므로 나를 지켜봤다. 깨우지 않았다. 나는 '연습으로 이루어진 꿈' 속에 살았다. 깨어나지 않았다. 촘촘하게 흘러가는 시간이었다. 깨어나서, 그러니까 내가 만들어놓은 요새 같은 시간으로부터 깨어난 후엔 모든 게 어려웠다. 깨어나면 보인다. 나 외의 것들. 내가 연습하는 것 외의 것들. 다른 사람의 다른 삶. 깨어나면 살살이 보였고 그때부터, 나는 생각을 하게 됐다. 생각이 모든 것을 망쳤다.

나는 아이들을 가르치는 것을 좋아했다. 어린 티는 벗었지만 어른으로부터는 아직 멀리 있는 아이들. 이제 겨우 알의 형태로 희미하게 웅크린 아이들. 그들은 탄생을 모른다. 태어나기 전 알 속에서 일어나는 무수한 변화와 전진을 모른 채 앞으로 나아간다. 반복해 연습할 뿐이다. 아이들은 아직 비범을 모른다. 뛰어나면서 동시에 평범을 간직한 아이들. 잠재력은 시간을 들일 용의가 충분히 있는 존재의 것이다. 어른들은 언제나 시간이 없다. 비범해질 시간이 그들에겐 없다. 돈을 벌고, 사람을 만나고, 가정을 꾸리고, 늙느라 그들에겐 시간이 부족하다.

나는 아이들을 좋아했다. 내가 누르면 눌리는 아이들, 일으켜 세우면 곤두서는 아이들, 만지면 만들어지는 아이들. 내 목소리는 최면술처럼 저들에게 영향을 끼친다. 나는 존재의 유연함에 놀란다. 물론 통하지 않는 아이도 있다. 애초에 듣는 일을 힘겨워하는 아이들, 딱딱하게 틀이 잡힌 아이들, 변할 여지가 적은 아이들이 있다. 자신을 끝내 발견하지 못하는 아이는 무용수가 될 수 없다. 자신에게 놀라지 않는 아이는 무용수가 될 수 없다. 이게 나구나. 자신을 발견하는 아이들만 다음 단계로 넘어간다.

비결: 포기하지 않는 것. 무조건 계속하기.

민오의 발레 노트 첫 장에 적혀 있는 문장이다. 내가 민오에게 그렇게 말했다. 어떻게 선생님처럼 될 수 있어요? 포기하지 않으면 돼. 계속하면 돼. 그게 비결이야. 조건 없이, 무얼 바라지 말고, 계속하는 거야. 계속. 그것을 하기 위해 그것을 하는 것. 나는 발레를 포기한 적 없다. 삶을 포기했다.

민오는 오늘 선생님에게 무릎이 뒤로 밀린다는 지적을 받았다. 무릎을 곧게 펴는 것과 뒤로 밀어 쓰는 것의 차이를 알아야지. 그러니까 매일 무릎이 아프다고 하지. 잘못하니까 부상이 생기는 거야. 위로! 위로! 한없이 자랄 수 있다고 생각하면서 끌어올려! 근육이 길어지도록 업을 하라고 업을! 선생님은 화가 났다. 저이로서는 최선일 것이다. 그런데 저이는 그걸 알까. 깨달음은 가르칠 수 없다는 헤세의 말. 민오는 스스로 깨닫기 전엔 모를 것이다. 1~2년 후, 어느 오후에 문득, 근육을 아래로 내리꽂듯 버티어 서는 것과 위로 들듯이 끌어올려 서는 것의 차이를 별안간 깨닫게 될지 모른다. 그건 민오 자신의 일이며, 자신 외에 해줄 수 있는 사람이 없다. 민오는 무릎이 쏙 들어가는 예쁜 다리를 가졌지만—물론 발레에서 말이다—무릎이 뒤로 밀리지 않고 균형을 잡아 위로 세우는 방법도 고민해야 한다. 관절의 유연성은 장점이자 단점이 될 수 있다. 동작을 어떻게 해야 효율적인지 몸으로 '그냥' 아는 아이도 있지만 늦게 깨닫는 아이, 부상을 경험한 뒤에야

비로소 깨닫는 아이도 있다. 후자가 꼭 나쁜 건 아니다. 무엇이든 대가가 있다. 대가가 좋은 것을 불러올 수도 있다.

민오는 지난주 내내 몰래 폭식을 했고 먹은 것을 게워냈다. 목구멍이 쓰라리고 눈물이 나고 몸이 무겁다. 몸무게는 늘지 않았지만 기분이 좋지 않다. 민오는 불안으로 부푼 풍선 같다. 스트레스와 욕구불만 사이, 자신을 끊임없이 굶기고 싶은 마음과 배가 터질 때까지 먹고 싶은 마음 사이에서 버티느라 정신이 너덜너덜해졌다. 민오는 신발을 벗고 학원에 들어서는 순간 체중계에 올라야 한다. 친구들과 몸무게의 수치를 나누고 킥킥대며 웃음으로 걱정을 포장하다 선생에게 불벼락을 맞는다. 웃음이 나와? 한 달 뒤에 콩쿠르인데 웃지? 무거워, 무거워! 성인 취미 발레 시간에는 한없이 너그러운 선생님이 전공반 수업에선 날을 바짝 세운다. 프로 무용수를 키워내려면 어쩔 수 없다. 바를 잡는 아이, 몸과 마음을 컨트롤하며 평생 발끝으로 서야 하는 아이를 키워내려면 어쩔 수 없다. 아이의 시간엔 가늠할 수 없이 밝은 미래가 펼쳐져 있고 나락 같은 어둠 또한 도사리고 있다.

밤에 침대 아래에서, 포인트 슈즈의 토 박스(toe box)를 꿰매며 민오는 나를 생각한다. 선생님은 왜 죽었을까. 끊임없이 노력하라고 노력은 모든 것을 바꿔놓는다고 했으면서. 나에겐 뭔가 있다고, 자기가 보았다고 하더니 죽어버렸어. 선생님은 다 이루었으면서. 내가 가지고 싶은 것을 다 가지고 있었으면서. 내가 가고 싶은 대학에 들어갔고 세계에서 유명한 콩쿠르에서 수상했고 내가 들어가고 싶은 발레단에 들어갔으면서. 선생님은 왜, 죽었을까?

 흘러가면서, 이승을 떠나 먼 곳으로 가는 내내 민오의 목소리가 들렸다. 해초처럼, 민오의 소리가 내 영혼을 감았다. 끈적하고 불편하고 멈칫거리게 만드는 소리. 이상하게도 오직 민오의 소리만 들렸다. 민오의 크고 또렷한 생각이 내 죽음을 방해했고 나도 모르는 힘에 이끌려 이곳을 서성이고 있다. 나는 왜 죽었을까, 민오.

4

 발레에서는 아름다움이 지상 과제다. 어떻게든 아름답게 보여야 한다. 예쁘지 않다면 예쁨을 가장하기라도 해야 한다. 발끝으로 서야 하는 무용수에게 예쁘다는 것은 사지가 계속 자라나는 것처럼 보여야 한다는 것, 내내 곤두선 사람이 되어야 한다는 것이다. 신들린 사람처럼, 머리가 천장 끝까지 닿을 수 있을 것 같은 느낌으로 길게 곤두서는 느낌. 길어지는 불꽃처럼 빛나야 한다. 잠깐의 풀어짐이 무용수의 인생을 영영 풀어지게 할 수 있다. 곤두선 사람은 무너지지 않는다.

　민오, 나는 피곤했어. 정말 피로했어. 어떻게 피곤한지 하루 종일이라도 설명할 수 있을 정도로 피곤했어. 나는 그만 내려오고 싶었어. 내가 하고 싶은 건 그냥 자는 거야. 누워서 숨 쉬지 않는 거.
　아니다. 전혀! 이건 정말 새빨간 거짓말이다. 그 반대가 맞을 것이다. 나는 무대에서 한순간도 내려오고 싶지 않았다. 그게 문제였다. 계속하고 싶었다. 계속. 계속. 계속할 수 있기를 바랐다. 그건 어떤 일이었을까? 나는 불타 죽어버리고 싶었을까, 곤두섬으로.

　꽤 좋은 순간이 있었다는 것을 안다. 나는 다리가 허리보다 더 높은 곳에서 시작해 발끝에서도 끝이 나지 않도록, 정확히는 끝나지 않는 것처럼 보이도록 길게 뻗을 줄 알았다. 영원이 아니라 순간, 잠시 그렇게 보이도록 말이다. 팔이 어깨가 아니라 등 한가운데에서 뻗어 나오는 것처럼, 손끝이 계속 길어져 끝이 난 줄 모르게, 그렇게 보이도록 만들 줄 알았다. 영원이 아니라 순간, 잠시 그렇게 보이도록 말이다. 땅이 아니라 공중이 더 편한 것처럼 걷고 뛰고 날아서 이동했다. 영원이 아니라 순간, 잠시 그렇게 보이도록. 어쩌면 모든 게 나의 오해일지도 모른다.

정답을 알아도 할 수 없는 게 있다. 춤을 추며 알았다. 그 반대도 참이다. 정답을 모르는데, 모르는 채로 저절로 이루어지는 세상도 있다. 춤을 추며 알았다.

어느 날은 새벽 5시에 일어나 밤 10시까지 누워 있던 적이 있다. 더 이상 뭘 할 수 있지? 오른쪽 정강이가 심상치 않다. 병원에 가면 피로 골절이라고 할지도 모르지. 멀쩡한 컨디션이라도 해내기 어려운 작품을 받았는데. 내가 아픈 것을 내가 용납할 수 없다. 몸은 준비가 되었는데 마음이 폐업을 선언한다.

쉬지 않고 계속 같은 일을 하는 사람은 전문가가 된다. 좀 더 집요하고 열렬히 같은 일을 하는 사람은 뛰어난 전문가가 된다. 집요하고 열렬하며 꾸준히 같은 일을 하면서, 다른 사람보다 수월하게, 혹은 수월해 보이게 성장하며 자신을 믿고 긍정과 충만함으로 그 일에 뛰어드는 사람은 대가가 된다. '뛰어드는' 이것이 중요하다. 많은 사람들이 뛰다가 걷고, 걷는 중에 지치고, 중단하고, 의심하고, 머뭇거리고, 돌아가다 숨는다. 물론 대가가 되기 위해 이 모든 지체가 필요하다.

무용수들은 스스로 안다. 자신이 무대에서 어느 정도로 빛날 수 있는 무용수인지. 5년, 7년 아니면 10년쯤 몸과 마음을 갈고닦으면 어느 정도는 자신의 입지를 알게 된다. 내가 해가 될지 달이 될지 별이 될지, 아니면 무용수들이 자기 자리를 찾아갈 수 있도록 붙여놓은 무대 바닥의 야광 스티커 정도의 밝기만 가질지. 알고 있다. 자신의 입지가 야광 스티커라면 서글퍼진다. 야광 스티커는 무대 조명이 꺼질 때, 막이 내릴 때, 막간에만 빛난다. 조명이 켜지면 용도가 사라진다. 그걸 아는 사람도 있고 끝내 알지 못하거나 인정하지 않는 사람도 있지만 해와 달은 하나다. 별은 아름답지만 끝내 보이지 않는 별도 있고 사람들이 놓치는 별도 있다.

뛰어난 무용수는 고통을 덜 겪는다. 정확하게는 덜 겪는 것처럼 보인다. 그들은 자기 몸을 알아서, 치명적인 고통이 당도하기 전에 몸을 살짝 놓아준다. 고통이 지나가도록, 큰 부상에 몸이 지배당하지 않도록 조율한다. 그렇다. 뛰어난 무용수는 자기 몸을 조율하는 법을 배운다. 피아노를 조율하듯 뼈와 근육과 살, 그리고 정신을 매만진다. 자기가 빛난다고 믿는 무용수는 다른 길을 생각하지 않기에 시간을 단축할 수 있다. 그가 고민하는 것은 춤이다. 그렇지 않은 무용수들도 있다. 누워서 많은 것을 생각하는 사람들. 말하자면 우리가 '진로'라고 부르는 것. 춤추지 않을 때 할 수 있는 것들, 해야만 하는 것들, 돈을 벌려면 무얼 더 해야 하는지. 모두 어느 정도는 안다. 춤을 배우면서, 성장하면서, 박수를 받으면서, 무대에서 내려와 집으로 돌아가면서, 다음 날 아침 침대에서 첫발을 내딛으며 발가락 통증에 신음하면서, 그냥 안다.

 어느 날은 나를 믿는다. 나 자신을 누구보다 사랑한다. 기대하고 또 기대한다. 심장이 쿵쾅거리고 잠이 달아나고 공중에 계단이라도 난 것처럼 허공을 뛰어다닐 수 있을 것 같다. 봐, 이 가벼운 몸을. 나는 단단하고 강하지. 몸은 길게 뻗어 있고 직선과 곡선을 고루 가지고 있어. 물속에서 지휘하듯 팔을 우아하게 움직이지. 내가 마음먹고 뛰어오르면 무대 왼쪽에서 오른쪽까지 순식간에 이동할 수 있지. 나는 불꽃이야. 번지듯 옮겨 다니지. 무대에서 나를 본 사람들의 눈이 커지는 것을 봐. 음악은 언제나 내 뒤에서 나를 따르지. 음악에 쫓기듯 동작을 해버리는 것, 그건 평범한 무용수들의 일이야. 나는 언제나 음악을 내 편으로 만들고 음악의 도움을 받고, 음악의 호위를 받으며 춤추지. 우주의 사려 깊은 도움을 받으며 빛나지. 조금도 힘들지 않은 것처럼 뛰어오르고 돌고 착지한 뒤 박수 소리와 함께 퇴장하는 일. 빛나는 것, 그게 내 직업이야. 나는 관객을 본다. 나를 봐. 이게 나야. 잘 봐. 너희들은 엄청난 것을 보는 중이란다.

 어느 날은 그 반대다. 그동안 내가 해온 일들을 믿을 수 없다. 어떻게 했지? 내가 이룩한 지난날의 성과는 뭐지? 그건 거짓이었어. 그냥 운이었어. 어쩌다 소가 뒷걸음치다 쥐를 잡은 것. 사방으로 쥐들이 뛰어다니고, 이제 쥐들이 나를 비웃는다. 나는 쥐를 무서워하며 덜덜 떨며 움직이지 못한다. 굳어 있는 것. 나는 튜브가 필요한 물고기다. 익사할 위험에 놓여 있다. 객석에 있는 사람들은 모두 나를 의심하고 있는 게 분명해. 쟤가 할 수 있겠어? 과연? 무대에서 넘어질 거야. 의심의 눈초리는 내 동공에 가장 진하게 박혀 있다. 무력해. 내몸은 둔하고 무겁고 뚱뚱하고 기능하지 못할 게 분명해. 나는 음악에 떠밀려 무대로 나가고, 음악에 회초리를 맞듯 놀란 얼굴로 뛰고, 음악을 쫓아가느라 불안하게 착지하고, 휘청거리다 끝나기를 기다린다. 가혹한 시간이, 믿을 수 없는 스스로가 끝장나기를 기다리고, 드디어 끝난다.

빛나던 많은 사람들이 어느 날 갑자기 평범해져버린다. 잘할 수 없다면 안 하는 게 낫지. 재능이 넘치는 수많은 무용수가 이런 생각을 하다 죽었다. 생각이 범인이다. 생각이 사람을 죽인다. 그렇지만 나는 아니다. 그동안 너무 오래, 곤두서 있느라 피곤했을 뿐. 사람들은 노력하는 사람을 칭송하지만 본질이 바뀔 정도로 오래 노력한 사람은, 그러니까 빨강이 파랑이 될 정도로 오래 노력하다 보면 어느 순간 휘어져 있다. 내 노력의 전부가 발레를 향한 것은 아니다. 나는 토대를 가지려고 애를 썼다. 밟을 땅이 없어. 나는 땅을 만드느라 진땀을 흘렸다. 너무 어릴 때부터. 민오에게 어떻게 말을 해야 할지 모르겠다. 밟을 땅이 없어. 이런 말을 해주고 싶은 건 아니다. 그저 노력을 하되, 절대 포기하지 말되, 가질 수 있는 건 가지고 태어나라고 말하고 싶다. 자신을 갈아 넣지 말라고. 나를 잃으면 모든 것을 잃는 거라고. 그러니까 스스로를 사랑하지 않으면서 춤추는 게 무슨 소용이람. 민오, 안녕. 민오를 떠나기. 떠나기. 떠나기. 지금은 이게 내 할 일이다.

지금 네가 내게 죽은 이유를 묻는다면 이렇게 말하고 싶다. 나는 새벽처럼 무심하고 싶었어. 그래서 죽은 거야.

5

—이제 어디에도 갈 수 있잖아. 이왕이면 나는 로열 발레단에 갈래.

—영국은 멀어.

—귀신인 우리에게도 멀까?

—여기를 떠나고 싶지 않아. 몸이 그렇게 말하는데. 네 몸은 어때?

—몸이 없잖아.

—그래도 있잖아. 있는 것 같잖아.

—나는 마리아넬라 누네즈가 연습하는 것을 눈앞에서 보고 싶어.

—귀신이 보는 것도 보는 걸까?

—난 귀신으로 보는 게 아니야. 무용수로서 보는 거지. ABT로 갈까?

—미국은 멀어.

—너는 왜 다 멀다고 해? 우리는 어디든 갈 수 있어.

—우리가 춤췄던 곳으로 마지막으로 한번 가보는 게 어떨까.

—마지막?

우리는 5년 동안 무용수로 일했던 곳, 우리가 떠나온 발레단으로 가기로 했다. 귀신에게는 이동이 쉽다. 바라보면, 도착해 있다. 바라면, 그곳이다. 마침 오늘은 월드 발레 데이다. 월드 발레 데이는 2014년부터 세계 유수의 발레단이 1년 중 하루를 정해 기념하는 날이다. 그날 발레단에서는 무용수들의 모습을 유튜브로 생중계하여 보여준다. 보통 10월 말이나 11월의 하루를 기념한다.

우리가 잘 아는 얼굴들이 보인다. 한 시간 반 동안 몸을 푸는 클래스의 막바지, 무용수들이 그랑 점프를 하고 있다. 저렇게 뛰었지 나도. 얼마 전까지 바닥을 누르는 힘으로 뛰어올라 하늘에서 두 다리를 일자로 찢고, 내려오지 않을 것처럼. 부웅, 소리가 날 것 같았지.

무희는 또 운다. 참 손이 많이 가는 아이다. 운다는 건 눈물을 흘리는 일이 아니라 영혼이 흔들리는 일일지도 모르겠다. 우리는 혼이므로, 혼일 뿐이므로 그것을 제일 잘할 수 있다.

―죽기 전에 뭐 했어?
―뭘 하긴. 나 어떻게 죽었는지 잊었어? 운전했지.
―미안.
―넌 뭘 했는데?
―인터넷으로 산불에 타 죽은 나무들을 검색했어. 대규모 동백나무숲이 불타고, 수령 900년 된 은행나무가 불에 타 죽었다는 이야기, 그런 거. 900년을 살아도 불에 타 죽는구나. 그런 생각을 했어. 살아 있었을 때 잎을 피우고 열매 맺고, 그 일을 900번 반복하다 어느 날 갑자기 불에 타 죽는 나무들.
―그걸 뭐 하러 봐.
―그냥. 근데 우리 나무 인간 같지 않냐?
―나무?
―부러질 것처럼 늘 꼿꼿이 서 있어야 했잖아. 딱딱한데 유연해야 하고, 무너지면 안 되고, 슈즈에 발 넣을 때마다 나는 나무 인간인가, 생각했어.
―무희야, 있잖아.
―응.
―나는 매사에 너무 진지했나 봐. 그러지 말 걸 그랬나.

발레단에서는 '지젤'의 리허설이 진행 중이었다. 수석 무용수들이 파드되하는 모습을 지켜보고 나니 윌리들(willis)의 군무 연습이 시작됐다. 우리는 윌리들의 군무를 바라보다 맨 뒤로 가서 섰다. 윌리의 대열에 조심히 끼어들었다. 사랑하는 남자가 춤추다 죽는 벌을 받게 되고, 그를 죄에서 구원하려 애쓰는 지젤의 곁에서 날아다니듯 춤추는 혼령들의 일부가 되었다.

—우리 정말 혼령들이네.
—진짜 윌리가 되었어.
—이제야 배역을 제대로 맡은 건가?
—죽어서도 지젤은 아닌 거지?
—지젤이 되고 싶었어?
—넌 아냐?
—바보, 지젤도 윌리잖아.
—아.
—지젤도 윌리 중 하나야.

우리는 대열에 맞춰 아라베스크 자세로 좌우로 교차해 움직이는 춤을 췄다. 이렇게 가뿐하다니. 발이 저리지도 허리가 뻐근하게 아프지도 않았다. 드디어 중력을 벗어났다. 종일 춤출 수 있을 것처럼 가벼웠다.

―다시 태어나도 발레하고 싶어?
―응.
―정말?
―그렇다니까.

나도.
나도.

나도.

나도.

어느새 곁에 모인 윌리들의 대답이 이어졌다. ■

위드걸스

서고운

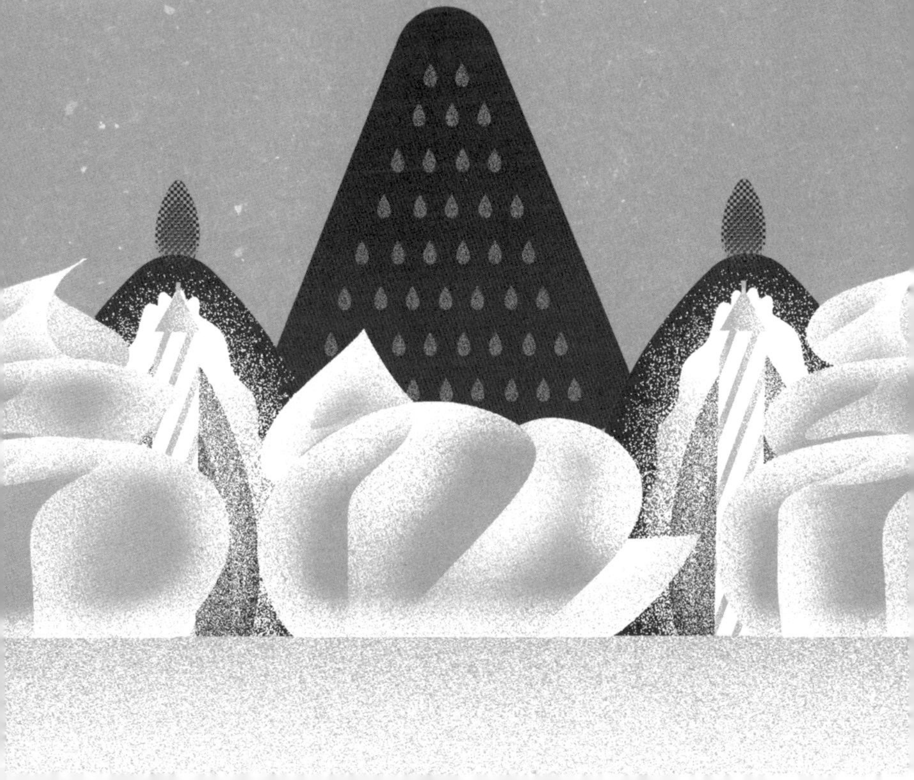

서고운

2022년 단편소설 〈숨은 그림 찾기〉로 문학동네 신인상을 수상하며 작품 활동을 시작했다.

선주는 별 고민 없이 옷을 툭툭 걸쳐 입는 모습이 언제나 예뻤다. 오늘처럼 쨍한 여름날이면 나는 선주가 옷을 갈아입는 모습을 한참 바라보곤 했다. 여름옷이 잘 어울리는 사람. 무엇을 입어도 시원해 보이는 사람.

나는 그런 선주를 사랑했고, 선주는 강아지를 키우고 싶어 했다. 우리가 강아지를 키운다면 인생이 많이 달라질 거야. 선주는 좋은 방향으로의 달라짐을 말했지만 나는 그런 변화를 상상하기 어려웠다. 한 생명을 거두는 건 정말 어려운 일이야. 나는 제법 의젓하게 그런 말도 했는데 선주는 당연하지, 어렵지 않은 사랑이 어디 있어, 하고 받아쳤다. 언니, 나는 누군가에게 안전한 날들을 주고 싶어. 선주는 소망했다. 우리도 그럴 수 있는 사람이라는 걸 확인하고 싶어.

보호가 필요한 개들은 많았다. 선주는 밤낮으로 각종 SNS와

앱, 보호소 홈페이지를 뒤졌다. 초보 집사에게 적합한, 너무 작지 않은 의젓한 개를 찾았지만 결국 우리에게 온 개는 얼룩덜룩한 갈색 무늬의 긴 털을 가진, 2.5킬로그램의 아주 작은 치와와였다. 치와와는 입으로 집을 수 있는 모든 것을 물어뜯었다. 잠시 한눈판 사이 가방에서 담배를 꺼내 먹은 개를 안고 동물병원으로 달려간 적도 있었다. 청첩장을 찢고 팬티를 물어다 던져놓고 반찬통을 박살 내고 어디 사라졌는지 한참을 찾다 포기했던 인감도장을 물어오고…… 그러고도 심심하면 벽지를 찢어발겼다. 덕분에 집은 엉망이 되었고. 어느 날은 저녁 밥상 앞에서 뱅글뱅글 돌다가 순두부찌개에 꼬리를 담그고 낑낑대기도 했다. 그 뒤로 우리는 그 작은 개를 순찌라고 불렀다.

선주는 발목이 살짝 드러나는 청바지에 흰 티를 입고 잠시 고민하는 모양으로 서 있었다. 순찌는 선주의 발목에 몸을 비비며 꼬리를 팔랑거리는 중이었다. 선주는 순찌를 살짝 밀어내고 코발트색 리넨 카디건을 꺼내 들었다.

"덥지 않겠어?"

"학원 에어컨이 너무 세. 남자애들이 맨날 덥다고 난리거든."

순찌의 임시 보호를 시작한 지 한 달 정도 지났을 때, 선주는 언론고시 5수를 포기하고 논술 과외와 보습 학원 강의를 시작했다. 책임을 지고자 하는 마음과 책임을 질 수 있는 환경은 엄연히 다른 것이라며. 하루에 두 탕, 세 탕을 뛰는 선주를 보며 나는 우리 애 '입양'한 게 아니라 '임보' 하는 거야, 하고 달랬지만 소용없었다.

카디건에 맞추어 파란 컨버스를 신은 선주가 언니 다녀올게, 하고서 나가자 순찌는 닫힌 문을 등지고 내게로 달려왔다. 나는 허리를 숙여 작은 개의 통통한 등을 문질렀다. 겉의 털은 뻣뻣한데 속 털은 보드라운 게 언제나 기분이 참 좋았다. 순찌도 기분이 좋아졌는지 발라당 누워버렸다. 나도 순찌의 옆에 쪼그려 앉았다. 오랜만에 꽤 긴 외출을 할 생각을 하니 벌써부터 피곤이 몰려왔다.

명화아씨의 신당은 인천 외곽에 있었다. 노후한 버스는 후텁지근했고 비닐 재질의 좌석 시트 때문에 허벅지에 땀이 찼다. 나에게는 작년부터 자잘한 사고가 많았다. 승강장과 스크린도어 사이에 발이 빠져 안전안내문자의 주인공이 되기도 하고, 화장실 선반이 무너져 타일이 깨지는가 하면 낡은 창틀에서 유리창이 뚝 떨어지는 바람에 창가에서 담배를 피우고 있던 반지하 아저씨를 죽일 뻔한 적도 있었다. 선주는 이러다 집이 부서질 수도 있겠다며 언니는 집 무너지면 뭐부터 챙길 거야? 하고 물었다. 나는 무너지는 집에서 살고 싶지 않았다. 반듯한 집에 살면서 단정하게 일을 하고 싶었다.

핸드폰 케이스에 끼워 넣은 명함을 들여다보았다. 금박으로 박힌 명화아씨 네 글자가 빛나고 있었다. 일을 그만두던 날, 아니 정확히는 쫓겨나던 날 유일하게 나를 마중 나온 막내 작가에게 받은 명함이었다. 한번 가보세요. 심리상담 받는다 생각하시고.

나는 신기한 이야기를 찾는 일을 했다. 이야기. 그것은 때로 재주를 부리는 개나 고양이의 사연이기도 했고, 십수억을 챙겨 달아난 뒤 뻔뻔하게 태양광 전문 유튜버가 된 사람의 전말이기도 했으며, 첩을 둘씩 두고 세 집 살림을 하는 교수의 실체이기도 했다. 나는 프로그램 게시판에서 제보를 확인하거나 맘 카페, 불륜 카페, 사기 피해자 모임 등 각종 커뮤니티를 뒤지며 혹할 만한 사연에는 댓글을 남겼다.

연락을 했는데 취재를 안 가거나 취재를 했는데 방송에 나가지 않은 경우에는 오만 욕설을 다 듣기도 했다. 야이.사기꾼년아.너도.똑같다.방송국.새끼들.다.똑같지.뻔뻔한.ㄴ넘들. 하는 문자를 받기도 하고, 언젠가는 〈신기한TV세상〉 박인혜 작가 조심하시오, 하며 낚시 카페에 내 명함이 박제된 적도 있었다. 할 수 있는 말은 많지 않았다. 죄송합니다. 다음에 기회가 되면 꼭 다시 취재할 수 있도록 노력해보겠습니다. 그리고 차단.

그러다가 그 여자를 만났다. 처음에는 평범했다. 나름의 억울한 사연을 가지고 있는 많은 사람들이 그러하듯 정말 하루도 빠짐없이 제보 메일을 보내왔다. 어떤 화재 사고에 대한 이야기였다. 나는 이메일 주소의 아이디 'remember0815'를 검색해서 블로그 하나를 찾아냈다. 수백 개의 포스트가 쌓여 있었다. 3년 전 광복절 밤 11시경. 그랑빌딩. 편의점, 학원, 철학원. 아홉 명 부상, 세 명 사망, 한 명 실종. 그리고 위드걸스. 거의 모든 게시물은 5층 위드걸스에 대한 이야기로 끝났다.

미처 빠져나가지 못한 네 명의 직원이 빠 위드걸스에 있었습니다.

그즈음 내가 가져가는 아이템은 기획 회의도 제대로 해보기 전에 번번이 탈락하는 중이었다. 프리랜서 위탁 계약에 따르면 나는 엄연한 개인사업자로서 스스로의 행보를 알아서 챙겨야 했으나 쉬운 일이 아니었고, 결국 언제부턴가 인쇄물 정리, 게시판 댓글 관리, 전화 연결 등등의 일만을 반복했다. 누가 해도 상관없는 일. 재계약은 물 건너간 듯 보였다.

나는 혼자서라도 제보자를 만나보기로 했다. 그러지 말았어야 했는데.

지은 지 20년쯤 되어 보이는 구형 오피스텔 9층에 있는 신당의 문을 여는 순간 서늘한 기운이 끼쳐왔다. 이런 게 영적인…… 무엇일까, 하는 순간 거실 한구석에 놓인 스탠드 에어컨이 보였다. 목표 온도 17도. 열이 많으신 분인가 보군. 분홍색 골프 셔츠를 입은 명화아씨가 나를 방으로 안내했다. 한복이나 법복, 뭐 그런 것을 입고 있을 줄 알았는데.

"혹시 집안에 뱀술을 잡수거나 사냥을 즐겨 하신 분이 계시지 않았니."

나의 사연을 대강 듣고 난 명화아씨는 절개 라인이 벌건 눈을 치켜뜨고 물었다. 뱀술…… 사냥……. 그런 사람은 없었는데. 그런데도 속에서 무언가 울컥 치솟았다. 옛날 언젠가 조막손으로 무덤을 만들던 기억 같은 것들.

"사령이야. 이누가미라고 아나. 동물들의 원혼."

명화아씨는 붓을 쥔 손으로 나의 배를 가리켰다.

"여기 꽉 차 있다고."

다행이다. 빳빳하게 굳어 있던 다리의 힘이 탁 풀렸다. 내 탓이 아니었구나. 내가 잘못해서 인생이 부서지고 있는 것이 아니었다. 문득 안도해버린 내게 명화아씨가 말을 이었다.

"최근에 억울한 일을 당했을 건데. 실직을 했다거나."

나는 고개를 끄덕였다.

"그래서 그렇게 살생을 한 분이 있었느냐는 말이야."

문득 떠오르는 게 있긴 했지만……. 나는 그게 좀 애매하다고 답했다. 어릴 때 엄마가 애완동물 가게를 해서 동물들이 죽는 걸 많이 봤다고. 그런 것도 해당이 되겠느냐고. 물론 명화아씨는 그렇다고 말할 것이다. 동물을 괴롭히고 죽이는 업보를 쌓은 사람이 집안에 한 명쯤 없겠는가. 무속인들이 무엇이든 맞힐 수 있는 비밀은 거기에 있다. 현대인이라면 피할 수 없는 가계도를 던져 부려놓는 것. 역시나 명화아씨는 그럼 그렇지, 하고 상머리를 탁 쳤다. 니 엄마 벌전이 너한테로 내려온 거야! 나는 절로 고개를 조아렸다.

"그런데 이상하네."

아씨는 붓을 스윽 올려 나의 머리 위에 대고 원을 그리듯 돌렸다.

"수호령이 같이 붙어 있어. 그것도 여럿."

"네?"

"작아. 작은 애들이야. 작고 보드라운……."

아씨가 눈을 감고 읊조렸다. 이들이 아가씨를 지킨 거야. 아니었음 진작 이 세상 사람 아니었을 거다…….

"그럴 수 있어. 세상이란 게 말이지, 일직선으로 흘러가지 않아. 가는 사람이 있으면 오는 사람이 있듯 이 세계도 그래. 가는 세상이 있으면 오는 세상이 있단 말이에요. 우리 아가씨도 이제 좀 편하게 살아야 하지 않겠나?"

종일 혼자 집을 지킨 순찌는 빙글빙글 돌며 난리를 부렸다. 나는 순찌에게 늦은 저녁을 주고서 명화아씨의 말을 곱씹었다. 사령이라. 순찌는 사료를 한 입 한 입 물어 와 내 앞에서 오독오독 씹어 먹었다. 그렇게 밥그릇을 천천히 비울 즈음, 선주도 양손 가득 짐을 들고 돌아왔다.

"이게 다 뭐야."

선주는 대답 대신 물건을 하나하나 꺼내 보였다. 한 손 크기의 페인트 통과 손톱만 한 붓, 하얀 벽지, 칼, 자……. 그러고서는 순찌가 엉망으로 만들어놓은 벽 이곳저곳을 턱짓으로 가리켰다. 무슨 일을 하려는지 대강 알 것 같았다.

"지금 해?"

"아니. 지금 하면 쟤 또 이거저거 물고 가고 난리 날걸."

선주는 물건을 도로 봉지에 담아 순찌의 손이 닿지 않는 싱크대 위로 올려두었다.

"점은 잘 봤어? 뭐래?"

"여기 사령이 가득 차 있대."

나는 숨을 들이켜 한껏 볼록하게 만든 배를 가리켰다.

"그럼 어떻게 하래?"

"굿을 하래."

신통한 비방을 기다리던 내게 명화아씨는 이백이 있느냐 물었지만, 그럴 리가. 나에게는 이백이 있지도 않았고, 있어도 굿판을 벌이는 데 쓸 수는 없었다. 어떻게 나이 서른이 다 되도록 이백만 원이 없냐, 하며 나는 손톱 거스러미를 뜯었다.

"굿 말고 다른 방법은 없대?"

"응. 근데 수호령도 있대. 그래서 목숨은 붙어 있는 거래."

순찌가 사령의 냄새라도 맡는 듯 내 배에 코를 대고 킁킁거렸다. 우리는 한참을 깔깔대다 잠시 조용해졌다. 얘를 어떻게 보내지. 선주가 순찌의 등에 얼굴을 비볐다. 겨울 냄새 나. 겨울에 와서 그런가.

지난해 겨울, 눈이 내리다 말기를 반복하던 어느 날이었다. 검은색 패딩을 두껍게 껴입은 제보자는 카페 문을 열고 두리번거리며 나를 찾았다. 내가 손짓을 하자 여자는 제 몸집보다 거대한 배낭을 이고 천천히 걸어왔다. 검은 머리를 돌돌 말아 올려 묶은 모습이 생각보다 어려 보였다.

여자는 배낭에서 두꺼운 파일 더미를 꺼내 사진 몇 장을 펼쳤다. 어두운 조명에 붉은 의자. 촌스러운 인조 크리스털 장식장에는 먼지 쌓인 위스키가 진열되어 있었다. 여기가 위드걸스 바입니다. 그는 화재 당일 월경통 때문에 술을 마시지 못할 것 같아 가을이라는 사람과 근무를 바꿨다고 했다. 술이요? 하고 묻자 여자는 네, 대부분 남자 손님들이 오는데 여자 바텐더들이 술도 따라주고 같이 마셔주고 하는 그런 바입니다, 하고 심드렁하게 답했다. 얘가 가을이에요. 여자는 갸름한 볼 사이에 오뚝한 코가 돋보이는, 조금 앳된 사람의 사진을 가리켰다. 가을이는 실종되었고 유라, 현아, 매니저가 죽었습니다. 방화문이 잠겨 두 명은 갇혀서 죽었고 한 명은 창밖으로 뛰어내리다가 죽었습니다. 그녀는 챗봇처럼 담담하게 말을 잇다가 잠시 멈추어 음료를 들이켰다.

블로그에서 이미 읽은 이야기였다. 화재 시설을 제대로 구비하지 않은 책임을 회피한 채 빌딩을 내놓고 달아난 건물주에게는 어찌저찌 벌금형이 선고되었다. 안전 점검을 제대로 하지 않은 구청과 광복절 행사에 소방차를 동원해 쇼를 펼친 서장은 간단한 유감 표명을 했다. 폐허로 방치되었던 그랑빌딩은 대기업 계열의 요식업 브랜드에서 인수하여 포틀랜드에서 선풍적인 인기를 끈 베이커리 카페의 한국 1호점을 론칭했다. 여자는 카페 앞에서 매일 1인 시위를 진행하고 있었다. 참사 현장에 빵집이 웬 말이냐! 자기 몸보다 큰 피켓을 들고 있는 사진이 매일 블로그에 올라왔다. 카페 앞에 길게 줄을 선 젊은 연인들이 그를 흘깃거렸다. 그의 최종 목표는 카페 주차장 자리에 그랑빌딩 참사 추모 공간을 조성하는 것이라고 했다.

그렇게 다 알고 오긴 했지만. 나는 달리 할 말을 찾지 못하고 고개를 주억거렸다. 이런 일을 글자로 읽는 것과 사람의 입으로 듣는 것은 너무 다른 일이니까. 고생이 많으셨겠어요. 내가 간신히 말을 꺼내자 여자는 고개를 끄덕였다.

"우리 작가님한테 8월 15일은 뭐예요?"

"……광복절이겠지요."

"저는요, 그날 이후로 한국 달력은 쓰지도 보지도 않아요. 저한테 그날은 광복절도 아니고 빨간날도 아니고 그냥…… 그날이에요. 같이 일하던 사람들이 아무런 예고 없이 사라진 날. 나도 그렇게 될 뻔한 날. 가을이 미래를 내 것이랑 바꾼

날. 그런데 아무도 모르는 날."

한 자 한 자 내뱉는 여자의 눈동자가 새까맣게 빛나고 있었다.

"그런데요. 댓글에서 그러대요. 그러게 그런 일을 왜 했느냐고. 더럽다고. 벌전 내린 거라고."

여자는 커피잔이 바싹 마를 때까지 이야기를 토해냈다. 저녁 시간을 훌쩍 넘겨 집에 돌아왔을 때, 선주는 얘야, 귀엽지, 하고 치와와 한 마리를 안고 있었다. 개를 키워본 적 없는 나로서는 이 작은 개와 어떻게 인사를 나눠야 하나 알 수 없어 뻣뻣하게 서 있었다.

"안아봐. 기분 좋아진다."

선주가 내게 개를 건넸다. 엉거주춤 개를 안아 들자 외투 주머니에서 바스락대는 봉투가 느껴졌다. 취재비라고 생각해주세요. 이야기를 마친 여자가 건넨 것이었다. 이 땅에 이런 일이 너무 많습니다. 여자는 자리를 떠나면서 그런 말을 했다. 나는…… 그렇기 때문에 방송까지 가기는 어려울 것 같다는 말을 삼키며 한없이 초라해졌다. 개는 그런 나의 마음 따위 모르는 채로 내 품에 어설프게 안겼다.

"너무 가벼워."

"그치. 한 팔에 다 들어가."

그리고…… 따뜻하다. 나는 그 상태로 한참을 엉거주춤 있었는데 정말로 기분이 조금, 좋아졌다.

그날 이후 얼마 지나지 않아 소란이 일었다. 박인혜라는 사람이 자꾸 귀찮게 굴고 협박을 한다며 항의 전화가 빗발친 게 화근이었다. 본인이 무슨 화재 사건을 취재하는 방송 작가인데 관련 기록이라든지 뭐를 안 내놓으면 폭로를 하겠다 어쩌겠다 이러고 다닌다고. 담당 형사가 방송국을 찾아와서는 선임 피디와 나를 불러 사진 한 장을 내밀었다. 보조 작가 박인혜의 명함. 그리고 검은 옷차림을 한 여자. 여자는 나의 명함을 들고 다니며 여기저기 들쑤시고 다닌다고 했다. 선임 피디는 나의 등을 토닥였다. 그러니까 취재원을 잘 가려 만나야지. 그리고 인혜 씨는 메인도 아니고 피디도 아닌데 취재를 왜 다녔지? 사무실에 두었던 짐들은 버리거나 다른 작가들에게 나눔을 했다.

집으로 돌아온 나는 여자가 건넸던 봉투를 찾아 꺼냈다. 백화점 상품권 18만 원어치가 들어 있었다. 이 돈을 얼른 남김없이 쓰고 싶었다. 나는 가장 가까운 백화점을 찾아가서 알이 크고 단단한 딸기 두 팩, 선주가 좋아하는 미국 시리얼 한 상자, 분홍색 프릴이 장식된 소형견용 하네스 그리고 장미꽃다발을 하나 샀다. 한 시간쯤 있었던 것 같은데 18만 원이 금세 사라졌다. 케이크와 꽃을 들고 돌아온 나에게 선주는 오늘 무슨 날이야? 하고 물었다. 나는 어깨를 으쓱해 보이고는 글쎄, 그럴지도, 하고 답했다. 딸기는 맛있었고 하네스는 순찌의 얼룩덜룩한 생김새에 비해 너무 공주 같긴 했지만 나름 귀여웠다. 장미는 현관문 위에 걸어두었다.

 선주가 온종일 돈을 버는 동안 장미는 갓 개업한 식당의 액막이 명태처럼 천천히 말라갔고 일을 잃은 나는 순찌와 많은 시간을 보냈다. 날이 좀 풀리고 나선 하루에도 몇 번씩 산책을 나갔다. 출랑거리며 걷는 순찌의 엉덩이를 보면 꼭 선주 같아 마음이 사르르 간지러워졌다. 여느 강아지와 다르게 실외에서 배변을 하지 않는 버릇은 바깥에서 화장실에 잘 가지 않는 나를 닮은 것 같았다. 선명하고 커다란 코는 선주를, 긴 속눈썹은 나를 닮았다. 우리가 낳은 것도 아닌데.

 작은 개는 점점 포동해졌다. 고작 500그램 쪘을 뿐인데 제법 묵직했다. 늘어나는 무게만큼 조금씩 정도 들었다. 한껏 난리를 치다 널브러진 순찌의 키를 한 뼘 두 뼘 재보면 조금 컸나, 싶기도 했다. 순찌를 가운데 두고 선주와 나란히 누워 잘 땐 인생이 새로운 단계로 접어드는 듯 느껴졌다. 대학 동기의 결혼식을 제치고 순찌랑 동네 놀이터에 가서 종일 놀고 온 날, 그래서 순찌보다도 더 노곤해져 풀썩 누워버린 날 밤, 나는 선주에게 물었다. 이제 임보 끝내고 입양을 하면 어떻겠느냐고.

 "근데 사령이 정확히 뭐야?"
 침대에 누워 잠시 말똥한 시간을 보내고 있던 선주가 물었다. 순찌는 여느 때처럼 쏜살같이 뛰어올라 나와 선주의 사이로 폭 파고들었다. 나는 명화아씨가 해준 이야기를 전해주었다. 선주는 순찌의 콧등을 매만지며 언니한테 그런 게 왜 있어, 하고 물었고 나는 글쎄, 엄마 때문인가, 하고 우물거렸다. 얼마 지나지 않아 선주의 가슴팍이 느린 박자로 올라갔다 내려갔다 했다.

선주는 누우면 금방 잠드는 편이었는데 잠버릇이 좋지 않았다. 이불을 돌돌 감은 채로 이리저리 돌아눕고 발버둥을 치는 바람에 나를 깨울 때가 많았다. 순찌가 우리 사이에서 자기 시작한 날부터 나는 수시로 깨서 선주의 몸을 바로 눕혔다. 혹시나 잘못 버둥거렸다가 순찌를 뭉갤까 봐 무서웠다. 작은 동물이 죽는 건 정말 한순간이니까.

엄마는 마트 한구석에서 애완동물 가게를 했다. 나는 학교가 끝나면 엄마의 가게로 가서 받아쓰기 숙제 따위를 하곤 했다. 가게 한쪽에는 수조와 온실이 층층이 빼곡했다. 금붕어, 구피, 코리도라스 같은 물고기들이 수조에 바글바글 모여 있는 모습을 나는 숙제를 하다 말고 가만 바라보곤 했다. 수조 아래는 토끼, 햄스터, 기니피그의 자리였다. 특히 햄스터가 유행할 때였다. 반 아이들 중에 절반은 햄스터를 키우는 것 같았다. 엄마는 절반까지는 아닐 거라고 했다. 그러면 가게가 이 꼴이겠니.

아무리 유행이라고 해도 동물이 다 잘 팔리는 건 아니었다. 재고가 있었다. 신상품이 들어오는 날에는 재고가 빠졌다. 애네는 어디로 가는 거야, 하고 물었을 때 엄마는 왔던 곳으로, 하고 답해주었다. 나는 그게 좋은 것인 줄 알았다. 돌아갈 수 있는 곳이라면 다 집인 줄로 알고. 어디에 가지 못하고 죽는 애들도 있었다. 많았다. 비실거리다 죽고, 자기들끼리 싸우다가 죽고. 엄마가 출근해서 가장 먼저 하는 일은 사체를 골라내는 것이었다. 물고기 사체는 채로 건져서 버리고 햄스터나 기니피그 같은 애들은 비닐장갑으로 집어내 버렸다.

그 시절 나는 무덤을 많이 만들었다. 죽은 동물을 몰래 꺼내 작은 주먹에 감싸고 마트를 나왔다. 마트 앞 화단, 또는 조금 더 멀리에 죽은 물고기와 햄스터를 심듯이 묻었다. 슬퍼서 그런 건 아니었고 그냥…… 무언가 죽으면 묻어줘야 한다고 생각했던 것 같다. 작은 봉분 위에는 나뭇가지를 엮어 만든 십자가를 꽂았다. 교회나 성당에는 가본 적이 없지만. 무덤에는 마땅히 무언가가 있어야 한다고 생각했기 때문이다. 함부로 밟히지 않게 할 무엇. 여기에 작은 생이 묻혔음을 잊지 않게 할 표시.

엄마의 가게는 3년을 간신히 버티다 망했다. 나는 절대로, 절대로 나보다 약한 존재는 키우지 않겠다고 다짐했었다.

그런데 그게, 마음대로 되지 않네.

*

웬일인지 알람이 울리기 전에 눈이 떠졌다. 방금 온 문자가 핸드폰 액정에 떠 있었다. 순찌의 입양자였다. 조금 일찍 도착할 것 같습니다. 나는 어느새 또 내 허리에 올라온 선주의 다리를 내리고 일어났다.

"입양자 조금 일찍 온다는데."

"……언제?"

"9시."

"지금 몇 신데."

"8시 좀 넘었어."

"미친."

선주는 곧바로 몸을 일으켰다. 선주 머리맡에서 코를 골던 순찌도 벌떡 깨서 밥그릇을 향해 달려갔다. 선주는 냉장고에서 사료 통을 꺼내 뚜껑에 표시해둔 눈금까지 사료를 부었다. 한창 사료 파동으로 난리가 났을 때 고심해서 고른 유럽산 사료였다. 그때 선주는 매일 밤 핸드폰의 작은 액정에 코를 박고 검색에 검색을 거듭했다. 이해가 안 돼. 사람 음식이었으면 난리가 났을 텐데.

돌이켜보면 선주를 처음 보았을 때도 그런 말을 들었다. 이해가 안 돼. 바람이 조금 선선해졌다 싶던 어떤 날. 쪽지가 가득 붙은 벽 앞에서 보라색 캡 모자를 쓰고 중얼거리던 여자.

그는 바닥에 떨어진 쪽지들을 주워 벽에 붙이고 있었다. 단단한 타일을 바르듯이 꼼꼼하게. 나는 그 모습을 한참 바라보았다. 얼마나 지났을까. 여자가 떠났고 나는 홀로 남아 그가 붙여둔 이야기들을 찾아 읽었다.

―마음이 너무 아파요.
―슬픔을 나누기 위한 글입니다.

그 아래 바닥에 노란 카드 지갑이 하나 보였다. 지갑을 펼치자 쪽지를 줍던 여자의 얼굴이 보였다. 이선주. 나는 얼른 보라색 모자를 쓴 여자를 찾아 뛰었다.

순찌는 하네스를 차고 얌전히 이동장에 들어갔다. 어디 놀러라도 가는 줄 아는 모양이었다. 나는 순찌의 최애 장난감인 삑삑이와 토끼 인형, 말린 황태, 치석 제거용 껌, 중고 마켓에서 구한 방석과 담요를 담은 장바구니를 어깨에 메고 이동장을 안듯이 들었다.
"정말 안 가?"
"응."
선주는 맨발로 서서 현관문을 잡아주었다. 그러고는 이동장의 철창 너머로 순찌에게 무어라 속삭였다. 나는 무슨 말을 했는지 굳이 묻지 않았다.

내가 입양 이야기를 꺼냈을 때, 선주는 기다렸다는 듯 은행 앱을 열어 계좌를 하나 보여주었다. 이거 순찌 거야. 매달 10만 원씩 넣고 있어. 다음 날 아침 나는 순찌를 무릎에 올려둔 채 오랜만에 노트북을 켜 입양 신청서를 열었다. 반려동물과 함께 살아본 경험이 있나요? 하루 중 몇 시간을 반려동물과 함께 보낼 수 있나요? 한 달에 얼마 정도의 비용을 반려동물에게 쓸 수 있나요? 질문이 많았다.

5. 신청자님의 가족은 총 몇 명입니까? 가족 구성원의 나이와 성별, 직업을 적어주세요.
6. 가족 구성원들과의 관계를 구체적으로 적어주세요.

나는 많은 것을 그저 견디며 살아왔다. 외풍이 심한 창문, 모기가 춤을 추며 들어오는 방충망, 깜빡거리는 형광등……. 그냥 좀 추워하면서, 간지러워하면서, 그렇게 살았다. 선주는 달랐다. 문제가 생기면 원인을 찾아야지. 원인을 찾으면 해결해야지. 그래서 내가 그냥 꾹 참고 불행해하는 것을 견디지 못했다. 같이 살기 전에도 선주는 수시로 나의 집에 드나들며 창문에는 방풍지를 바르고 방충망에는 보수 테이프를 붙여주었다. 언니는 왜 이렇게 견디면서 살아? 하고 선주가 물었을 때, 나는 처음으로 생각해보았다. 글쎄, 왜일까. 그리고 어느 날 밤, 조금 더 따스해진 방에 선주의 팔을 베고 누워 뒤늦은 답을 했다. 무서워. 내가 무언가를 고쳐보려고 노력했는데 그게 안 될까 봐. 그 실패를 못 견딜까 봐. 적당히 불행한 사람이 아니라 완전히 불행한 사람이 될까 봐. 그래서 그냥 견디면서 구원 같은 것을 바라는가 봐. 선주는 나의 얘기를 들어주다가, 그래 그럼 같이 살자, 한마디 하고서는 곯아떨어졌다. 일주일 정도 지났을까, 선주는 짐을 한가득 싣고 나의 집으로 왔다. 그날 선주는 내 허리에 다리를 걸치고 잠에 들었다. 묵직한 무게에 숨이 조금 찼지만 나쁜 기분은 아니었다. 우리 집. 이제 우리 집이다. 그런 생각이 문득 들었던 기억이 났다.

선주와 함께 살며 나는 견디지 않고도 살아가는 삶에 대해 종종 그려보았다. 고작 500그램이 순찌의 작은 생을 보다 말랑하고 아늑하게 만들었듯, 선주와 나의 미래를 밝힐 아주 미세한 무엇에 대해, 그 무엇이 무엇일까, 왠지 가능하지 않을까, 헤아렸다.

나는 한 자 한 자 적었다가 지웠다가 하며 입양 신청서를 채웠다. 가족 두 명. 여성. 만 25세, 28세. 사실혼 관계. 같이 산 지 1년. 앞으로도 함께 살 예정. 우리 두 사람의 가난한 어제와 불안한 내일이 모두 까발려지는 기분이 들었다. 신청서를 완성한 뒤 떨리는 마음으로 선주를 기다렸다. 기진맥진해서 퇴근한 선주는 침대에 누워 신청서를 한참 들여다보았다. 다음 날이 되어서야 선주는 아주 조금 수정해서 제출했다고,

고생 많았다고 했다.

며칠을 두근대며 보냈다. 순찌 구조자의 전화번호가 떴을 때 나는 정말 두 손을 모으고 전화를 받았다. 구조자는 차분한 목소리로 순찌가 송파에 사는 젊은 부부에게 가게 되었다고 했다. 아내는 투자 전문가로 재택근무를 하고 남편은 초등교사로 출퇴근이 일정하며 부부 모두 유기견 입양을 오랫동안 준비해왔다는 것이 입양자 선정의 이유였다. 좋은 집이긴 하겠지만……. 나는 선뜻 받아들이기 어려웠다. 이미 미래를 생각해버렸는데. 저희는 왜 안 된 것일까요? 벌써 반년 가까이 키웠고 순찌를 위해 예금도 들어두었는데. 무엇이 문제였을까요? 구조자는 송구한 목소리로 답을 했다. 친구끼리 사는 집에는 보내지 않는 게 저희 단체 원칙이라서요. 친구 두 분이서 사신다고, 룸메이트 관계라고 적어주셨는데요.

장바구니와 켄넬을 도로 들고 들어오는 나를 보고 선주가 의아한 얼굴을 했다. 나는 어깨를 으쓱해 보였다. 부부는 장바구니 속 짐을 보고 난처한 내색을 했다. 이미 다 구매해서 필요가 없네요. 마음만 받겠습니다. 부부는 켄넬 속 순찌만 꺼내서 미리 설치해 온 카시트에 태우고 떠났다. 딱 봐도 고급스러웠다.

"좋은 사람들 같았어."

"그래야지."

우리는 누가 먼저라 할 것 없이 순찌의 흔적이 남은 집을 수선할 채비를 했다. 벽을 가만 들여다보니 그냥 흰 벽이라고 생각했는데 그렇지 않았다. 예전에 선주가 알려준 적이 있다. 흰색에도 차가운 흰색과 따뜻한 흰색이 있다고. 세상에 그냥 흰색은 없다고. 이전에 자기도 흰색 페인트를 사러 갔다가 인디언 화이트, 업 화이트, 포커스 화이트, 페일 화이트 등등 116가지의 흰색 중에 골라야 했다고 했다. 언니는 따뜻한 흰색 쪽이 더 잘 어울리는 것 같아. 그런 말도 했다.

선주는 군데군데 뜯겨나간 벽을 보며 칼을 꺼내 들었다. 좀 잘라야겠는데. 선주는 찢긴 벽지를 살살 걷어서 오려냈다. 벽지를 벗겨내자 또 다른 벽지 한 겹이 드러났다. 도배를 몇 번을 한 거야. 선주는 한 겹 한 겹 두꺼운 벽을 발라냈다. 얼마나 많은 이들이 여기서 살아갔던 것일까. 이 집에서 일어났던 한 꺼풀의 이야기들이 모여 끝내 우리에게 당도했다는 사실이 문득 아득하게 느껴졌다.

한참 벽을 뜯어내자 오래된 신문지가 보였다. 한자가 많이 섞여 제대로 읽기 어려웠다. 선주는 사진을 찍으며 신기해했다. 나는 그런 선주의 손을 가만 바라보았다. 선주는 손가락 마디마디 주름조차 부드러웠다. 겉과 속이 다르지 않은 사람. 작은 창문으로 더운 바람이 훅 들어왔다.

"근데 선주야."

"응?"

"너 그때 왜 고쳐 썼어?"

"뭐를?"

"순찌 입양 신청서."

선주의 손이 잠시 멈추었다.

"살다 보면, 그냥 견디면서 살 수밖에 없는 것도 있더라."

아. 나는 달리 할 말을 찾지 못하고, 어느 겨울날 그랬던 것처럼 고개를 주억거렸다.

그랑빌딩 사건이 잠시 화제에 오른 적이 있었다. 구독자 9만을 보유한 박수무당 유튜버가 그랑빌딩 사건의 본질적인 화인을 다른 데서 찾은 것이다. 순찌의 입양을 거절당한 날 밤, 나는 뒤숭숭한 마음으로 뒤척이다 영상을 찾아보았다. 그는 해당 지역이 사실 조선시대 반역자의 후손, 달아난 관노와 궁녀, 쫓겨난 나병 환자들이 모여 살던 동네였다고 주장했다. 간신히 명줄만 이어가며 살던 이들의 마을에 어느 날 화마가 불어닥쳤다. 그때가 마침 임인년 검은 호랑이의 해라. 박수는 화이트보드에 손수 그림을 그려가며 마을의 역사를 설명했다. 화마로 인해가지고 주민의 절반이 죽은 거야. 나머지 절반도 죽었어. 왜? 부정한 기운을 쫓으러 온 타지 사람들이 싹 다 몰살을 한 거야. 박수는 싹 다,라고 말하며 보드에 크게 사선을 그었다. 시신은 마을 가운데 있던 작은 저수지에 버려졌다. 박수는 빌딩이 남쪽을 바라본 형태를 저수지 자리를 눌러

앉은 데다 외벽을 화강암으로 덮고 식당도 여럿 들어서 있었으니 화마를 재촉한 꼴이었다고 지적했다. 하지만 해결 방법이 없는 건 아니라며, 보드에 커다란 동그라미를 그리고서 말을 이었다. 천도를 해줘야 된다는 말이야. 원혼을 달래야지. 그렇지 않으면 뭐 새로 빌딩을 짓고 별 지랄을 해도 언젠가는 또 불이 난다고. 해결책이 아주 명확하단 말이에요.

박수는 '명확'에 힘을 주어 말했다. 제보자 역시 비슷한 말을 했다. 화재가 발생한 이유와 책임은 분명하고, 그것 때문에 사람들이 죽었다는 것 역시 분명하다고. 문제가 생기면 원인을 찾고, 원인을 찾으면 해결을 한다. 그건 선주가 가르쳐준 삶의 방식이기도 했다.

벽 수선은 생각보다 금방 마무리되었다. 선주는 어제 입었던 코발트색 카디건을 손에 들고 집을 나섰다. 오늘 역시 수업이 줄줄이 있다고 했다. 나는 현관 앞에 가만히 앉아 집을 둘러보았다. 순찌가 떠나며 배변패드와 방석, 장난감도 사라지니 집이 훨씬 넓어진 것 같았다. 잠깐의 시간이 지났을 뿐이다. 그런데도 집은 금방 낯설어졌다. 누가 누구에게 딱히 잘못한 것도 아닌데, 그저 열심히 개를 키웠고, 그러다 보니 안 그래도 무너져가는 집이 더 망가졌고, 그래서 원래대로 돌려놓으려고 한 것일 뿐인데, 모든 게 엉망이 된 것 같았다.

나는 문득 떠나고 싶어졌다. 안도 밖도 아닌 어딘가로.

삼삼오오 짝을 이룬 사람들은 여름 볕을 견디며 줄을 서 있었다. 평일 오후인데도 베이커리 카페는 북적였다. 유리창 안은 정말 완벽해 보였다. 커다란 원목 테이블과 따뜻한 색채의 쿠션들. 이에 대비되는 미니멀리즘 인테리어. 커다란 통창과 타이포그래피. 거리를 뒤덮은 빵 냄새와 커피 향까지. 여기에 그랑빌딩이 있었겠지. 지금은 흔적도 없지만. 나는 혹여나 그 여자를 다시 만날까 싶어 조심조심 카페 주위를 빙 둘러보았다. 주차장 한쪽 구석에 부서진 피켓 무더기가 보였다.
 엄마가 가게를 접던 날, 마트에서는 햄스터 증정 이벤트를 열었다. 엄마로서는 재고를 해치워야 했고 마트로서는 고객을 끌어야 했으니 손해 보는 건 햄스터 말고는 없었다. 마트는 정문 앞에 매대를 깔아두고 '5만 원 이상 구매 고객 사은 행사' '화장지 6입 또는 햄스터 한 마리 증정!'이라고 크게 써 붙였다. 매대에는 화장지가 가득 쌓여 있었고, 그 옆에는 투명한 아크릴 통 안에 가득 담긴 햄스터가 있었다. 날은 오늘보다도 더운 한여름이었다. 두어 마리 빼고는 금세 비실거리더니 죽어버렸다. 나는 여느 때처럼 죽은 햄스터 하나를 몰래 들고 나왔다. 땅을 파고 햄스터를 들어 올리는데, 희미하게 진동하는 심장이 느껴졌다. 옅은 움직임으로 숨을 쉬는 것이 보였다. 햄스터를 품고 곧장 집으로 달려갔다. 책상 서랍에 손수건을 깔고 햄스터를 눕혀주었다. 그리고 잊었다. 썩은 내에 아차 싶어 서랍을 열었을 때, 햄스터는 이미 구더기 밥이 되어버린 뒤였다.

말 그대로 썩어버린 햄스터를 꺼내 다시 묻어준 뒤, 나는 서랍을 깨끗하게 닦았다. 그리고 한쪽 구석에 해바라기 씨앗을 두었다. 어느 날은 햄스터 모양 열쇠고리를 두었고, 그 뒤로는 매년 서랍을 열어 한바탕 정리한 다음 무언가 작고 소중한 것을 넣어두었다. 기억해야 하는 무언가가 생길 때, 나는 서랍을 정리했다. 바지런히 손을 놀리고 몸을 움직여야 했다. 그 여자 역시 그러했을 것이다. 움직이는 사람은 잊지 않는다. 기억하는 사람은 살아남는다.

순찌는 또 한 번 버려졌다고 생각했을까. 아니면 정말 좋은 가족을 만났다고 생각할까. 내가 잠든 사이 선주가 입양 신청서를 고쳐 썼듯이, 사력을 다해 사랑을 하고 서로를 구원하고자 하는 고군분투가 어떤 경계 앞에서는 너무나 쉽게 흐려지곤 했다.

이제껏 다져왔던 마음으로, 지나간 세계들을 생각하며 나는 조각난 피켓을 그러모아 맞추기 시작했다. 곧 위드걸스의 그날이 다시 올 터였다. 그러고 나면 선주를 처음 만났던 날이 다시 돌아올 테고, 또 순찌가 처음 내게 안겼던 날도 돌아올 것이었다. 누군가의 그날들도 계속해서 오가고 있을 것이다. 나는 우리에게도 오늘이 어떤 날이 될 것임을 예감했다. 구원은 필요 없어. 우리는 살아남을 거야. 살아남는다는 건 어제로 가지 않는다는 뜻이야. 집으로 돌아가면 선주에게 그런 말을 꼭 해줘야겠다고 생각했다. 어떤 예감은 때로 결심에 가깝기 때문에. ■

껍질?

송섬

송섬

2021년 장편소설 《골목의 조》로 제2회 박지리문학상을 수상하며 작품 활동을 시작했다.

Mon	Tue	Wed	Thu	Fri	Sat	Sun
1 6-11:30 삼일절 컵 쇼핑, 백화점에서 점심 ○	**2** 6-11:30 IMC 플랜 제안 마감일 외근, 키보드 고장 ○	**3** 6:20-12 SYS화상 미팅(PM 1) 팝업스토어, 인형 ●	**4** 6-12 테니스 등록, 엄마 건강검진 예약 ◊	**5** 6-11:30 기획팀 회식 갤러리 엘비, 화 분선물, 치약 ◊	**6** 8-21:30 동창 모임 (PM 7 강남) 진형 청첩장 ●	**7** 9:30-11 선미 생일 겨울 옷 정리, 가스 점검 ○
8 6-12 2차 시안 마감 점심 우체국, 새로 생긴 포케집 ●	**9** 6-11:30 경쟁 PT 킥오프! 야근 ○	**10** 6-11:30 IMC 플랜 제안 ~~테니스 첫~~ ~~레슨(PM~~ ~~야근~~ ◊	**11** 6-12 야근 지하철 이 대리, 만다라트, 비타민 ●	**12** 8-12:30 이불 빨래, 도서관, 오징어튀김과 맥주 ○	**13**	**14** 9-12 민정 아기 돌잔치 (PM 1 수서 DG 컨벤션) ○

그 일요일 저녁, 나는 평소처럼 달력에 그날 있었던 일을 적고 있었다.

일기를 쓰는 대신 달력의 빈칸에 하루 일과를 간략히 메모하는 것은 나의 오랜 습관이다. 날짜 옆에는 일어난 시간과 잠든 시간을 적고, 그날의 날씨를 간략한 기호로 표시한다. 굳이 날씨를 기록하는 것은 부족한 기억력을 보충하기 위한 요령이다. 일정과 일기를 구분하기 위해 두 가지 색 볼펜을 사용한다. 일어날 일은 검정 펜, 이미 일어난 일은 파란 펜. 이를테면 이런 식이다.

이것은 일기를 쓰는 매우 효율적인 방식이다. 보기에 좀 빈약한가 싶기도 하지만 사실 형식은 빈약할수록 좋다. 그렇지 않으면 일시적인 기분에 사로잡혀 일기장에 적기에는 민망한 내용을 줄줄 써버린다거나, 그래서 노트의 앞장을 찢어버린다거나, 바쁘다는 핑계로 책상 앞에 앉기를 차일피일 미루다 결국 일기가 아닌 월기가 되어버린다거나, 그리하여 일기 쓰기 자체를 포기하는 불상사가 일어나기 마련이다.

반면 이 방식은 간편하고, 경제적이며, 시간도 많이 들지 않는다. 해마다 일기장을 고르는 수고도 덜 수 있다. 그리고 무엇보다 매일 쓰게 된다. 일이 바쁜 시기엔 하루 이틀쯤 건너뛰기도 하지만, 몇 가지 요령만 익혀두면 나중에 어렵지 않게 보충할 수 있다. 이런 건 일기가 아니라고는 주장하는 사람도 있을 것이다. 그러나 중요한 것은 기록의 질보다는 쓴다는 행위 자체다. 다 못 채운 노트를 서른여섯 권쯤 버려본 사람이라면 무슨 뜻인지 알겠지.

그런데 벌써 28분째, 나는 파란 펜을 들고 달력 앞에 서 있는 것이다.

도대체 어제 뭘 했더라? 아무리 노력해도 떠올릴 수가 없었다. 어제는 3월 13일. 12일 금요일과 14일 일요일 사이의 토요일이었다. 정확히 스물네 시간이었을 테고, 오전 다음 오후가 이어졌을 것이다. 그 외엔 짐작할 수 있는 사실이 하나도 없다. 머릿속은 달력의 빈칸처럼 텅 비어 있다.

차근차근 순서대로 생각해보자. 먼저 금요일부터―그날은 연차를 내고 집에 있었다. 하루 종일 날씨가 맑아서 미루던 이불 빨래를 했다. 빌린 책을 반납하러 도서관에 갔다. 단골 카페에 들러 원두를 사고, 돌아오는 길에 집 앞 분식집에서 튀김을 사다 맥주와 함께 먹었다. 자기 전엔 영화를 봤다. 쿠엔틴 타란티노의 〈데쓰 프루프〉. 별일 없었다면 카 체이싱 장면에서 곯아떨어졌을 것이다. 그리고 일요일, 오늘은 친구 아기의 돌잔치가 있었다. 아파트 앞 교회에서 울리는 종소리에 잠에서 깨어 늦은 아침을 먹고…….

글렀다. 나는 달력을 노려보며 얄팍한 신음 소리를 냈다. 아무리 애써도 토요일 일은 기억나지 않았다. 몇 시에 일어나 몇 시에 잠들었는지, 날씨는 어땠는지도 전혀 떠올릴 수 없다. 누군가 가위를 들고 도려내 간 것처럼 하루가 깨끗이 사라져버렸다. 기억상실증에 걸린 것일까? 나도 모르는 사이 머리에 큰 충격을 받아 부분 기억상실이 일어났다든지.

아냐, 그런 일이 아무에게나 일어나지는 않는다. 게다가 기억상실이라기엔 상실된 범위가 너무 국소적이다. 오늘이나 그저께의 기억은 사진처럼 선명하다. 며칠 전의 일들도 대강 떠올릴 수 있다. 의학적인 기준에서는 잘 모르겠지만 내가 느끼기에 나는 완벽하게 평소와 같은 상태다.

그렇다면 어제는 대체 어디로 가버린 걸까?

페이지를 거슬러 올라 1월 1일의 일기까지 더듬어보고, 모든 날의 기억이 제자리에 있음을 확인한 다음 나는 거실로 나와 잠시 가만히 서 있었다. 문득 목이 말라 정수기에서 물을 한 잔 뽑아 마셨다. 텅 빈 선물 상자 같은 의문들이 머릿속을 뒤덮었다. 한 쌍의 따옴표와 물음표 하나 사이에 적힌 내용 없는 질문들. 그러는 동안에도 벽시계는 째깍째깍 울며 월요일을 향해 나아가고 있었다. 그 소리는 내일 있을 대표와의 회의를 끝없이 상기시켰다.

일단 자자. 나는 홀로 중얼거렸다. 다 마신 물컵을 싱크대에 넣고, 욕실로 들어가 칫솔을 깨물었다. 가끔은 이런 날도 있는 거겠지. 거울 속 내게 말하자 그쪽에서도 고개를 끄덕여주었다.

"잘 쉬고 왔어?"

회의실 의자에 앉자마자 대표가 물었다. 긴 휴가에서 돌아온 사람을 대하는 말투였다. 겨우 금요일 하루 연차를 냈을 뿐인데 어디 하와이에라도 다녀온 줄 아나 보지? 이렇게 묻자 대표는 민망한 척 소리 내어 웃었다.

"체감상 한 일주일쯤 없었던 것 같거든." 그가 말했다. "네가 없으니까 일이 잘 돌아가지 않아서 말야. 진짜로 일주일 정도 휴가를 내면 어떻게 해야 할지 모르겠어."

"일주일 연속으로 쉬어본 게 언제였는지 기억도 안 나요."

나는 퉁명스레 말했다.

"그건 나도 마찬가지야. 회사 시작하고 남들 놀 때 놀아본 적이 없다니까."

"남들 안 놀 땐 노나 보네요."

대표는 대답 대신 빙글빙글 웃었다. 다음에 나올 말이야 뻔했으므로 나는 굳이 이 수다쟁이를 자극하지 않기로 했다. 그런데,

"남들 놀 때 노는 게 최고야. 우리 와이프는 애들 어린이집을 왜 이리도 보내기 싫어하는지. 방학에 맞춰 휴가 가면 서로 편할 텐데, 매번 체험 학습 신청서니 뭐니 귀찮게 한다니까. 차라리 회사에 나와 일하고 싶어도 애들 한 살이라도 어릴 때 여기저기 다녀야 한다고 성화라 어쩔 수가 없어. 회사에서는 대표로서의 역할이 있지만 가정에선 아빠로서의 역할이 있으니까 말야. 또 애들 학교 가고 바빠지기 전에 여기저기 다니는 게 이득이긴 하잖아. 비성수기에는 비행깃값도 싸고……."

나는 태블릿에 자료를 띄워놓은 채 대표의 말이 끝나기를 가만히 기다렸다. 오늘은 반드시 업무 개편 문제를 마무리 지어야 했다. 또 직원들 휴가 문제도. 돌아오는 반응이 없자 그

의 수다도 점차 사그라들었다. 이제 겨우 일 얘기 좀 할 수 있겠다 생각한 찰나 대표가 달력을 보며 투덜댔다.

"이번 달에는 휴일이 너무 많네."

"3월에 휴일이 어디 있어요?" 나는 살짝 눈살을 찌푸렸다.

"직원들 휴가가 많다는 얘기였어. 바이럴팀 둘은 이번 달에 차례로 나흘씩 쉬지?"

"작년에 거의 못 쉬었잖아요. 최소한 다섯 명은 붙어서 처리해야 할 일을 작년부터 두 명이서 하고 있으니까요. 그렇지 않아도 말하려고 했는데 인력 충원이 필요해요. 여기 보면……."

"작년부터?"

"작년 7월에 이 대리 퇴사한 다음부터요."

"아아, 그렇지 참. 요즘 정신이 없긴 없나 봐. 고작 작년 여름 일인데 무슨 전생 얘기처럼 들리네."

"바빴으니까요."

"마흔 넘어서부턴 시간이 쏜살같아. 여기저기 막 아프기도 하고."

"……."

"그러고 보니 이 대리 그 친구 자기 사업 하겠다고 하지 않았나? 그거 어떻게 되어가는 중이려나."

대표는 손으로 머리 뒤를 받쳐 의자에 기대며 한숨을 푹 내쉬었다. 그러면서 눈을 가늘게 뜨고 천장 어디께를 노려보

앉다. 이 인간은 왜 늘 이런 식인지. 나는 태블릿 화면을 툭 쳐서 시간을 확인하곤 잠자코 대표의 연극이 끝나기를 기다렸다.

"너랑 나랑 다섯 평짜리 사무실에 책상 두 개 놓고 일하던 때 기억나?" 그리운 듯한 말투로 그가 물었다.

7년 전, 대학 선배였던 대표와 나는 그의 오피스텔에서 작은 홍보 대행사를 시작했다. 그때나 지금이나 각자 맡은 일은 비슷하다―대표가 일감을 가져오면 나는 실무를 처리한다. 다른 점을 꼽자면 당시에는 각자 이름 앞에 직함이 여섯 개씩은 달려 있었지만 지금은 단출하게 '대표'와 '팀장'이라는 것 정도.

고객 혹은 예비 고객들에게 믿음을 주기 위해 우리는 될 수 있는 한 몸집을 부풀려 보여야 했다. 고객 혹은 예비 고객과의 미팅 자리에서 대표는 자신을 '대표' 대신 '실장'이라고 소개했고, 나는 상황에 맞추어 '비서' '기획실장' '인사팀장' '디자인팀 사원' 등이 되었다. 그럼 상대 측에서는 이쪽을 규모 있는 업체로 인식하게 되어 일을 맡겨줄 확률이 높아지는 것이었다. 영업 중인 대표를 지원하기 위해 명함을 바꾸어 들 때마다 찜찜하지 않았던 것은 아니지만 어쩔 수 없었다. 은퇴 자금을 쏟아부어 창업한 간장게장집을 홍보하려는 이에게 '우리는 대표와 사원 하나로 구성된 코딱지만 한 회산데 한번 믿고 맡겨주시죠?' 하고 솔직히 말할 수는 없는 노릇이니까.

양심의 가책과는 별개로 그 방식은 제대로 먹혀들었다. 대표는 부지런히 일거리를 물어왔다. 예나 지금이나 그에게는 별 볼 일 없는 것을 대단한 것처럼 포장하는 기술이 있다. 가끔 사무실로 직접 찾아오려 하는 고객 때문에 난감할 때를 제외하면 회사 운영은 대체로 순조로웠다. 사원도 점차 늘었고, 사무실도 이전했다. 맛집 홍보뿐만 아니라 좀 더 돈이 되는 일을 맡을 수 있게 되었다. 유난히 시장 흐름을 잘 읽는 대표 덕분인지 아니면 시대가 그런 것인지 아무튼 일거리가 없어 곤란한 적은 없었다. 사업은 순항 중이다.

"너랑 나랑 얼마나 고생 많이 했니? 다섯 평짜리 원룸에서 일하고 먹고 자고." 대표가 말했다. "회사 법인 전환한 날을 잊을 수가 없어. 그날 전어 한 접시 두고 우리 둘이서 얼마나 많이 마셨던지."

나는 당시를 떠올리곤 씩 웃었다. "그날 마신 술이 아직도 안 깬 것 같아요."

"난 아직도 10월만 되면 가슴이 두근두근하다. 생일은 잊고 지나가도 창립 기념일은 꼭 챙겨. 그날이 어제처럼 생생하다니까. 횟집 안 풍경이며 서빙하던 젊은 남자애 앞치마 색깔이랑 '대방어 없어욧!' 하던 말투까지 뇌리에 사진처럼 딱 박혀 있다고."

"대방어?"

"기억 안 나? 원래는 대방어 먹자고 갔는데 아직 철이 아니라고 해서 전어 시킨 거잖아."

글쎄. 그랬던가? 나는 잘 모르겠다는 뜻으로 어깨를 으쓱 들먹였다. 그러자 대표는 내 추억을 되살리려는 것처럼 당시 상황을 상세히 묘사하기 시작했다. 유난히 후텁지근하던 가을날이었어. 법인 전환이 성공적으로 완료되었다는 전화를 받고 사무실 밖으로 달려 나갔지. 오늘은 내가 너 밤새도록 한번 먹여준다 하니까 네가 고른 게 회였어, 회. 이젠 다 날로만 먹고 싶다고. 그렇게 웃긴 말도 다 할 줄 아나 싶었다. 그 길로 횟집에 가서 대방어 중짜 하나 달라니까 그 개나리색 앞치마 입은 남자애가 대방어 없어요! 하고 톡 쏘는데…….

아아, 이런 속셈이었군. 나는 그제야 대표의 괘씸한 작전을 알아차리고 눈을 흘겼다. 직원을 더 뽑아주기 싫으면 그냥 그렇다고 말할 것이지 괜히 옛날이야기까지 꺼내긴. 저 불리한 이야기만 나오면 늘 이런 식이다. 이렇게 무책임한 인간이 어떻게 계약은 척척 따 오는 것인지 신기한 노릇이다. 그리고 회사 창립 기념일은 원래 11월이다. 그러다 3년 전이었던가, 개천절이랑 합쳐야겠다며 10월로 바꿔버렸다. 뻔뻔하기도 해라.

그러나 그것을 지적하자 대표는 의심스럽다는 듯 눈을 가늘게 뜨더니 그게 제헌절이 아니었던가? 하고 되물었다. 나는 제헌절과 개천절의 차이를 설명하려다가 그냥 입을 다물어버렸다. 눈치가 없는 건지 고단수인 건지 대표의 말은 주절 주절 계속 이어졌다.

회의가 끝난 뒤 오전은 순식간에 지나갔다. 나는 몇 개인가의 시안을 검토하고, 광고주의 요청 사항을 반영해 수정을 지시하고, 기획서를 승인하고, 기타 자질구레한 일들을 처리했다. 그러자 점심시간이었다.

식사를 하러 나가기엔 너무 바빴으므로 점심은 초밥을 배달시켜 먹기로 했다. 웬일로 대표가 선뜻 사주었다. 그 모습을 보고 눈치 빠른 사원 하나가 내게 신입 채용은 어떻게 되어가느냐고 물었다. 달리 할 말이 없었기에 나는 재빨리 화제를 돌리기로 했다. 곧바로 떠오른 것은 사라진 3월 13일 토요일에 대한 이야기였다.

"그럼 하루 종일 잠들어 있었던 거예요?" 정 주임이 물었다.

나는 어깨를 으쓱했다. 초밥에 딸려 온 우동 국물을 후루룩 마시며 최 대리가 대신 대답했다.

"가끔 그런 일 있잖아요. 전 술 마시고 이틀을 잃어버린 적도 있는데."

"이틀을 통째로 잤어?" 내가 물었다.

"네, 화장실 갈 때만 잠깐씩 일어나고요."

"그럼 엄밀히 말해 하루 종일 잔 건 아니네."

"하루 종일 잔 거나 마찬가지지. 어쨌든 그날은 아무것도 못 했으니까."

"그래도 팀장님의 경우랑은 좀 다른 것 같은데. 안 그래요?" 정 주임이 내게 물었다.

나는 이번에도 어깨를 들먹여 보이곤 새우초밥 하나를 집어 먹었다. 상식적으로 생각하자면 종일 잠들어 있었다는 추측이 가장 그럴싸해 보인다. 하지만 나는 금요일 저녁에 겨우 맥주 한 캔만을 마셨을 뿐이다. 아무리 피곤하다고 해도 맥주 한 캔 정도로 꼬박 하루를 잃어버릴 수가 있나?

"저도 그런 적 있어요." 가만히 있던 고 사원이 말했다. "근데 팀장님은 토요일이 사라졌다는 걸 일요일 저녁에서야 알아차렸다는 거예요?"

"응, 그렇지." 나는 고개를 끄덕였다.

"일요일 아침에 깨어났을 때 '어라, 왜 오늘이 일요일이지?' 하는 생각 안 했어요?"

"안 했어."

"좀 이상하지 않아요? 만약 토요일 내내 잠들어 있었다면 금요일에서 바로 일요일로 넘어갔다는 건데, 백수라면 모를까 주말에 겨우 이틀 쉬는 직장인이 그걸 하루 종일 알아차리지 못했다는 건 어색하잖아요."

확실히 일리 있는 지적이었다.

"잠깐, 그럼 토요일을 잃어버린 건 어떻게 알았는데요?" 최 대리가 물었다.

"달력에 일기를 쓰신대요." 정 주임이 나 대신 대답했다.

"아하."

"미세먼지가 치매를 유발한다던데. 팀장님도 조심하셔야 해요." 고 사원이 말했다.

"아직 치매가 올 나이는 아냐……."

"하긴 요새 잘 깜박깜박하시기는 하죠. 잘 찾아보세요. 분명 토요일도 어디 두고 잊어버리신 거야."

"혹은 몽유병이라거나." 으스스한 말투로 최 대리가 말했다.

"그럼 또 이틀을 잤다는 말이 되잖아요. 기각."

"외계인 납치설은요? 오늘 샤워하면서 몸에 수술 자국 없나 확인해봐요. 뭔가 심어두었을 수도 있어."

"만약 그러면 자국 같은 건 남기지 않았겠죠." 고 사원이 지적했다.

잠깐의 정적이 지나고 화제가 바뀌었다. 이번에는 얼마 전 정 주임이 아파트 지하 주차장에서 주운 새끼 고양이에 대한 이야기였다. 어디로 갔을지 모를 토요일보다는 천 배쯤 나은 화제였다.

며칠이 아무 일 없이 흘러갔고, 나는 곧 그날의 일을 까맣게 잊게 되었다. 또다시 하루가 사라진 것은 이듬해 3월 13일이었다.

14일 아침에 눈을 떴을 때 나는 뭔가 잘못되었음을 직감적으로 깨달았다. 출근 두 시간 전에 맞춰둔 알람이 삑삑 울고 있었고, 창밖으로는 월요일 특유의 분주한 공기가 떠도는 중이었다. 또야? 나는 핸드폰 화면에 떠 있는 날짜를 노려보며 생각했다. 또 하루가 사라졌어.

출근 시간이 다가오고 있었으므로 일단 일어나야 했다. 세면대 앞에서 이를 벅벅 닦으며 나는 그저께와 어제와 오늘의 접점에 대해 생각하려 애썼다. 잘 되진 않았다. 두개골 안에 뇌 대신 찜찜한 구름 덩어리가 가득 끼어 있는 듯한 느낌뿐. 옷을 입고, 버스와 지하철을 타고, 회사에 도착하자마자 몰아닥치는 일거리를 처리하는 와중에도 그 찜찜한 느낌을 떨칠 수는 없었다.

한숨 돌릴 틈이 난 것은 오후가 되어서였다. 나는 옥상으로 올라가 담배를 물었다. 담배 연기가 폐 안을 한 바퀴 돌자 가장 먼저 억울함이 밀려들었다.

무려 2년 연속이다. 2년 연속으로 주말을 하루씩 날려 먹은 셈이다. 작년에는 토요일이, 올해는 일요일이 사라졌다. 매일 눈코 뜰 새도 없이 살아가는 직장인에게 너무 가혹한 일 아닌가? 이틀이면 밀린 이불 빨래도 하고, 영화도 한 편 보고, 친구 아기의 돌잔치에도 가고, 그 모든 일들을 다 해치운 다음 한숨 푹 잘 수도 있는 시간인데.

온갖 의문이 머리를 휘감았다. 어제는 도대체 어디로 가버린 걸까? 내가 많은 걸 바라는 것도 아니고, 그저께와 오늘 사이에 끼어 있기는 해야 하지 않나? 그건 사회적 약속이잖아.

컨디션을 보아 확실히 이틀을 내리 잔 건 아닌 것 같다. 그랬다면 몸이라도 개운했을 것이다. 오늘 아침 눈을 떴을 때 나는 월요일이 왔다는 사실을 곧바로 알 수 있었다. 마치 그게 당연하다는 것처럼……

여기까지 생각한 다음 나는 재빨리 핸드폰을 확인했다. 은행 앱에 로그인해 지출 내역을 살폈다. 어제 자로 찍힌 기록은 없었다. 신용카드 결제 내역도 깨끗했다. 내친김에 앨범도 확인했으나 가장 최근에 찍은 사진은 일주일 전의 것이었다. 하긴 나는 사진을 찍는 습관은 없다. 통화 내역, 문자, 이메일, 간편 결제, 택시, SNS, 심지어 어제의 걸음 수까지 확인한 다음 나는 난간에 기대선 채 담배를 필터 끝까지 피웠다.

답이 없는 문제에 직면했을 때 사람들은 크게 두 가지 반응을 보인다. 포기하고 순응하거나, 물고 늘어지거나. 선택의 문제는 아니지만 어찌 됐든 하나를 선택해야 한다. 두 번째 실종 이후 나는 달력에 사로잡혔다. 평소처럼 바쁘게 일하다가도 틈만 나면 탁상 달력을 앞으로 넘겨 두 개의 구멍을 번갈아 보았다. 여러 가지 가능성을 떠올려보고, 몇몇 이유를 들어 기각하거나 채택하고, 도대체 왜 내게 이런 일이 일어난 걸까 따져보는 일을 반복하다 보면 나름대로 결론 비슷한 것이 날 때도 있었다. 그만 잊어버리자! 그러나 집에 가서 달력을 보면 또 생각이 달라져서 똑같은 과정을 처음부터 되풀이

하게 되었다. 나는 텔레비전이나 거울보다 달력을 더 많이 보았다. 특별할 것 하나 없는 네모난 공백을.

직장 후배인 정 주임은 그런 나를 무척 걱정했다.

"요즘 무슨 일 있으세요? 또 한숨을 푹푹 쉬시네요." 담뱃재를 탁 털고 그가 물었다.

"내가 그랬어?"

"네. 최근 들어 자주. 진짜 무슨 고민이라도 있으세요? 어째 얼굴이 좀 야윈 것도 같고……."

"그냥 늙어서 그래." 나는 농담으로 넘기려 했다. 그러나 누가 걱정해준 김에 고민을 털어놓고 싶기도 했다. 실은 말야 하며 운을 떼자 정 주임이 이쪽으로 슬쩍 몸을 기울였다.

"실은 말야, 신경 쓰이는 일이 하나 있기는 해. 작년 이맘때 내가 했던 이야기 혹시 기억해? 정 주임 고양이 데려왔을 즈음에."

"새콤이 데려왔을 때면 3월인데. 그때 무슨 얘기를 하셨더라?"

"왜, 내가 하루를 통째로 잃어버렸다고 말한 적 있잖아."

"아아, 기억나요. 그런 적이 있었죠."

"올해도 또 그랬거든."

"정말요?"

"그것도 같은 날에. 종일 잤던 건 아냐. 깨어 있었던 것 같긴 한데, 어째 기억이 하나도 안 나."

껍질? 151

"흠."

"혹시나 뭔가 나올까 싶어서 집 안을 샅샅이 뒤져봤어. 가방이랑 외출복 주머니도 뒤집어보고 심지어 화분의 흙까지 엎었어. 그런데 아무것도 없더라고. 그야말로 달력에 뻥 뚫린 구멍처럼."

"아, 팀장님은 달력에 일기를 쓰신다고 했죠."

"응."

"핸드폰도 뒤져봤어요? 통화 기록이나 사진 같은 거요."

"제일 먼저 확인했지. 아무것도 안 나왔어. 하여간 그래서 요즘 틈만 나면 그 생각에 빠져 있는 거야. 이게 대체 어떻게 된 일일까, 하고."

"살다 보면 그런 일이 있잖아요." 대수롭지 않다는 듯 정 주임은 말했다. "저도 대학생 땐 며칠씩 잃어버리고 그랬어요."

"정말?" 나는 깜짝 놀라 물었다.

"제가 좀 예민한 편이잖아요. 또 그땐 정신 건강을 어떻게 관리해야 할지 전혀 몰랐거든요. 그래서 우울증에 걸려버린 거죠."

"우울증이라."

"평소엔 괜찮은데 가끔 펑! 할 때가 있어요. 그럼 기억이 몽땅 날아가버리는 거예요. 그것도 우울증의 증상이라고 하더라고요. 저도 진단받기 전에는 잘 몰랐어요."

"글쎄, 난 우울증은 아닌 것 같은데……."

"꼭 우울증이 아니라도 너무 바쁘게 살다 보면 이따금 하루하루가 어떻게 지나가는지도 잘 모르잖아요. 팀장님은 그야말로 바쁘게 사시는 편이고요."

"그 정도는 아냐. 회사에서만 정신없지, 집에 가면 아무것도 안 해."

"제 말이 그 말이에요." 정 주임은 이렇게 말하고 담배를 마저 피웠다.

그런가 하면 친구와의 통화에서는 이런 말을 듣기도 했다.

「그렇게 걱정할 만한 일인가? 어디 가서 거액의 빚을 만들어 온 것도 아니고, 그냥 기억이 날아간 것뿐이잖아. 여태 아무 일도 없었다며.」

"아직까지는 그래." 내가 말했다.

「나라면 신경 쓰지 않을 것 같은데. 한 달이나 일주일도 아니고 하루쯤이야 뭐. 3월은 나 같은 취미 농사꾼에게도 바쁜 시기이긴 하지만 당근을 하루 늦게 심는다고 해서 한 해 농사를 망치지는 않거든.」

당근? 나는 생경한 예시에 고개를 갸웃했다. 친구는 몇 해 전 귀농했다. 스스로 취미 농사꾼이라고 칭하지만 꽤 넓은 밭을 혼자 관리하고 있다. 계절마다 그 밭에서 당근이며 토마토, 배추 같은 것을 길러 먹느라 바쁘다. 절기에 맞추어 사는 그에게는 달력의 빈칸 하나하나가 큰 의미를 지니지 않으리라.

"하지만 하루하루 스물네 시간 단위의 스케줄에 맞추어 살아야 하는 직장인에게는 큰일이야. 더구나 이틀 다 주말이었다고."

「주말이야 매주 돌아오잖아.」

"1년에 52번밖에 안 돌아와. 그리고 생각해봐, 올해 3월 13일은 일요일이었으니 내년엔 월요일일 거 아냐. 미리 연차를 내야 하나 고민이라니까."

「고민도 계획적으로 하네.」 친구가 재미있다는 듯 웃었다.

"대비책은 필요하잖아."

「하긴 넌 예전부터 확실한 걸 좋아했지. 그런데 말야, 세상일이 다 그런 식으로 돌아가지는 않아. 당근씨를 뿌린 자리에서 반드시 당근 싹이 트지는 않는 것처럼. 내 생각에 네게 필요한 건 그런 거야.」

"당근?"

「아니, 여유. 사람은 심플하게 살아야 해. 해 뜨면 일어나 밭 갈고 배고프면 밥 먹고 그럼 스트레스가 쌓일 이유가 없다니까. 말 나온 김에 내려와서 농사나 좀 거들어주라. 당근 줄게.」

"스트레스라. 안 그래도 직장 후배가 우울증 이야기를 하더라고. 약 먹으면 금방 낫는다나."

「약보다는 햇볕이 낫지.」

"모르겠어. 뭐든 스트레스 탓으로 돌리는 건 내키지 않기도 하고."

「아, 그러고 보니 병원엔 가봤어?」

나는 그 질문엔 대답하지 않고 작게 앓는 소리를 냈다. 아직 안 가봤다는 뜻으로 어깨를 으쓱 들먹였지만 수화기 너머에서는 보이지 않을 것이었다.

숫자로 따지면 겨우 1년 중 하루, 365분의 1이다. 퍼센티지로는 0.27퍼센트. 복권에 당첨될 확률보다는 높지만 폐암에 걸릴 확률보다는 낮다. 아무튼 그리 큰 손실은 아니다. 사람들은 일상적으로 더 많은 것을 잃어버린다. 예를 들어 교회에 다니는 사람들은 매달 십일조를 낸다. 무려 10분의 1. 잠깐, 이건 좀 다른가?

시간은 냉정한 성품의 석공처럼 꾸준히 달력을 깎아나갔다. 365분의 1, 365분의 2, 365분의 3……. 달과 계절이 바뀌었고, 생활은 점차 윤기를 잃어갔다. 지난 달력의 공백에서 멀어진다는 것은 다가오는 공백에 가까워진다는 것을 의미했다. 혹시 무슨 일 있느냐고 대표는 내게 물었다. 무슨 일이 있길래 틈만 나면 멍하니 달력만 쳐다보고 있는 것이냐고. 뭐라고 대답할까 하다 그냥 우울증이라고 말했다. 그러자 그는 조용히 입을 다물었다.

결론부터 말하자면 세 번째 3월 13일 또한 내 것은 아니었다. 그 전날 나는 미리 연차를 내고 집 안을 깨끗이 정돈했다. 사진도 몇 장 찍어두었다. 밤엔 평소보다 조금 긴 일기를 달력에 적고 긴장한 채로 침대에 누웠다. 눈을 뜬 것은 3월 14일, 화요일이었다.

일어나자마자 재빨리 현관으로 달려나갔다. 전날 저녁 현관문과 문틀 사이에 붙여두었던 스카치테이프를 확인하기 위해서였다. 그것은 언젠가 추리소설에서 본 트릭으로, 누군가 (아마도 내가) 집 밖으로 나갔다 들어왔다면 테이프가 문 안쪽으로 말려 들어가 있을 것이고 아니라면 그대로 붙어 있을 것이었다. 그러나 기대는 또 한 번 나를 배반했다. 테이프는 바닥에 떨어져 있었다. 어쭙잖은 계획을 세운 그저께의 나를 비웃기라도 하듯이.

나는 허리를 숙여 바닥에 붙은 스카치테이프를 떼어냈다. 접착성을 확인하고 앞뒤로 뒤집어보았다. 알아낼 수 있는 것은 없었다. 단순히 테이프를 어설프게 붙여두었던 것인지 아니면 어제의 내가 보란 듯이 테이프를 떼어내 바닥에 던져버린 것인지. 이 문은 열린 적이 있는지 없는지. 내가 종일 집에 있었던 것인지 나갔다 온 것인지…….

으아아악, 나는 기운 빠진 비명 같은 소리를 내지르며 현관에 누워버렸다. 문밖으로 새어 나간 나의 목소리가 복도에 길게 울렸다.

최근에는 이런 꿈을 연달아 꾸고 있다.

꿈속의 나는 사구를 걷는 중이다. 높이 떠오른 해가 날카로운 볕을 뻗어 눈과 뺨을 할퀴고, 바람에는 공기보다 모래가 더 많이 들어 있는 그런 사구다. 발밑의 모래는 균일한 물결무늬를 그리며 앞으로 앞으로 흘러가고 있다. 조금만 더 걸어가면 바다를 끼고 형성된 작은 마을이 나온다는 사실을 나는 알고 있다. 꿈속의 나는 그 마을에 여러 번 가본 적이 있다.

아무리 걸어도 마을은 보이지 않는다. 바닷바람도 느껴지지 않는다. 소금의 짠 기인지 아니면 그저 모래인지가 눈에 달려들어 따가울 뿐. 꿈속인데도 따갑네, 나는 이렇게 생각한다. 그리고 그렇게 생각했다는 사실을 대수롭지 않게 넘긴다. 마을에서 얻어 마실 시원한 샘물 한 잔과, 야자수 아래 그늘을 상상하며 발걸음을 옮긴다. 그러나 마을은 존재하지 않는다. 이 길의 끝엔 마을 대신 커다란 구덩이가 입을 쩍 벌리고 기다리고 있다.

나는 모래의 방향대로 걷는다. 앞에서 불어오는 바람 탓에 때때로 모래를 뱉어내야 한다. 신기하게도 꿈에서조차 갈증을 느낀다. 발과 다리의 근육이 피로하다. 울고 싶지만 눈물이 아까워 망설여질 때쯤 모래의 유속이 눈에 띄게 빨라지기 시작한다. 드디어 시작되었다고 생각한다. 그 사실 또한 나는 이미 알고 있다.

이제 나는 구덩이가 된다. 다시 돌아오는 일은 없을 것이다. 수분을 빼앗긴 몸은 미라가 되고, 잘게 조각나 모래가 되겠지. 나는 걷지 않고 떠밀려 간다. 눈앞은 점차 어두워진다. 몸의 감각도 둔해졌다. 떨어져나간 살점들이 모래의 소용돌이에 섞여 떠나간다. 밖에서는 해가 떠오르고 있다. 바스락바스락. 나는 아껴두었던 눈물을 흘린다. 고양이가 야옹 울며 내 뺨을 핥는다. 잠깐, 우리 집엔 고양이가 없는데?

이런 꿈을 꾼 날에는 꼭 새벽 한복판에서 눈을 뜬다. 사막도 고양이도 없다는 사실을 확인한 뒤에야 나는 약간 우울한 표정으로 다시 눈을 붙인다. 뒤에 이어지는 저품질의 잠은 100퍼센트의 확률로 지각을 유발한다.

네 번의 미팅과 여섯 개의 마감을 날려 먹은 끝에 대표는 결국 내게 휴가를 주었다.

"정신 좀 차려." 그는 드물게 진지한 어조로 말했다. "이번 달에만 벌써 몇 번째야. 심지어 A업체는 지난번 약속을 파투내는 바람에 다시 시간을 잡은 거잖아. 허구한 날 달력만 쳐다보고 있으면서 도대체 미팅은 왜 안 나가는 거야?"

"우울증이라 그래요." 나는 이제 우울증이라는 말을 편리한 변명처럼 쓰고 있었다.

"약은 먹고 있어?"

"아뇨."

"내가 볼 땐 너 우울증 아냐."

"……."

"아프면 병원을 가든지, 약을 타 먹든지. 달력만 쳐다보고 있으면 낫냐?

"안 볼게요 그럼."

"좀 쉬어. 며칠 푹 쉬다가 제정신 돌아오면 그때 나와. 너 때문에 내가 죽겠다."

"나 없으면 선배가 일하게?"

"지금은 네가 없는 게 도와주는 거야."

그래서 나는 쉬었다. 말이 휴가지, 시도 때도 없이 전화를 울려대며 귀찮게 굴 줄 알았는데 대표는 정말로 나를 내버려 두었다. 나 없이도 회사는 잘 굴러가는 모양이었다. 휴가 첫날은 침대에서 보냈고 둘째 날은 소파에서 보냈다. 그러다 보니 이틀 만에 관절에 더께가 쌓여 아무 데도 나갈 수 없는 상태가 되었다. 할 일이 없다는 건 이런 기분이구나. 나는 배달시켜 먹은 피자 박스와 아이스크림 포장지 사이에 널브러져 생각했다. 이럴 바엔 친구네에 내려가 농사라도 돕는 편이 낫지 않을까 고민하는 사이 베란다 밖으로 해가 지고 또 떠올랐다. 달력에는 휴가, 휴가, 휴가라고 적었다. 그 외에는 별로 쓸 말이 없었다.

그리고 정 주임에게 전화가 걸려 온 것은 휴가 나흘째 날이었다.

핸드폰 화면에 뜬 정 주임의 이름을 보고 나는 흠칫 놀랐다. 그는 동료에게 사적으로 전화를 거는 타입은 아니었다. 잠시 망설이다 통화 버튼을 누르자 다짜고짜 이런 말이 이어졌다.

"팀장님 제 친구 한번 만나보세요."

"내가? 정 주임 친구를?"

"정확히는 친구의 친구의 친구예요. 잘 아는 사이는 아니고요, 예전에 한번 스치듯 본 적이 있어요. 아무튼 그 사람도 선배랑 같은 상황에 처해 있대요. 오늘 저녁에 시간이 된다는데 한번 만나보세요."

나는 정 주임의 표현에 눈살을 찌푸렸다. 같은 상황에 처해 있다고? 그 친구의 친구의 친구의 달력에도 내 것과 같은 구멍이 나 있다는 걸까? 믿기 힘든 이야기였다.

"어떻게 아는 사인데?" 내가 묻자 정 주임은 엉뚱한 답을 했다.

"이 사람 여간해선 만나기 힘들어요. 오늘이 아니면 기회가 없을지도 몰라요."

"그래도 너무 갑작스러운데."

"만나보고 싶기는 한 거죠?"

"응, 그런데……."

"그럼 만나보는 거예요." 더 들을 것도 없다는 듯 그가 단칼에 말했다. 시간과 장소는 문자로 보내주겠다더니, 전화를 끊고 1분도 채 안 되어 진동이 연달아 울렸다.

[서울숲역 2번 출구 휴하우스 카페]
[5시]

어떻게 할까. 나는 애매한 신음을 흘리며 몸을 뒤척였다. 꺼진 모바일 화면 위로 내 얼굴이 반사되었다. 5시까지 나가려면 슬슬 일어나야겠지. 이대로 소파에 누워 있다가 피자나 배달시켜 먹고 까무룩 잠들면 딱 좋겠는데. 하지만 정 주임이 일부러 연락을 주기도 했고…….

초침이 째깍째깍 울었다. 나는 쿠션을 끌어안고 누워 호기심과 안락함을 저울질하다가 이내 작은 한숨을 토했다.

약속 시간 20분 전에 카페에 도착했으나 남자는 이미 나와 있었다. 꽤 오래전부터 자리를 지키고 있었던 건지 빨대가 꽂힌 유리잔이 땀을 흘리는 중이었다. 메뉴는 아이스 카페모카(였던 것)처럼 보였다. 정 주임 친구분이신가요? 내가 묻자 그는 갸웃한 것이 묻은 입가를 손으로 훔치곤 고개를 살짝 숙여 인사했다.

여러모로 애매한 인상의 남자였다. 몸에 꼭 맞는 드레스 셔츠에 잔줄무늬 타이를 매고 헐렁한 반바지를 받쳐 입었다. 얼굴을 살이 찐 듯 둥그스름한 데 반해 체격은 왜소한 편이다. 그리고 맨발에 구두. 치밀하게 설계된 패션인지 그냥 정신이 나간 사람인지 구별하기 어렵다. 그러나 눈빛만큼은 형형했다. 두터운 안경알 뒤에 숨은 눈엔 야릇한 광채마저 서려 있는 듯했다. 뭐 하는 사람일까. 이름 없는 뮤지션? 아니면 옷에 관심 없는 카드 회사 직원? 어느 쪽이든 미덥지 못한 건 마찬가지인 것 같지만.

나는 남자를 향해 의례적인 미소를 지어 보였다. "일찍 도착하신 모양이네요. 오래 기다리셨나요?"

"기다리는 건 익숙해서 괜찮습니다."

빈말로도 괜찮다고는 안 하네. 조금 떨떠름한 기분이 들었으나 굳이 표를 내진 않기로 했다. 좌석에 가방을 두고 카운터 쪽을 바라보자 남자도 엉거주춤 일어나려는 자세를 취했다.

"아, 앉아 계세요. 저는 잠시 주문 좀 하고 올게요."

"카운터는 입구 정면에 있습니다."

"네."

"입구를 등지고 정면을 보면 큰 메뉴판 아래 카운터가 있습니다. 거기서 주문을 하시면 되고요. 그 오른쪽 유리 진열장 건너편도 비슷하게 되어 있는데, 그쪽은 다 먹은 식기를 반납하는 곳이라 헷갈리시면 안 됩니다."

나는 남자의 설명에 고개를 갸웃했다. "네, 유의할게요."

"그런데 그쪽에도 캐러멜이나 원두 같은 상품이 진열되어 있거든요. 이럴 게 아니라 그냥 같이 가시죠."

남자가 자리를 박차고 일어섰다. 뭐지? 나는 당혹스러운 기분에 젖어 그의 뒤를 쫓았다. 저기서 주문을 하시면 됩니다. 카운터를 손으로 가리키며 남자는 설명했다. 따뜻한 아메리카노 한 잔을 주문하고 커피를 받아 자리로 돌아갈 때까지도 그는 무슨 패키지 여행 가이드처럼 안내를 계속했다. 저기가 우리 테이블입니다. 저건 좌석이 아니라 창턱이고요. 매장 컵을 가지고 밖으로 나가면 안 되니 참고하세요. 화분은 파는 게 아닙니다. 자, 다 왔네요.

"해인 씨 말로는 달력에 문제를 겪는 중이라고 하더군요."
그리고 자리에 앉자마자 대뜸 본론을 꺼냈다.

"아, 네. 저는 달력에 일기를 적는 습관이 있거든요."

"그 부분은 이미 알고 있습니다."

"정 주임이 설명해드렸나 보네요. 아무튼 그것 때문에 무척 곤란한 상황이에요."

"무척 곤란한 상황이다." 남자가 내 말을 반복했다.

"벌써 3년째거든요. 3년째 3월 13일을 잃어버리고 있어요. 정 주임에게 듣기로는 저와 같은 상황에 처해 계신다던데, 맞나요?"

"같은 상황. 예, 그렇죠."

"동일한 문제를 겪는 사람을 만나보면 도움이 되지 않겠냐고 하더라고요. 맞는 말이라고 생각했어요. 혼자 해결해보려고 이래저래 애쓰기도 했지만 소득은 전혀 없었어서."

"정확히 어떤 일을 해보셨죠?"

"별건 없어요. 집을 깨끗이 치운 다음 사진을 찍어두고, 현관문에 테이프를 붙여두는 정도. 사람이 드나들었다면 알 수 있도록요."

"그렇군요. 병원에는 가보셨습니까?"

나는 가만히 고개를 저었다. "아직이요."

"아직이라면 조만간 갈 계획은 있는 건가요?"

"실은 잘 모르겠어요. 왠지 내키지 않아서요."

남자는 진지한 태도로 고개를 끄덕였다. "내키지 않는다."

"병원에 갈 생각을 아예 안 한 건 아니에요. 몇 번이나 버스를 타고 그 앞까지 가기도 했어요. 하지만 막상 건물 앞에 서면 도저히 발걸음이 떨어지지 않더라고요."

나는 변명하듯 말했다. 병원에 가보려고 했던 것은 사실이었다. 괜찮은 곳을 추천받아 예약도 잡았다. 그러나 번번이 건물 앞에서 마음을 바꾸었다. 병원에 들어서는 순간 뭔가 결정되어버릴 것 같다, 이런 느낌을 지울 수가 없었다.

"저는 지금의 인생에 대체로 만족하는 편이에요. 만족한다기보다는 그다지 불만이 없어요. 물론 나름대로 힘든 점은 있죠. 일이 너무 많기도 하고요. 하지만 저는 이런 생활에, 속도에 익숙해져 있어요."

남자는 또다시 고개를 끄덕였다.

"1년에 하루를 제외하면 제 생활은 무빙워크 위를 걷는 것처럼 비슷한 모양으로 흘러가요. 계절에 따라 배경은 계속 바꿔지만 발밑은 균일하고 평탄하게, 하지만 여유를 부리기엔 약간 빠른 속도로 움직이는 식이에요. 저는 지금의 균형을 무너뜨리고 싶지 않아요. 생각해보면 병원에 가지 않는 이유는 뻔하겠네요."

"3~4년 차까지는 대체로 병원에 가지 않습니다. 저도 아직 가지 않았고요."

"3~4년 차라고 하시는 거 보면, 이런 문제를 겪는 사람들이 더 있나요?" 나는 솔깃해져 물었다.

"자조 모임이 있습니다. 정기적으로 만나 이야기를 나누곤 하죠. 아무튼 3~4년 차엔 보통 병원을 찾지 않습니다. 아직 하루가 사라졌다는 확신이 없기도 하고, 만약 그렇다고 하더라도 날짜에 이름이 붙어버리는 건 원치 않으니까요."

"날짜에 이름이 붙는다……. 네, 바로 그거예요."

남자의 표현은 정확했다. 3월 13일이 정말로 사라졌다면 차라리 문제가 되지 않는다. 문제가 되는 경우는 그날에서 *내가* 사라진 경우다.

"저는, 말하자면 계속 무빙워크 위를 걷고 싶어요." 나는 말했다. "결국 그게 제 인생일지도 모른다고 생각해요. 도시의 한 지점에서 태어나 쉼 없이 걷다가 다른 지점에서 죽는 거. 엄마 아빠도 이렇게 살았고 친구들도 모두 엇비슷하게 살고 있어요. 어쩌다 당근 농사꾼이 된 한 명만 제외하면요. 그 친구의 삶도 나름대로 재미있어 보이긴 하지만 전 굳이 궤도를

껍질? 165

벗어나고 싶진 않아요. 만약 언젠가의 3월 13일에 어떤 일이 일어났고 그것을 감당할 수 없던 내가 스스로 기억을 지워버렸다면, 그리고 매해 같은 일을 반복하는 중이라면……."

"또 무빙워크 이야기군." 남자가 작게 읊조렸다.

"그날은 제겐 단단한 포장지에 싸인 소포 같은 거예요. 그 안엔 잃어버린 지갑이 들어 있을 수도 있고, 시체가 들어 있을 수도 있어요. 아니면 당첨된 복권이 들어 있을 수도 있고요. 무엇이든 상자를 열고 나면 이름이 붙어버리겠죠. 일단 그렇게 되고 나면 돌이킬 수 없을 테고요."

"무슨 말씀인지 잘 알겠습니다."

"정말요?"

"365일 중에 딱 하루지 않습니까. 약간 불편하기는 하지만 당장의 손해는 없죠. 사실 그렇게 불편하지도 않아요. 날짜가 정해져 있으니 대비가 가능하니까요. 어차피 정신없이 살다 보면 하루하루가 어떻게 지나가는지 모를 때가 태반이고."

"네, 네. 맞아요." 나는 고개를 끄덕이며 동의했다.

"단지 찜찜한 기분이 드는 것뿐이죠." 남자가 말했다.

"정확해요. 찜찜한 기분. 어떻게 보면 사소한 일이지만 의미심장하기도 하니까요. 1년에 단 하루라도 통제를 벗어난 날이 있다는 게 말할 수 없이 꺼림칙해요. 어떻게 하면 좋을지 솔직히 잘 모르겠어요."

"전 올해로 11년 차입니다."

"11년? 그럼 11년 동안 한 번도 병원에 안 가신 건가요?"

남자는 대답 대신 야릇한 미소를 띄워 올렸다. 양손을 테이블 위에 가지런히 얹어 기도하듯 깍지 꼈다. 그의 행동 하나하나에는 어쩐지 작위적인 느낌이 있었다.

"저는 좀 지나치게 열심히 살았습니다." 느릿한 말투로 남자가 말했다. "누구보다 성실하게 살아왔어요. 삶의 모토나 자부심보다는, 그냥 저라는 인간의 천성이 그래요. 누가 알아주지 않더라도 저는 그렇게 삽니다. 정해진 출근 시간보다 30분은 일찍 도착하고, 잠을 깎아서라도 맡은 일은 끝까지 해내죠. 열악한 상황도 잘 버티고 점점 높아지는 허들에도 어떻게든 적응하려 애쓰고요. 무슨 뜻인지 아시지요?"

"음, 공감할 수 있는 부분은 있네요."

"저와 같은 부류일 듯싶은데요."

"글쎄요."

"아무튼 전 되도록 남의 손을 빌리고 싶지는 않았습니다."

남자가 힘주어 말했다. 왠지 화가 난 듯한 표정으로 아이스 카페모카를 마셨다. 빨대가 얼음 사이에서 요란한 소리를 냈다. 이 남자를 믿어봐도 되는 걸까. 어째 소통이 잘 이루어지지 않는 듯하다. 한국어는 확실한데, 무슨 말을 하려는 건지 단번에 이해되지는 않는다. 단어 선택이나 말투도 좀 기묘한 구석이 있다. 아, 혹시 교포인가?

"실례가 안 된다면 민트 하나 주시렵니까?" 그가 대뜸 물었다.

"민트요?"

"아이스 초코를 마셨더니 입안이 텁텁하네요. 그 손에 쥔 거 민트 아닙니까?"

나는 손에 쥔 틴케이스를 확인하고 흠칫 놀랐다. 좀 전에 커피와 함께 사놓고선 완전히 잊고 있었다. 그나저나 카페모카가 아니라 아이스 초코였군. 순순히 민트를 내밀자 남자는 통을 흔들어 몇 알을 꺼내더니 곧장 입에 털어 넣었다. 민트가 아니라 심장약을 먹는 듯한 표정으로.

"뻐꾸기는 탁란을 하죠. 이건 상식이니 알고 계실 겁니다. 맞죠?"

나는 얼결에 고개를 끄덕였다. "네."

"비열하고 냉정한 기회주의자, 뻔뻔하게 부정을 저지르는 인간들, 태생적인 악인들을 보고 뻐꾸기라고 부를 수도 있겠습니다. 그러나 사람들이 간과하는 것은 뻐꾸기 새끼의 입장이란 말입니다. 생각해보세요. 형제들을 둥지 밖으로 밀어내 죽인 다음 뻐꾸기는 양부모 밑에서 성장합니다. 그들이, 그러니까 까치나 제비 부모가 뻐꾸기더러 이렇게 가르쳐주진 않았을 거 아닙니까. '이 비열한 뻐꾸기 놈아. 너는 커서 남의 둥지에 알을 낳고 튀어야 한다.' 그런데도 뻐꾸기는 때가 되면 탁란을 하죠. 자기가 뻐꾸기라는 걸 아무도 알려주지 않았을 텐데."

"뭐, 본능 아닐까요. 유전자 레벨에 각인된."

"그런 생각이 들면 저는 뻐꾸기라는 조류가 너무나 불쌍해 어쩔 줄 모르게 되는 겁니다."

"네, 그렇군요……."

"만약 선택할 수 있었다면 뻐꾸기도 그렇게 태어나고 싶지 않았을지 모릅니다. 제비 새끼로 태어나 제비 부모 밑에서 바르게 크고 싶었겠죠. 하지만 그렇게 결정되어버린 거예요. 그건 뻐꾸기의 잘못은 아니죠."

"저, 혹시 정 주임이랑은 어떻게 아는 사이인가요?" 나는 조심스럽게 물었다.

"해인 씨는 뭐라고 하시던가요?"

"별말은 없던데요. 친구의 친구의 친구라던가."

"친구의 친구의 친구." 남자가 내 말을 반복했다.

"오랜만에 만났는데 마침 저랑 같은 상황에 처해 있다기에 소개해준다고요. 그래서 두 분은 어떻게 아는 사이인가요?"

"참 아리따운 분이죠, 해인 씨는." 꿈꾸는 듯한 눈으로 남자가 말했다.

아, 시발. 잘못 걸렸다. 아이스 초코 같은 걸 먹고 있을 때 알아봤어야 했는데. 이 남자는 교포도 아니고 패셔너블한 것도 아니다. 그냥 상식이 없는 것이다. 그냥 집에나 있을 걸 나는 뭘 기대하고 여기까지 온 걸까.

"예. 건너 건너 아는 사이라고 해둡시다. 오늘 낮에 산책하

껍질? 169

다 우연히 마주쳤지요. 이야기를 좀 나누었고요. 그런데 해인 씨는 절 아주 오랜만에 만났다고 생각했나 보네요. 제 입장에 선 그렇지도 않았는데요. 하긴 좀 더 자주 만날 수 있으면 좋겠지만요, 하하."

"네, 네."

"아리따운 분이니까요." 남자가 덧붙였다.

"정 주임 예쁘죠. 그런데 그게 이 이야기랑 무슨 상관이 있는지는 모르겠네요."

"이런. 제가 공연히 신경 쓰이게 해드렸나요? 미안합니다."

"신경 쓰인다는 게 아니라……." 나는 반박할 의지를 잃었다. "됐어요."

"민트 몇 개 더 먹어도 되겠습니까?" 남자가 틴케이스를 흔들며 물었다.

"마음대로 하세요."

"그럼 감사히 먹겠습니다. 자, 다시 본론으로 돌아가서 혹시 비디오 촬영은 해보셨나요?"

나는 흠칫 얼굴을 찌푸렸다. "촬영이요?"

"현관문에 테이프를 붙여두셨다길래요. 집에 CCTV나 펫캠 같은 걸 설치해보셨습니까?"

나는 말문이 막혀 고개를 저었다. 그래, 카메라가 있었지. 강아지를 기르는 친구가 그런 걸 쓴다는 이야기를 들어본 적 있다. 일하다가도 마이크를 이용해 말을 걸고, 심지어 사료

급여도 했다. 그런 고급 기능이 달린 펫캠까지는 아니어도 싼 값에 적당한 걸 구할 수 있었을 것이다. 어째서 지금껏 그런 생각은 하지 못했을까?

"아니면 핸드폰 카메라를 켜두고 자는 방법도 있고요. 핸드폰은 누구나 갖고 있지 않습니까." 남자가 덧붙였다.

"생각해본 적도 없어요."

"이런 간단한 방식을 떠올리지 못했다니 이상한 일이군요. 해인 씨가 설명하기로 당신은 매우 스마트한 사람이라고 하던데요. 머리 회전도 빠르고 일적으로도 유능한 사람이라고요."

"정말로 생각도 못 했어요. 이런 것도 제 시기의, 그러니까 3~4년 차 특유의 증상인 걸까요?"

"원래 사람이란 자기 문제에 대해서는 한없이 어리석어지는 법이죠." 남자는 민트를 쩝쩝거리며 말했다. "하지만 그렇다고 쳐도 이상하지 않습니까? 당신은 똑똑한 사람이니까 조금만 머리를 굴리면 방법을 찾을 수 있었을 텐데요. 적어도 매년 어떤 일이 일어나는지 정도는 손쉽게 확인할 수 있었겠죠. 방금 말했듯 침대 앞에 카메라를 섭취하거나, 고용량 카페인을 복용해 그날은 잠들지 않도록 버텨본다거나……."

"가족이나 친구의 도움을 얻을 수도 있었을 거예요. 병원에 가지 않는 이유와 이어지네요. 아무래도 제가 이 사안을 일부러 무시하고 있는 모양이에요."

"아뇨, 아뇨. 제가 말하고자 하는 건 다른 차원의 이야기입니다."

"다른 차원의 이야기?" 나는 의아해져 물었다.

"병원에 가지 않기로 한 건 과연 당신의 선택이었을까요?"

남자가 자세를 고쳐 앉았다. 그의 손에 들린 틴케이스에서 가볍게 잘그락거리는 소리가 났다. 대체 몇 개나 꺼내 먹은 건지 민트가 얼마 남지 않은 모양이었다. 그는 아이스 초코로 목을 축이고(그것은 이제 초코 향이 나는 얼음물에 지나지 않을 듯했다) 입맛을 쩝 다셨다.

"이렇게 생각해봅시다. 우리가 어떤 행동을 하지 않으려 하는 데에는 결국 그럴 만한 이유가 있다고요. 병원에 가겠다고 생각한 것도, 가지 않은 것도 모두 우리의 선택이겠지요. 저는 이 문제를 두고 오랫동안 고민해왔습니다. 예, 무려 11년 동안이요."

나는 고개를 끄덕였다.

"당신은 아주 성실한 사람일 겁니다. 그렇게 들었어요. 하지만 그거 아세요? 해태와 나태는 결국 동일한 뜻이랍니다. 게으름요. 해태가 오늘 해야 할 일을 내일로 미루는 것이라면 나태는 미리 해버리는 걸 의미하죠. 당신이 억척스러울 정도로 근면하게 살아가는 동안 당신의 반대편은 그야말로 권태의 늪에 푹 빠져 있었을지도 모릅니다. 11년의 연구 결과를 이 자리에서 전부 설명하기는 어려우니 여기까지만 말해두기로 합시다. 아무튼 이건 이쪽 차원의 문제는 아닙니다, 예."

나는 남자의 말을 이해해보려 애썼다. "잘 모르겠네요. 이쪽 차원의 문제가 아니면 뭐 저쪽 차원의 문제라는 건지……."

"역시 이해가 빠르시군요."

"예?"

"우리의 삶이 두 쪽으로 나뉜 겁니다." 남자는 손날로 자신의 얼굴을 반으로 갈라 보였다. "이쪽의 우리는 1년 중 364일을 가지고 있습니다. 반면 저쪽의 우리에겐 단 하루뿐이죠. 1년에 단 하루, 우리는 저쪽 대신 이쪽에서 눈을 뜹니다."

나는 남자의 왼쪽과 오른쪽 얼굴을 번갈아 보았다. 안경알 너머의 눈이 이상하리만치 까맣게 빛났다. 아무래도 잘못 걸린 게 맞는 것 같다. 좀 헷갈렸는데 이제 확실하다.

"그래서 전 받아들이기로 한 겁니다."

"하아……."

"어차피 보통의 하루하루란 대체로 일과 잠뿐 알맹이 없이 흘러갑니다. 이건 인정하셔야 해요. 인생을 바꿀 만한 일도 매일 일어나지는 않아요. 그런 날을 1년에 하루쯤 더 보탠다고 해서 손해 볼 건 없지요."

"손해죠. 아무것도 얻는 것 없이 하루가 날아가는 거잖아요." 나는 살짝 눈살을 찌푸렸다.

"그런 식이라면 매일 담배를 피우며 날리는 10분은 연간 단위로는 무려 60시간이나 되는데요."

껍질?

"그 10분 사이에는 담배를 피우잖아요. 그냥 눈 깜짝할 사이에 사라지는 게 아니라."

"어쨌든 생산성 없이 날린다는 점에서는 같죠."

"담배 피우세요?"

"아니요. 끊었습니다."

그렇겠지. 나는 한숨을 푹 내쉬었다. 표정이 꽤 차가웠을 것 같은데 남자는 아랑곳하지 않았다.

"어쨌든 제가 드리고자 하는 말씀은, 어차피 우리는 껍데기나 다름없다 이겁니다. 상황을 바꿀 수 없다면 우리가 생각을 바꿔야죠."

"우리가 누군데요."

"허허."

남자는 내 질문엔 대답하지 않았다. 대신 바지 주머니에서 명함을 꺼내 내밀며 말했다. "도움이 될지도 모르겠습니다."

"뭔데요?" 나는 얼굴을 더 찌푸렸다.

"아까 말한 자조 모임 카드예요. 우리는 여기서 도움을 많이 얻고 있어요. 해인 씨랑 함께 꼭 나오십시오."

"네⋯⋯. 일단 감사합니다."

"별말씀을요."

"그런데 실례지만 어떤 일을 하시는 분이세요?"

뜻밖의 질문이었는지 남자는 잠시 망설이더니 공무원이라고만 답했다. 나는 고개를 끄덕여 보이고 커피잔을 집어들었다. 미지근하게 식은 커피에서는 어쩐지 매운맛이 났다.

  남자가 약속이 있다며 먼저 일어난 뒤에도 나는 30분쯤 더 카페에 남아 있었다. 커피를 마시고 나니 입이 텁텁해져 민트를 몇 알 먹고 싶었지만 틴케이스는 텅 비어 있었다. 경찰에 신고할 만한 문제는 아니었다. 불현듯 다른 질문을 했어야 했다는 걸 깨달았을 땐 이미 집으로 돌아가는 지하철에 몸을 실은 뒤였다.

  결국 자조 모임에는 나가지 않았다. 그 남자와 같은 사람들이 우글우글 모여 있는 장면을 상상하니 썩 내키지 않았다. 대신 여전히 달력에 일기를 적는다. 날짜 옆에 날씨를 표시하고, 한 일과 할 일을 다른 색으로 적어 넣는다. 오늘은 어제의 연속이며 내일은 오늘의 연속이라는 사실을 기억해두기 위해. 달이 바뀔 때마다 7행 5열의 빈 상자를 하나씩 짚어본다. 그것은 꼭 깨끗한 포장지에 싸인 소포처럼 보인다. 무엇이 들어 있을지는 열어봐야 알 수 있다. 어쩌면 친구 아기의 돌잔치일 수도 있고, 거래처와의 점심 약속일 수도 있다. 개중 하나가 펑! 하고 터져버릴지도 모른다―이건 아마 3월 12일과 14일 사이에서 나를 기다리고 있을 테지만.

  참고로 올해 3월 13일은 수요일이었다. 나는 그날을 기준으로 앞뒤로 하루씩 휴가를 냈다. 그러니까 12일 화요일부터 14일 목요일까지. 화요일에는 대청소를 했다. 집 안을 구석구석 쓸고 닦으며 가지고 있는 물건들을 점검해보았다. 미뤄두었던 안부 연락을 돌리고, 어물쩍 지나쳤던 문제에 대해 사과했다. 냉장고를 비우고 긴 목욕을 했다. 거울 앞에 서서 얼굴을 유심히 바라보았다. 그리고 달력에 일기를 적었다.

  자고 일어나니 어김없이 목요일 아침이 찾아와 있었다. 나는 그것을 알 수 있었다. 세면대 앞에 서서 양치질을 하고, 거울 속 얼굴을 점검했다. 그저께의 나와 달라진 부분은 어디일까 고민해보았으나 별다른 점은 눈에 띄지 않았다. 그다음엔 평소처럼 커피를 내려 마시고 산책을 하러 나갔다. 날씨는 흐리고 쌀쌀했다. 돌아오는 길에 장을 봐서 점심을 만들어 먹었다. 어쩐지 먹고 싶어져 떡국을 끓였다. 설거지를 마친 다음 두 번째 커피를 내려 책상에 앉았다. 달력의 어제 날짜에 빗금을 치고, 다가올 날들을 위해 오후는 느긋하게 보냈다.

  내년에도, 내후년에도 3월 13일은 돌아올 것이다. 나는 그날의 테두리에 서서 달력에 난 네모난 구멍을 바라보게 되겠지. 휴가를 내고, 대청소를 하고, 어쩌면 떡국을 끓여 먹을지도 모른다. 언젠가는 용기를 내어 병원에 가거나 침대맡에 카메라를 설치할 수도 있을 것이다. 하지만 지금은 일단 느긋하게 지내고 싶다. 달력이 무어라 말하든 3월 13일은 나와 세계 사이 어딘가에 분명히 존재하고 있을 테니까. ■

바다의 기분

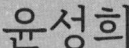

윤성희

윤성희

1999년 동아일보 신춘문예에 단편소설 〈레고로 만든 집〉이 당선되며 작품 활동을 시작했다. 소설집 《레고로 만든 집》《거기, 당신?》《감기》《웃는 동안》《베개를 베다》《날마다 만우절》《느리게 가는 마음》, 중편소설 《첫 문장》, 장편소설 《구경꾼들》《상냥한 사람》 등이 있다. 현대문학상, 이수문학상, 황순원문학상, 이효석문학상, 오늘의 젊은 예술가상, 한국일보문학상, 김승옥문학상, 동인문학상 등을 수상했다.

1

 출근길에 행정복지센터 앞에 걸린 플래카드를 보았다. 행정복지센터 주무관이 공무원 음악제에서 금상을 탔다는 소식이었다. 나와 이름이 같아서 왠지 기분이 좋아졌다. 나는 노래를 잘 부르는 사람만 보면 마음이 흔들렸다. 예전에 사귀었던 남자친구는 내가 화를 낼 때마다 〈얼굴〉이라는 노래를 불러주었다. 동그랗게 동그랗게 맴돌다 가는 얼굴. 그 부분을 부를 때면 검지로 허공에 동그라미를 그렸다. 그걸 보면 내 마음의 모난 부분이 조금 둥글어지는 것 같았다. 남자친구는 중학교 음악 시간에 그 노래를 배웠다고 했다. 그때 선생님에게 성악을 전공해보라는 말을 들었다. 그날 집에 가서 부모님께 선생님의 말을 전했더니 공부도 못하면서 노래만 잘

하면 뭐 하냐는 핀잔을 들었다. 남자친구는 일이 잘 풀리지 않을 때마다 음악 공부를 반대했던 부모님 탓을 했다. 그때부터 어긋난 거라고. 그런 말을 할 때마다 남자친구가 못나 보였다. 그런 사람과 미래를 함께하고 싶지 않았지만 헤어지는 게 쉽지는 않았다. 산책할 때마다 내 손을 잡고 불러주는 노래 때문이었다. 나는 버스 정류장에 앉아서 바람에 흔들리는 플래카드를 보았다. 나랑 이름이 같은 사람은 어떤 어린 시절을 보냈을까? 어린이합창단에서 방긋방긋 웃으며 노래를 부르는 아이를 상상해보았다. 〈전국노래자랑〉에 나가 트로트를 불러 인기상을 받는 아이를 상상해보았다. 〈전국노래자랑〉을 떠올리니 일요일 점심마다 삼겹살을 먹던 외할머니가 생각났다. 떡집에서 일을 했던 할머니는 쉬는 날이면 삼겹살을 먹었다. 초등학생 때 나는 외가에 맡겨진 적이 있었다. 부모님이 이혼을 하면서 나를 키우기 여의치 않은 상황이 생겼기 때문이었다. 나는 비가 오는 날이면 우산을 쓰지 않았고, 소풍 날 혼자 도시락을 먹었고, 학교 앞 문방구에서 지우개를 훔쳤다. 그렇게라도 해서 부모에게 버려진 마음을 잊지 않으려 했다. 할머니는 일요일 12시가 되면 신문지를 거실에 펼쳤다. 그리고 내게 말했다. "부르스타 가져와라." 외삼촌은 삼겹살 전용 돌판에 돼지기름을 칠하면서 말했다. "이건 화강암으로 만든 거야." 송해 할아버지가 전국노래자랑, 하고 외치면 삼촌은 삼겹살과 김치를 돌판에 올렸다. 신문지에 기름이 튀었다. 할머니는 소주를 마셨고 삼촌은 맥주를 마셨다. 나는 사이다를 마셨다. 할머니는 모르는 노래가 없어서 모든 노래를 따라 불렀다. 할머니와 삼촌은 누가 대상을 탈 것인지 내기를 했는데 늘 할머니가 이겼다. 나는 삼촌이 할머니에게 용돈을 주기 위해 일부러 내기에서 진다는 사실을 알았지만 모른 척했다. 프로그램이 끝나면 할머니는 삼촌에게 말했다. "송해 오빠가 죽으면 장례식장에 나 좀 데려다줘라. 알았지?" 하지만 먼저 돌아가신 것은 할머니였다. 나는 버스가 왔는데 타지 않았다. 정류장 의자가 따뜻했고 꾸벅꾸벅 졸고 싶다는 생각이 들었다. 나는 다음 버스도 타지 않았다.

다섯 대의 버스를 더 보냈다. 그리고 9시가 되자 행정복지센터에 갔다. 복도 게시판에 '이달의 친절왕' 안내 포스터가 붙어 있었다. 거기에도 있었다. 나랑 이름이 같은 그 사람이. 환하게 웃는 사진이 걸려 있었다. 대학생 때 잠시 기숙사 생활을 했는데 그때 같이 지내던 룸메이트와 닮았다. 그 친구는 2층 침대를 썼는데, 계단마다 '기분 좋게 자러 가자' '행복한 꿈꾸자' 같은 글귀를 적어두었다. 천장에도 긍정적인 글귀를 적은 포스트잇을 잔뜩 붙여놓았는데 같이 지낼 때 나는 그 친구를 조금 무시했다. 그런 말들에 의지하는 삶이 따분하다고 생각했기 때문이다. 나는 민원실에 들어가 나와 이름이 같은 직원을 찾았다. 직원이 무슨 일로 왔느냐고 물어서 나도 모르게 등본을 떼러 왔다고 대답했다. "주민등록증 주세요." 직원이 말했다. 내가 건네준 주민등록증을 받고 난 다음 직원이 말했다. "어머, 저랑 이름이 똑같아요." 그러면서 직원은 오늘 복권을 사겠다는 말을 덧붙였다. 내가 무슨 말이냐고 묻자 몇 년 전부터 자기랑 이름이 같은 민원인을 만나면 복권을 사기 시작했다고 대답했다. 두 번이나 3등에 당첨되었다고. 나는 등본을 반으로 접어 가방에 넣으면서 말했다. "오늘 저도 사봐야겠어요." 직원이 복권 가게를 알려주었다. 성당이 있는 큰 사거리까지 걸어가 우회전을 하면 보인다고 했다. 복권 가게를 찾아가다 오른발에 깁스를 한 할머니가 왼쪽에 목발을 짚고 힘겹게 오르막길을 걷고 있는 걸 보았다. 오른발을 다쳤으니 목발을 오른쪽으로 짚어야 하는 게 아닌가 하는 생각이 들었다. 나는 할머니에게 다가가 팔을 내밀었다. "여기 잡으세요." 할머니가 오른손으로 내 왼손을 잡았다. 내가 묻지도 않았는데 목발을 반대로 짚고 가는 이유를 설명했다. 오른쪽 어깨가 아프다고. 생선 가게를 40년 했는데 동태를 수십만 마리는 토막 냈을 거라고. 그래서 어깨가 망가졌다고. 할머니와 성당 앞에서 헤어졌다. 손녀가 취직을 못하고 있어서 기도를 드리러 간다고 했다. 복권 가게에 갔더니 가게 주인이 창문을 닦고 있었다. 나는 로또 종이를 꺼내 내 생일과 엄마의 생일을 선택했다. 마지막 숫자 두 개를 고민하다 오늘 날짜를 찍었다. 입사한 지 6년 만에 무단결근을 한 날이니까. 아직까지 회사에서 아무런 연락이 오지 않았다. 복권에 당첨이 되면 사표를 쓰리라. 로또 종이와 오천 원을 가게 주인에게 건네주며 나는 생각했다. 토요일에 종종 아침을 먹으러 가는 카페에 들렀더니 문을 열지 않았다. 어디를 가야 할지 몰라 동네를 한 바퀴 걸었다. 그러다 폐업 안내 문구를 붙인 가게를 보았다. 맛없는 음식을 팔아서 죄송합니다, 실력을 키워서 되돌아오겠습니다,라고 적혀 있었다. 간판을 보니 나도 배달로 시킨 적이 있는 식당 같았다. 그래서 휴대폰을 꺼내 앱을 열어보았다. 작년 겨울에 돈가스와 우동을 시켜 먹었다. 날짜를 보니 그날이 생각났다. 눈이 온 날이었다. 마을버스가 오르막길에서 미끄러졌다. 그러다 뒤에 오는 승용차와 부딪힌 뒤 멈췄다. 버스 뒤에 앉은 사람 중 누군가가 저 차에 아기가 있어요,라고 소리쳤다. 버스 문이 열리고 사람들이 승용차를 향해 뛰어갔다. 찌그러진 조수석 쪽에 카시트가 보였다. 어떡해. 어떡해. 출근 시간에 종종 같은 마을버스를 탔던 여자가 울었다. 그때 운전석에서 아이 엄마가 소리쳤다. "괜찮아요, 아이 없어요." 그 말에 사람들이 동시에 소리쳤다. "다행이다." 나도 소리쳤다. 그렇게 큰 소리로 다행이다,라고 말해본 게 처음이었다. 집까지 걸어오는데 추위가 하나도 느껴지지 않았다. 그래서 집 앞에 도착한 뒤 편의점에 가서 캔맥주를 샀다. 맥주를 마시려니 안주 할 게 없었다. 그때 시킨 게 돈가스와 우동이었다. 나는 가게 주인이 남긴 쪽지를 다시 읽어보았다.

그리고 그 글 아래에 메모를 남겼다. 저는 맛있게 먹었어요, 라고.

   무단결근을 했으니 땡땡이를 친 학생처럼 놀고 싶어졌다. 그래서 만화카페에 갔다. 두 시간 이용권을 사고 식혜를 주문했다. 방을 고를 수 있어서 '알라딘'과 '자스민' 사이에서 고민하다 알라딘 방으로 들어갔다. 내가 고른 만화는 사람의 마음을 투시하는 초능력을 지닌 여중생의 이야기였다. 마음을 읽지 않으려고 눈을 마주치지 않는 아이. 그러다 눈을 마주쳐도 마음을 읽을 수 없는 아이가 전학을 온다. 전학생과 주인공이 체육관 창고에 갇히는 부분을 읽고 있는데 숙모에게 전화가 왔다. 영지가 일주일 내내 학교에 가지 않았다고 숙모가 말했다. 무슨 일이 있었는지 물어도 대답을 하지 않는다고. 그나마 내 말은 좀 들으니 통화를 한번만 해보라고. 영지가 어렸을 때 삼촌은 영지의 우는 모습을 찍어서 나에게 종종 보내주었다. 고래밥 과자를 먹으면서 우는 영상이 가장 많았다. 영지가 복어를 먹으면 삼촌은 이제 배가 복어처럼 부풀어오를 거라고 놀렸다. 그러면 영지는 배를 붙잡고 울었다. 문어를 먹으면 문어처럼 대머리가 될 거라고 놀리고, 꽃게를 먹으면 옆으로 걷게 될 거라고 놀렸다. 그때마다 영지는 울었다. 울면서도 과자를 포기할 수 없어서 계속 먹었다. 이십대 시절, 웃고 싶을 때마다 나는 영지가 우는 영상을 봤다. 나는 영지에게 전화를 걸었다. 전화를 받지 않았다. 다섯 살이 된 영지는 고래밥에 들어 있는 동물들을 종류별로 모은 다음 먹기 시작했다. 문어를 먹고 고래를 먹고. 꽃게를 먹고 고래를 먹고. 복어를 먹고 고래를 먹고. 삼촌이 왜 그렇게 먹느냐고 묻자 영지가 말했다. "아빠, 얘네가 다 고래 밥이잖아. 그러니 복어를 먹고 바로 고래를 먹으면 안전해. 내 뱃속에서 고래가 복어를 잡아먹을 거 아냐." 그 영상을 보내주면서 삼촌은 말했다. 내 딸이지만 천재 아니냐? 하고. 열여섯 살이 되었지만 영지는 여전히 고래밥 과자를 그런 식으로 먹었다. '오늘 휴가인데 맛있는 거 먹으러 갈까?' 영지가 메시지를 읽었다. 하지만 답장은 오지 않았다. '나 만화카페 왔는데 재미있는 만화 소개해줘.' 다시 메시지를 보냈다. 이번에도 확인만 하고 답을 하지 않았다. '나 보고 싶으면…… 답장 보내지 마.' 영지가 메시지를 읽었다. 답장을 썼다가 내가 확인하기 전에 지웠다. 삭제된 메시지입니다,라는 글을 한참 들여다보다가 나는 기차표를 예매했다.

2

삼촌이 결혼한다고 숙모를 데리고 왔을 때 엄마와 이모들은 말했다. 다시 한번 생각해보라고. 같은 여자라 안쓰러워

미리 말해준다고. 결혼 전에 삼촌은 하는 일마다 실패를 했다. 엄마는 취사병을 한 게 잘못의 시작이라고 말했다. 삼촌은 군대에서 제육볶음의 달인이 되었다. 삼촌의 제육볶음을 먹고 살이 20킬로그램 쪘다는 군인도 있었다. 그러면서 학교 앞에 삼촌이 하는 식당이 있다면 매일 가서 먹을 거라고 말을 했다. 삼촌은 제대를 한 뒤 고향에 있는 대학교 앞에 식당을 차렸다. 가게 이름은 취사병 손맛. 군대를 갔다 온 남학생 중 제육볶음을 싫어할 사람은 없을 거라는 삼촌의 말에 둘째 이모는 적금을 깨서 투자를 했다. 처음 몇 달은 장사가 그럭저럭 되었다. 그러다 맞은편에 덮밥을 파는 가게가 새로 생겼는데 거기서도 제육덮밥을 팔았다. 맛도 더 있었고 가격도 쌌다. 삼촌의 가게는 2년을 버티지 못했고, 월세가 밀려 보증금마저 까먹어서 둘째 이모의 돈을 돌려주지 못했다. 그 후로도 삼촌은 여러 번 식당을 차렸다가 망했다. 화강암으로 만든 고기 돌판 사업을 하다가 망하고, 보드게임 카페를 차렸다가 망했다. "누나들이 몰라서 그렇지 망한 적은 없어. 돈을 못 벌었을 뿐이야." 엄마의 말에 삼촌은 반박했다. 둘째 이모는 초등학생 때 다니던 주산학원 원장이 삼촌을 어린이 암산왕이라고 부른 게 시작이라고 말했다. 똑똑하지도 않은 애를 똑똑하다고 불러서 자꾸 일을 벌이는 거라고. 둘째 이모의 말을 듣더니 삼촌은 숙모에게 자랑스러운 표정을 지으며 말했다. "그때 암산 대회에 나가 받은 상장이

10년 동안이나 거실에 걸려 있었어." 셋째 이모는 다른 의견을 냈다. 옥상에 있던 의자 때문이라고. 그 의자는 삼촌이 자주 가던 만화방에 있던 것인데 폐업을 하면서 버린 것을 가지고 왔다. 파란색으로 페인트칠이 되어 있는 나무 의자였다. 열여섯 살이었던 삼촌은 그 의자에 '바다의 기분'이라는 이름을 붙여주었다. 그리고 매일 거기에 앉아서 지는 해를 구경했다. 의자를 옥상에 둔 뒤로 결석을 하는 날도 잦아졌다. 삼촌은 학교에 가는 척하고 몰래 옥상에 올라갔다. 의자에 앉아서 멍하니 하늘만 보았다. 그러다 점심시간이 되면 할머니가 싸준 도시락을 먹었다. 시간표에 체육 시간이 있으면 줄넘기를 하기도 했다. "누나, 의자랑 사업이 무슨 상관이 있어?" 삼촌이 물었다. 막내 이모 말에 의하면 거기서 맨날 몽상만 하다 현실 감각이 사라진 거라고 했다. 간절한 마음이 없으니 하는 일마다 실패를 하는 거라고. 그렇게 말한 뒤 이모들은 숙모에게 물었다. "그렇게 한심한 녀석인데 괜찮아요? 도대체 저 녀석 어디가 좋아요?" 그날 숙모는 이렇게 대답했다. 웃기기 쉬운 사람이라 좋다고. 그 말에 엄마와 이모들이 고개를 끄떡였다. "그건 맞는 말이지."

삼촌은 마흔 살에 아빠가 되었다. 가족 단톡방에 영지가 우유 먹는 영상을 올리면서 삼촌은 이렇게 말했다. "아이 입에 뭐가 들어가는 거 보니 정신이 번쩍 드네요." 그리고 삼촌은 다시는 장사를 하지 않겠다고 선언했다. 조개구이 장사를 접고 택시 운전을 시작했다. 재작년 설에 삼촌은 우리에게 이상한 손님 이야기를 들려주었다. 삼촌은 지팡이를 짚고 있는 여자를 기차역에서 태웠다. 여자는 10년 만에 고향에 온다며 조금 돌아가더라도 자신이 졸업한 고등학교 앞을 지나가달라고 부탁했다. 고등학교 앞 사거리에서 신호를 기다리는데 여자가 길가에 있는 '오남매 분식집'을 가리키면서 말했다. "제가 저 집 냄비우동을 참 좋아했어요. 아직도 맛있을까요?" 그래서 삼촌은 못 먹어봤는데 시간 나면 한번 먹어보겠다고 대답했다. 여자는 그곳에서 떡볶이를 먹다가 사고를 당한 동창 이야기를 들려주었다. 눈길에 미끄러진 오토바이를 피하려던 승용차가 인도를 덮쳤다. 그 사고로 친구가 크게 다쳤다. 친구가 병원에 입원해 있는 동안 여자는 죄책감에 시달렸다. "그날 제가 돈을 주웠거든요. 주운 돈은 빨리 쓰는 거라 그래서 제가 떡볶이를 먹자고 했죠." 여자는 왼손잡이라 친구의 왼쪽에 서서 먹었는데 그 덕에 사고를 피할 수 있었다. 그러면서 여자는 이런 이야기를 들려주었다. 사고가 나고 며칠 후 그 앞을 지나가는데 보도블록 공사를 하더라고. 그래서 주운 돈을 그 아래 묻어두었다고. 그 말을 듣고 삼촌이 웃었다. "제가 몰래 가서 그 돈 꺼내 쓰면 어쩌려고 비밀을 말하세요." 그러자 여자가 마음대로 하라고 말했다. "하지만 조심하세요. 저처럼 될지도 몰라요." 여자가 말하며 지팡이를 손으로 두드렸다. 여자는 10년 전에 고등학교 때 담임선생님의 장례식장에 왔다가 그 친구를 다시 만났다. 사고 이후 친구는 오른손을 자유롭게 쓰지 못했다. 장례식장에서 왼손으로 밥을 먹으며 친구가 여자에게 말했다. "난 이제 왼손으로 콩자반도 잘 먹어." 웃는 친구를 보자 사고 이후 보도블록 아래 묻은 돈이 생각났다. 그래서 조문을 마치고 돌아가는 길에 그 자리에 가보았다. '오남매 분식집' 옆에 '오남매 떡집'이 생겼다. 그 옆에 '오남매 과일'이 있었고 그 옆에는 '오남매 미용실'이 있었다. 여자는 돈을 묻은 보도블록에 서서 오남매인데 어째서 가게는 네 개뿐일까, 하고 생각했다. 음주운전을 한 승용차가 인도를 덮칠 때까지 여자는 그 생각만 했다. "그래서 다리를 다쳤대. 너네도 만약 그 앞을 지나가거든 조심해. 저주받은 돈일지도 몰라." 영지는 웃으며 정말 미운 사람이 생기면 가보겠다고 말했다. 그러면서 초등학생 때 백 원짜리 동전을 학교 나무 아래에 심어두곤 했다는 이야기를 해주었다. 숙모가 왜 그랬냐고 묻자 영지가 말했다. "나무에 소원을 자주 빌었거든. 근데 공짜로 소원 빌기가 미안해서." 그 말에 삼촌이 웃으며 말했다. "나중에 아주 나중에 우리 가서 찾아보자." 그날 우리는 만두를 만들었다. 그러면서 오남매 중 막내가 만두를 잘 빚어서 '오남매 미용실' 옆에 '오남매 만둣집'을 차리는 상상을 했다.

3

나는 기차역에 내려서 택시를 탔다. 그리고 오남매 분식집 사거리에 내려달라고 했다. 그러자 기사가 내게 물었다. "늘 궁금했는데요. 오남매인데 왜 가게는 네 개뿐인 거죠?" 그래서 내가 거짓말을 했다. 막내가 일찍 사고로 죽었다고. 사고 보상금으로 첫째가 분식집을 차렸고 그게 성공해서 둘째에게 떡집을 차려준 거라고. 그렇게 둘째가 돈을 벌어 셋째 미용실을 차려주고 셋째가 돈을 벌어 넷째에게 과일 가게를 차려준 거라고. 택시에서 내리니 부장님에게 메시지가 왔다. '아직도 아파? 내가 월차 처리해두었으니 주말까지 푹 쉬도록 해.' 이번 주에 우리 부서에 일이 생겼고 그걸 처리하다 나는 위경련이 일어났다. 원인을 따지자면 부장님의 잘못이지만 부장님은 팀원이 모두 있는 자리에서 나를 탓했다. 나는 부장님에게 답장을 보내지 않았다. 복권에 당첨되어 오남매 만둣집을 차리는 상상을 했다. 오남매 분식집 앞에는 파란색 클로버가 그려진 행운 부적 스티커가 붙어 있었다. 나는 스티커가 붙어 있는 보도블록 위에 서서 삼촌이 사고가 난 사거리를 바라보았다. 신호가 바뀌길 기다리면서 삼촌은 무얼 생각했을까? 여자에게 사고 이야기를 들은 이후로 삼촌은 오남매 분식집 사거리를 지나갈 때마다 허기가 진다고 했다. 그날도 삼촌은 배가 고팠을까? 나는 분식집에 들어가 쫄면과 군만두를 주문했다. 직원이 포장 비닐에 행운 부적 스티커를 붙이며 말했다. "맛있게 드세요." 나는 직원에게 오남매인데 왜 가게는 네 개뿐이냐고 물었다. 그랬더니 직원이 오남매 중 막내는 유학을 갔다고 말해주었다. 미국에서 박사 코스를 밟고 있다고. 박사 학위를 따면 오남매 만둣집은 영영 차릴 일이 없겠지. 그 생각을 하니 섭섭해졌다.

영지 방문 앞에는 노크하는 딱따구리가 있다. 그건 영지가 초등학생 때 미술학원에서 만든 거였다. 나는 딱따구리의 줄을 당겨보았다. 망가졌는지 딱따구리가 움직이지 않았다. 나는 입으로 똑똑, 하고 소리 냈다. "쫄면 사 왔는데 같이 먹자. 군만두도 있어." 내가 말했다. 영지가 대답하지 않았다. "난 아침도 안 먹었어." 내가 다시 말했다. 이번에도 대답이 없었다. "나올 때까지 여기 앉아서 기다린다." 나는 영지의 방문에 등을 기대고 앉았다. 안에서 희미하게 음악 소리가 들렸다. "같이 듣게 음악 소리 좀 키워봐." 내가 말하자 영지가 볼륨을 높였다. 나는 노래를 따라 불렀다. 안에서 영지도 따라 부르는 것 같았다. 그렇게 한참 노래를 따라 부르다 내가 말했다. "할머니 집 옥상에 있던 의자 이야기 해준 적 있나?" 영지가 노랫소리를 조금 줄였다. 이야기를 해달라는 것처럼. 할머니 집에서 살게 되었을 때 삼촌이 날 위해 의자를 사준 적이 있었다. 그 의자 이름은 '바다의 기분 2호'였다. 등받이가 파란색 의자였는데, 삼촌은 그 의자를 '바다의 기분 1호' 옆에 놓아주었다. 〈전국노래자랑〉을 보고 나면 할머니는 낮잠을 잤다. 그러면 삼촌과 나는 옥상에 올라가 화분에 물을 주었다. 그리고 의자에 앉아서 해가 질 때까지 하늘을 보았다. 내가 의자 이름이 왜 바다의 기분이냐고 묻자 삼촌이 말했다. 처음 그 의자에 앉아서 하늘을 보는데 구름이 해파리처럼 보였다고. 하늘에 떠다니는 해파리를 상상하자 발바닥이 간질간질하고 웃음이 막 났다고. 열여섯 살 때 삼촌은 불면증에 걸렸다. 삼촌은 그 모든 게 짝 때문이라고 생각했다. 짝의 부모님은 생선 가게를 했고 그래서 냄새가 난다고 반 아이들에게 놀림을 받았다. 짝은 화를 내지 않았다. 짝은 교과서 표지마다 긍정의 문구를 적어두었다. '자신을 믿어라. 그러면 어떤 것도 가능하다.' '성공은 넘어지는 횟수가 아니라 다시 일어서는 횟수에 달려 있다.' 삼촌은 친구들이 괴롭힐 때마다 그런 문구를 중얼거리는 짝이 싫었다. 쉬는 시간에도 공부를 할 정도로 열심히 하지만 성적이 오르지 않는 짝이 답답했다. 삼촌은 짝을 생각하면 잠이 달아났다고 했다. 그랬는데 해파리를 상상하자 공중 부양도 할 수 있을 것처럼 몸이 가볍게 느껴졌다. 삼촌은 다시 잠을 푹 잤고 좋은 명언을 찾게 되면 짝의 교과서 표지에 적어주기도 했다. 그 이야기를 해주면서 삼촌이 내게 물었다. "전학 와서 힘들지?" 나는 고개를 끄떡였다. 그러자 삼촌이 그럴 때마다 의자에 앉아서 해파리를 상상해보라고 했다. "삼촌, 한 번도 해파리를 본 적이 없는데 어떻게 상상을 해?" 내가 물었다. "그럼 고래라도 상상을 해봐. 하늘을 나는 고래." 나는 움직이는 구름을 보면서 고래를 상상해보려 했다. 하지만 잘 되지 않았다. "삼촌. 구름은 그냥 구름이야." 내 말에 삼촌이 한참을 고민하다가 이렇게 말했다. "그럼 바닷속에 구름이 있다고 생각하자. 그건 상상할 수 있지?" 학교에서 돌아오면 나는 바다의 기분 2호에 앉아서 시간을 보냈다. 그러면 친구가 없는 것도 아빠가 없는 것도 다 괜찮게 느껴졌다. 나는 영지에게 바다의 기분 3호 의자를 사주겠다고 말했다. "그러니 나와서 밥 먹자. 쫄면 다 불어." 내 말에 영지가 방문을 열고 나왔다. 쫄면을 먹으면서 영지가 다음에는 왕김말이 분식집에서 사 오라고 했다. 거기가 쫄면은 더 맛있다고. 내가 어디 있는 가게인지 물어보자 영지가 말했다. "언니가 욕하던 문방구. 그 자리야." 그리고 영지가 문방구 아저씨가 복권 1등에 당첨되어서 가게를 접었다는 이야기를 들려주었다. 영지가 초등학생 때 지우개를 사고 오천 원을 냈는데 천 원을 냈다면서 잔돈을 거슬러주지 않은 일이 있었다. 그 이야기를 들은 이후로 나와 영지는 한동안 문방구 사장 욕을 했다. 드라마에서 얄미운 조연을 볼 때, 불친절한 택시 기사를 만날 때, 길거리에 침을 뱉는 사람들을 볼 때, 그때마다 나와 영지는 이렇게 말했다. 새싹 문방구 같은 놈이라고. "그런 사람이 복권에 당첨되고 너무 억울해." 영지가 말했다. "그런 일로 억울하면 진짜 억울할 때 어떻게 할 건데." 영지는 내 말에 대답하지 않고 군만두를 먹었다. 군만두를 반 베어 물고 만두 안에 쫄면을 채워서 먹었다. 맛있어 보여서 나도 따라 했다. "언니, 쫄면만 넣지 말고 양배추도 같이 넣어야 해. 그래야 더 맛있어." 영지가 말했다. 영지 말대로 양배추를 같이 넣었더니 더 맛있었다. 마지막 군만두를 먹고 난 다음 내가 말했다. "의자 사러 갈까?" 그러자 영지가 의자 사기 전에 할 일이 하나 있다고 했다. 학교 운동장 나무 아래에 심어둔 동전들을 회수하고 싶다고.

영지가 처음으로 운동장 은행나무에 소원을 빈 것은 초등학교 3학년 때였다. 영지는 하교를 하다 은행나무 앞에서 소원을 비는 아이를 보았다. 그 아이 말이 학교가 지어지기 전부터 있던 은행나무라고 했다. 100년도 더 산 나무라고. 그래서 영지도 소원을 빌었다. 운동회 전날이라 계주에서 금메달을 따게 해달라고 했다. "그랬는데 정말 우리 반이 금메달을 땄어. 내가 마지막 주자였는데 역전을 했거든." 그 후로 영지는 소원을 빌고 싶으면 은행나무를 찾아갔다. 삼촌의 생일날에도. 숙모의 생일날에도. 동전을 땅에 묻고 기도를 했다. 모두 건강하게 해달라고. 돈 많이 벌게 해달라고. 공부 못해도 행복하게 해달라고. 살찌지 않게 해달라고. 여드름 안 생기게 해달라고. "그렇게 소원을 빌었는데 너무 억울해. 다 회수하고 싶어." 그래서 내가 그러자고 했다. 영지가 베란다에 가서 초록색 손잡이가 달린 꽃삽을 가지고 나왔다. 학교 운동장에는 축구를 하는 아이들이 있었다. 은행나무 아래 벤치에 여자아이 둘이 앉아 있었다. 한 아이는 울고 있었고 다른 아이는 우는 아이의 무릎에 손을 올려놓고 있었다. 그 앞에서 땅을 파기가 미안해서 우리는 운동장을 한 바퀴 걸었다. 걸으면서 영지가 한 달 전부터 오후에 동네를 걷기 시작했다는 이야기를 해주었다. 집에 혼자 있기가 싫어서 그랬다고. 그래서 숙모가 퇴근을 할 동안 동네를 돌고 돌았다고. 그러다 버스 정류장에 앉아 있는 노부부를 보았다. 처음에는 버스를 타는 줄 알았는데 아파트를 한 바퀴 걷고 돌아와보니 여전히 그곳에 앉아 있었다. 다음 날 산책을 하는데 또 그 부부가 있었다. 날도 추운데 뭐 하는지 궁금해서 버스를 타는 척하고 옆에 서 있어보았다. 노부부는 손녀의 결혼식 이야기를 하고 있었다. 할머니가 할아버지의 양복을 걱정하자 할아버지가 말했다. "그거 있잖아. 막내 모범 공무원상 받을 때 입은 거." 영지는 노부부에게 공무원인 막내가 있고 첫 손녀가 결혼한다는 것도 알게 되었다. 그 뒤로 영지는 산책을 할 때마다 버스 정류장에 서서 노부부의 이야기를 몇 분씩 엿듣곤 했다. 영지는 노부부의 셋째 아들이 이혼했다는 것을 알게 되었고 네 번째 손녀가 서울대에 합격한 것도 알게 되었다. 결혼을 안 한 딸이 한 번도 남자친구 이야기를 한 적이 없어 걱정이라는 것도 알게 되었다. 그러다 지난주에 영지는 할아버지가 할머니에게 생일 축하 노래를 불러주는 걸 들었다. 영지도 속으로 할머니의 생일을 축하했다. 영지는 아파트를 한 바퀴 돌면서 다가오는 숙모의 생일날 어떤 선물을 할까 생각했다. 그러자 생일날마다 가족의 건강을 빌었던 은행나무가 떠올랐고 갑자기 화가 났다. 화가 났는데 누구한테 화를 내야 할지 몰라 학교 운동장에 가서 나무를 발로 걷어찼다. 그리고 다시 노부부가 앉아 있는 버스 정류장으로 왔더니 여전히 할아버지가 생일 축하 노래를 부르고 있었다. "알고 보니 할머니가 치매였어. 그래서 자꾸 노래를 불러달라고 한 거야." 영지가 말했다. 그리고 축구를 하는 아이들을 보며 발로 공을 차는 시늉을 했다. "저렇게 열심히 차는데 아직 한 골도 못 넣었어, 쟤네들." 나는 은행나무 쪽을 보았다. 벤치에는 한 아이만 앉아 있었다. 울던 아이인지 우는 아이를 달래던 아이인지 잘 모르겠다. 영지가 이어 말을 했다. "그날 할아버지가 할머니에게 생일 축하 노래 불러주는 걸 다섯 번이나 더 들었어. 그리고 집에 돌아왔더니 학교에 갈 수가 없어. 언니, 왜 그런지 나도 모르겠어." 영지는 숙모에게 아무 말도 할 수 없었다. 설명할 수 없으니 말할 수도 없었다고. 나는 영지의 손을 잡고 노래를 불러주었다. 동그라미 그리려다 무심코 그린 얼굴. 내가 노래를 부르자 영지가 말했다. "언니, 아빠 얼굴은 길죽해. 그래서 별명이 고길동이잖아." 다시 운동장을 한 바퀴 걷고 벤치로 돌아오니 아무도 없었다. 벤치 아래에 바보라는 낙서가 보였다.

4

나무 아래에 쪼그리고 앉아서 영지가 흙을 팠다. 영지는 나무 기둥에서 두 뼘 정도 떨어진 곳에 동전을 묻었다고 했다. 영지는 나무를 등지고 오른쪽 방향으로 땅을 파기 시작했다. 하지만 아무리 파도 동전은 나오지 않았다. 병뚜껑 하나와 열쇠 모양의 목걸이 펜던트가 나왔다. 영지는 펜던트를 벤치 위에 올려두었다. "바꿀까?" 내가 말하자 영지가 꽃삽을 내게 건네주었다. 영지는 자기가 판 곳을 흙으로 다시 메꾸고 그 위를 꾹꾹 밟았다. 흙을 파면서 나는 영지에게 저주에 걸린 적이 있다는 이야기를 해주었다. 고등학교 1학년 때였다. 2학기 기말고사를 며칠 앞두고 한 아이가 전학을 가게 되었다. 우리 반에는 전교에서 가장 키가 큰 아이가 있었는데 그 아이가 전학을 가는 아이를 많이 괴롭혔다. 두 아이의 아버지들이 친구였는데 같이 낚시를 갔다가 사고가 났다는 소문이 돌았다. 그중 한 아버지만 살았다고. 우리 반 아이들은 전학 가는 아이가 괴롭힘을 당하는 걸 알면서 모른 척했다. 그런데 그 아이가 전학을 가면서 말했다. 모른 척하는 너희들이 더 나쁜 애들이라고. 그러니 앞으로 너희들은 나쁜 생각만 해도 나쁜 일이 생길 거라고. "그런데 그날 저녁에 정말 그런 일이 일어났어. 집에 가는 길에 횡단보도에서 신호를 어기고 지나가는 오토바이를 보았어. 길을 건너려는 할머니를 칠 뻔한 거야. 그래서 내가 속으로 욕을 했어. 가다 사고나 나라고. 그렇게 생각만 했는데 그만 내가 횡단보도를 건너다 넘어진 거야. 넘어져서 오른팔이 부러졌어. 깁스를 해서 시험도 망치고." 처음에는 우연이라고 생각을 했다. 그런데 그런 일은 계속 일어났다. 길에 침을 뱉는 사람을 보고 속으로 욕을 했더니 그날 아끼던 지갑을 잃어버렸다. 떡볶이를 먹으면서 반 아이들과 담임 흉을 보았는데 그날 집에 가는 길에 우산이 뒤집혀 날아갔다. "친구들이랑 똑같은 급식을 먹어도 혼자 배탈이 나고, 공중화장실 문이 고장 나서 갇히고, 물건도 안 훔쳤는데 편의점에서 도둑으로 오해받고, 계속 그런 일들이 일어나더라." 땅속에서 동전이 나왔다. 오백 원짜리 동전이었다. 영지에게 보여줬더니 영지는 오백 원을 심고 기도를 한 적은 없다고 했다. 나는 오백 원을 주머니에 넣었다. "그래서 어떻게 되었어? 그때부터 나쁜 생각을 안 했어? 착한 생각만 했어?" 영지가 물었다. 축구장에서 아이들의 환호 소리가 들렸다. 누군가 골을 넣은 모양이었다. "설마. 어떻게 착한 생각만 하겠어. 나쁜 생각이 나면 그냥 나쁜 생각을 했어." 나는 말했다. 영지가 내가 판 구멍을 메우면서 대답했다. 내 말이 이해되지 않는다고. "나한테 그런 일이 생기면 나는 밖에도 못 나갈 것 같아." 영지가 말했다. "나도 처음에는 억울했지. 전학한 그 아이와는 말도 거의 안 해본 사이거든. 그런데 왜 내가 저주에 걸렸을까 하고." 그렇게 1년이 지나고 나는 그 아이를 만나야겠다는 생각이 들었다. 사과를 하면 저주에서 풀려날 것이라고. 1학년 때 담임선생님에게 전학 가기 전에 내가 책을 빌렸는데 돌려주지 못했다고 거짓말을 해서 전학 간 학교를 알아냈다. 그리고 결석을 하고 전학을 갔다는 학교로 찾아갔다. 하교 시간을 기다려 학교 입구에 서 있었다. 한 시간 정도 기다리니 그 아이가 나왔다. 단발머리를 한 친구와 같이 있었다. 나는 둘을 따라갔다. 둘은 영어 학원 앞에서 헤어졌다. 단발머리를 한 친구는 학원 건물로 들어갔고 그 아이는 혼자 걸었다. 개천 옆에 난 산책길을 따라 계속 걸었다. 누군가 가로등에 자전거를 묶어두었다. 아이는 그 앞에 서서 한참을 자전거 구경을 했다. 자전거 핸들에 '중고로 팝니다. 5만 원'이라고 적힌 종이가 붙어 있었다. 자전거 구경을 하는 아이의 뒷모습을 보다 보니 학기 초 반 아이들과 둘러앉아 무서워하는 것들에 대해 이야기를 하던 날이 떠올랐다. 그때 그 아이는 사과 씹는 소리가 무섭다고 말했다. 아삭하는 소리가 무서워서 사과를 못 먹는다고. 나는 수영이 무섭다고 말했다. 세상에서 제일 부러운 사람이 수영을 잘하고 자전거를 잘 타는 사람이라는 말을 덧붙였다. 그랬더니 그 아이가 그건 배우면 되는 거라고, 하지만 사과 먹는 건 배울 수가 없는 거라고 대답했다. "그날 나는 그 아이한테 사과를 하지 않았어. 그냥 돌아왔어. 사과 소리도 무섭다는 아이인데 괴롭힘당했을 때 얼마나 힘들었겠어. 그래서 그냥 영원히 우리 반 아이들을 미워하게 두고 싶었어." 나는 영지에게 말했다. 그날 이후로 나쁜 생각이 나면 그냥 두었다고. "그런 식으로 나를 벌주고 싶기도 했고." 나는 꽃삽을 영지에게 건네주었다. "손 아프다. 이제 니가 파." 영지가 꽃삽을 건네받았다. "아직도 그래?" 영지가 물었다. "아니, 사라졌어." 내가 말했다. "나왔다. 백 원." 영지가 동전을 들어 흔들었다. 그리고 계속해서 동전을 찾아냈다.

우리는 편의점에 가서 고래밥을 샀다. 계산할 때 내가 찾은 돈과 영지가 찾은 돈을 썼다. "언니, 거기 가볼래? 그 버스 정류장 의자." 영지가 물었다. 내가 좋다고 대답했다. 초등학생으로 보이는 남자아이 셋이 어깨동무를 하고 〈꼬부랑 할머니〉 노래를 부르며 지나갔다. 그 아이들 뒤를 따라 걸으며 우리는 노래를 엿들었다. 분명 알고 있는 노래인데 가사를 들어보니 처음 듣는 것처럼 낯설었다. 참 이상한 가사라는 생각이 들었다. "지금 생각해보니 니 덕에 저주가 사라진 것 같아. 니가 고래밥 먹으면서 울던 그 영상 덕분에." 나는 영지에게 말했다. 영지가 우는 영상을 보면 자꾸 웃음이 났다. "그렇게 몇 년을 웃다 보니 언제 사라졌는지 모르게 사라졌어." 내 말에 영지가 혼잣말처럼 작은 소리로 말했다. "원래부터 없는 걸지도 모르지." 〈꼬부랑 할머니〉 노래를 부르던 아이들은 사라졌다. 그리고 구구단을 외우며 걷는 여자아이를 만났다. 8단을 자꾸 틀렸다. 영지가 자기네 수학 선생님 이야기를 해주었다. "선생님이 어렸을 때 숟가락을 구부리는 마술이 유행했는데 선생님은 그걸 정말로 믿었대. 그런데 나중에 어른이 되어보니 숟가락을 구부리는 마술사는 있어도 구부린 걸 다시 펴는 마술사는 없더라는 거야. 그때부터 선생님은 초능력을 안 믿게 되었대." 영지의 말을 듣고 보니 숟가락을 펴는 마술을 본 적은 없는 것 같았다. 앞에 걷는 아이가 마침내 8단을 제대로 외웠고 우리는 박수를 쳐주었다. 버스 정류장 의자에 앉아 영지가 시계를 보았다. "할아버지 할머니는 30분 후에 나와." 영지가 고래밥 상자에 과자를 쏟았다. 탕수육에 부먹과 찍먹파가 있듯이 고래밥에도 상자파와 봉지파가 있다고 영지가 알려주었다. 봉지 안에 있는 과자를 아무렇게나 먹는 게 봉지파이고, 과자를 상자에 쏟아서 종류를 확인해가며 먹는 게 상자파라는 것이었다. 당연히 영지는 상자파였다. 나는 영지가 어렸을 때 그랬던 것처럼 오징어를 하나 먹고 고래를 하나 먹었다. 오징어는 이름이 징어징가인데 수다쟁이라 입이 세 개였다고 영지가 알려주었다. 하지만 지금은 하나로 줄었다고. "그럼 이제 수다쟁이는 아니야?" 내가 묻자 그건 모른다고 했다. "문어는 원래 이름이 대모리였는데 대머리인 사람들이 항

의해서 문워크로 바뀌었대." 영지의 말에 나는 문어를 집었다. "이거 먹고 대머리나 돼라." 나는 문어를 먹었다. 영지가 손바닥에 과자를 올려놓고 하늘을 향해 손을 뻗었다. 내가 어떤 동물이냐 물었더니 해파리라고 했다. 해파리라니. 해파리가 고래밥에 있다는 말은 처음 들었다. "새로 추가되었어." 영지가 해파리 하나를 찾아내 손바닥에 올려주었다. 자세히 들여다보니 너무 못생겼다. "이름이 파리지앵이야. 웃기지?" 나는 웃었다. 이름이 웃겨서 웃고 생긴 게 못나서 웃었다. 내가 웃자 영지도 웃었다. 한참을 웃다 우리는 동시에 해파리를 먹었다. "언니, 나 의자 안 사줘도 괜찮아." 영지가 말했다. 나는 내년 생일 선물 미리 해주는 거니까 받아도 된다고 했다. "그게 아니라 이 의자를 바다의 기분 3호라고 부를래. 이거면 충분할 거 같아." 영지가 정류장 의자를 손바닥으로 두드리며 말을 덧붙였다. "추운 날은 이렇게 따듯하게 엉덩이도 데워주고." 바다의 기분 3호에 앉아서 나와 영지는 고래밥 한 상자를 다 먹었다. 그리고 해가 지는 하늘을 보았다. 영지는 하늘을 보며 해파리가 헤엄치는 걸 상상해보려 했지만 잘 되지 않는다고 했다. 투명한 해파리가 떠올라야 하는데 고래밥의 못난 해파리가 떠오른다고. "나는 바닷속에도 해가 뜨고 진다고 생각할래." 영지가 그렇게 말하고 오랫동안 지는 해를 바라보았다. 나는 고래밥 동물들이 산호에 앉아서 지는 해를 구경하는 장면을 상상해보았다. 유치했지만 혼자만의 상상이니 창

피해하지 않기로 했다. 창피한 생각을 해서 그런지 발바닥이 간지러웠다. 엉덩이는 따듯했다. 노부부가 손을 잡고 버스 정류장으로 걸어왔다. 영지가 일어났다. "여기 앉으세요."

 우리는 아파트 단지를 한 바퀴 걸었다. 숙모에게 전화가 왔다. 곧 집에 도착한다며 맛있는 저녁 먹으러 가자고 해서 좋다고 말했다. 다시 버스 정류장으로 왔더니 할아버지 할머니가 두런두런 이야기를 나누고 있었다. 딸이 전화를 안 해서 섭섭하다고 할머니가 말하자 할아버지가 할머니의 손을 쓰다듬으며 말했다. "그냥 그런갑다 합시다." 숙모를 기다리면서 나는 영지에게 오늘 산 복권을 보여주었다. "다음 주부터 너 학교에 가면 내가 당첨금의 10퍼센트 줄게." 내가 말했다. 영지가 겨우, 하고는 입술을 내밀었다. "지난주 1등이 32억이었어. 거기 10퍼센트를 계산해봐." 내 말에 영지가 복권을 두 손으로 잡고 기도를 했다. "당첨되면 언니는 뭐 할 거야?" 영지가 물어서 나는 회사를 그만둘 거라고 했다. 그러면서 부장 욕을 조금 했다. "그냥 그런갑다 합시다." 영지가 할아버지의 말투를 흉내 냈다. 그 말을 듣자 어쩌면 노부부의 딸은 이 세상에 없을지도 모른다는 생각이 들었다. 나는 치매에 걸린 할머니가 딸의 이야기를 할 때마다 할아버지가 거짓말을 하는 장면을 상상해보았다. 영지가 팔짱을 끼었다. 그리고 웃으며 말했다. "언니. 20퍼센트 주면 안 돼? 엄마도 주게." 나는 안 된다고 했다. 그러자 영지가 바로 팔짱을 뺐다. 내가 영지의 팔짱을 끼며 말했다. "그래, 봐줬다. 1등이면. 근데 2등이면 안 준다." ■

비트와 모모

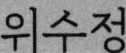

위수정

위수정

2017년 동아일보 신춘문예에 중편소설 〈무덤이 조금씩〉이 당선되며 작품 활동을 시작했다. 소설집 《은의 세계》《우리에게 없는 밤》이 있다. 김유정문학상, 한국일보문학상을 수상했다.

우리는 잠들기 전에 이런 이야기들을 나누었다.

그때는 모두 살아 있었어요. 아니었나. 외할머니 장례를 치른 다음이었나. 우리는 작은 방에 모여서 쉬고 있었어요. 방 안에 슬픔은 없었어요. 그래서 말인데 장례식이 아니었을 수도 있겠네요. 그러다 누군가 소리를 질렀어요. 사촌의 다리 위로 20센티 정도 되는 붉고 굵은 지네가 기어 올라가고 있었어요. 우리는 소란을 떨며 방을 뛰쳐나왔어요. 그때 구십이 넘은 할아버지가 지네를 밖으로 몰아냈어요. 마당에 떨어진 지네가 도망가는데 할아버지가 나무 막대기 같은 걸로 지네를 짓이겼어요. 몸이 짓이겨지고 사지가 떨어져나가는데도 지네의 다리는 계속 움직였어요. 우리는 할아버지의 무표정한 얼굴과 기이하게 죽어가는 지네를 번갈아 보고 있었죠. 할아버지는 아무런 망설임도 후회도 없는 얼굴이었어요. 지네의 몸통은 꺼멓고 다리는 빨갛게 우글거렸어요. 몸이 터지고 내장이 튀어나올 때까지 계속 움직였어요. 그런데 엄마 아빠도 거기에 계셨을 텐데, 이상하게 그 장면만 기억이 나요. 할아버지와 지네. 그리고 사촌 몇 명들. 거기에 엄마 아빠는 없어. 할머니도.

모모 님 기억 속에 없는 거겠죠?

그렇죠. 하지만 그때 거기 계셨을 수도 있어요. 기억 속에 없는 사람들이. 할머니도.

지금은?

지금? 지금은 다 돌아가셨죠. 요즘에는 자꾸 그런 일들이 떠올라요.

저도 그래요. 난 벌써 오래전부터 그래요.

그런데, 지네 내장이 무슨 색인지 알아요?

우리는 두서없이 떠오르는 이야기들을 번갈아 들려주었다. 하나가 말하면 하나는 들었다. 그러다 하나가 말하는 도중에 하나는 잠들곤 했다. 그러면 남은 하나는 잠든 이의 숨소리를 듣다가 곧이어 따라 잠이 들었다. 그건 초저녁일 때도 있었고 자정이 넘은 시간일 수도 있었으며 해가 뜨는 새벽일 때도 있었다. 이제는 불면증이라는 게 우리 둘 다 상관없었다. 잠이 오면 자고 잠이 오지 않으면 깨어 있으면 그만이었다. 우리에게는 남들이 말하는 내일이라는 게 없었다. 없어졌다. 아니, 없앴다고 해야 할까.

우리는 피해자 가족 모임에서 만났다. 사건이나 사고로 가족을 잃은 사람들이 모여 정기적으로 서로의 이야기를 들어주고 위로를 주고받는 모임이었다. 모모를 만난 곳은 이런저런 모임을 전전하다 1년 전쯤 나간 새로운 모임에서였다. 모임에서는 각자 별명으로 불렀다. 자기소개 시간에 나는 즉흥적으로 떠오르는 이름을 말했다. 안녕하세요, 저는 비트라고 합니다. 비트코인의 비트가 아니라 채소 비트입니다. 빨간무. 내가 말하자 사람들이 웃었다. 비트는 남편이 먹지 않고 골라내던 채소였다. 그래도 나는 먹이려고 애썼는데. 몸에 좋다고.

이번에도 처음에는 모임에 열심히 참석했다. 종교를 기반으로 한 단체이긴 하나 믿음을 강요하지 않았고 모임이 끝난 후 함께 먹는 식사가 맛이 괜찮았다. 사람들도 대체로 견딜 만했다. 무엇보다 그곳에는 살인 사건 피해자 가족이라든가 무슨무슨 사고 희생자 가족 같은 구체적인 조건이 없었다. 거기에는 음주운전이나 살인 사건 피해자의 가족도 있었고 연인이 자살해서 찾아온 이도 있었다. 우리의 공통점이라면 가까운 이가 사건이나 사고로 죽어 없어졌다는 것이었다. 그중에는 암으로 어머니를 잃은 사람도 있었다. 그런 경우는 좀 다른 것 아닌가,라고 나는 잠깐 생각했고 다른 사람들도 비슷한 의문을 가졌으리라 짐작했으나 아무도 입 밖으로 꺼내지는 않았다. 우리는 각각의 이유로 마음 둘 곳을 찾아 헤매느라 이미 지칠 대로 지친 사람들이었으므로, 이미 일생의 눈물을 다 흘려 눈물이 말랐음에도 울 수 있는 곳이 필요한 사람들이었으므로, 내가 위로받고 싶은 만큼 열심히 남들을 위로해주었다. 그러면 마치 나의 상처가 아물기라도 하는 것처럼. 사람들은 자신의 상처를 소독하고 약을 바르는 듯이 열심히 위로에 전념했다. 나도 그랬다. 나는, 괜찮다가 괜찮지 않다가를 반복했고 괜찮지 않은 시기에는 모임에 나갔다. 그러다 모모를 만났다.

저는 아내를 잃었습니다. 강도 사건이었어요.

대학생 정도로밖에 보이지 않는 외모의 모모가 아내를 잃었다는 말을 했을 때 나는 조금 놀랐다. 살해당했다는 사실보다 그게 더 놀라웠고, 그래서 나는 내가 이상하게 여겨졌다. 그동안 너무 많은 사람들의 이야기를 들었나. 무뎌졌나. 그런 생각을 하자 나도 모르는 사이에 팔에 소름이 돋았고 누가 볼까 봐 팔을 천천히 쓸어내렸다. 남편이 죽은 후 나는 마음의 상태를 인지하기 이전에 몸이 먼저 반응하는 증상이 나타났다. 슬프다는 생각을 하기 전에 가슴에 통증이 느껴졌고 아침에 눈을 떴을 때 목덜미가 저릿하면 그 후에 절망이 밀려오는 식이었다.

모모의 피부는 까무잡잡했지만 매끈했다. 모임 사람들이 지니고 있는 눈동자를 모모에게서도 보았다. 그들은 웃어도 눈에는 눈물이 맺혀 있는 것처럼 보였다. 나도 그럴까. 한동안 거울을 보지 않다가 모임에 나가기 시작하면서는 버릇처럼 거울을 보다가 이제는······.

　남편과 나는 대학 시절 만났다. 남편은 토목공학과를 졸업했고 대기업에 바로 취직이 되었다. 남편이 취업에 성공했을 때 기뻐하던 모습을 기억한다. 좋은 직장을 얻었고 계획대로 나와 결혼할 수 있어서. 입사를 한 후 남편은 공사 현장에 수시로 나가 하청 업체 직원들을 관리 감독하는 일을 했다. 지방으로 자주 출장을 다녔고 술에 취해 전화를 걸어왔다. 인부들과 소통하는 일이 쉽지 않다고 했다. 오늘 또 사고가 있었어. 그럴 때마다 유족들의 항의는 자신들이 다 감당해야 한다고. 상사는 유족들이 올 때 우리들한테 빨리 숨으라고 해. 그래서 얼른 다른 동으로 가서 구석에 앉아 있거나 근처 카페에서 커피를 마시면서 시간을 보내. 처음에는 다들 힘들어했는데 이제는 아무렇지 않게 농담을 하는 직원들도 있어. 그러면 죄인이 된 것 같아. 나쁜 사람이 된 것 같아. 아니, 나쁜 사람이 된 게 맞지? 뭐 하는 짓인지 모르겠어.

　처음 몇 년간 남편은 한탄하다가 나중에는 그런 이야기도 내게 하지 않았다. 나는 그가 잘 적응하고 있다고 생각했다. 아니다. 사실은 그가 힘들어한다는 것을 알았다. 하지만 익숙해지고 무뎌지고 다들 그렇게 살아가는 게 아닐까. 나도 직장을 다니느라 힘들었다. 그런데 지금 생각해보면, 그게 힘들었나? 그때는 행복했다. 행복하다거나 불행하다는 생각을 아예

하지도 않았다. 그럴 때가 정말 행복한 때였다는 것을 지금은 안다.

　남편은 아파트 건설 현장에서 실족사했어요. 14층에서. 헬멧도 쓰지 않은 채로. 이 이야기를 나는 여러 번 했다. 처음에는 정신과 의사 앞에서. 다음에는 모임에 나가서. 처음에는 말을 시작하기도 전에 눈물부터 나왔다. 자동 반사적으로 눈물이 주루룩. 신기할 정도였다. 이제는 담담하게 말할 수 있다. 누구에게건 울지 않고 말할 수 있게 되었다. 내가 울건 그렇지 않건 사람들은 안타까운 얼굴로 고개를 숙이거나 내 손을 잡아주었다. 그런 게 필요했다. 하지만 집에 돌아오면 그게 다 무슨 소용인가 생각하며 소파에 누워 텔레비전을 틀어놓고 밤새 잠들지 못했다. 사실 남편이 왜 떨어졌는지 모르겠어요. 회사에서는 산재 처리를 해주었지만, 저는 의구심을 떨칠 수가 없어요. 남편은 나를 떠나려고 작정한 것일까요. 분명히 나를 사랑한다고 했거든요. 하지만 아니었나 봐요. 이런 말은 하지 못했다. 누구에게도 하지 못했다. 말을 하면 그것이 사실이 될 것 같았다. 몇 번이나 털어놓고 싶었지만 입을 뗄 수가 없었다. 남편의 장례식장에서 회사 사람들은 내 눈을 제대로 쳐다보지 못했다. 그들은 조용히 이야기를 나누었는데 분명 나와 남편의 이야기를 하는 것 같았다.

　모모의 아내는 작은 수학 학원의 원장이었다고 했다. 모모가 대학원을 다니고 있어서 아내가 돈을 벌어야 했다고. 사건이 일어난 건 불과 1년 전이었고 가해자는 여전히 재판 중이라고 했다. 그 새끼가 항소를 했어요. 그 말을 할 때 모모의 입가에 날카로운 미소가 스치듯 지나가는 것을 보았다. 그때에도 내 팔에는 소름이 돋았고 나는 습관처럼 팔을 쓸어내렸다. 모모는 더 이상 학교를 나가지 않는다고 했고 나 역시 회사를 그만둔 지 좀 되었다고 대답했다.

모모를 처음 보았을 때부터 그와 가까워지게 될 것 같은 예감을 받았다. 누군가에게 반하는 데 걸리는 시간이 불과 몇 초라고 했던가. 내가 모모에게 반했나. 그럴지도 모른다. 반한다는 건 본능적으로 끌린다는 말과 크게 다르지 않을 테니. 어딘가 상해버린 사람들 사이에서 그가 처음으로 눈에 들어와 박힌 것은. 어쩌면 나와 비슷한 방식으로 상한 사람이라고 느꼈던 것일까. 나는 모모에게 먼저 말을 걸었다. 그는 누군가에게 먼저 말을 걸 사람으로 보이지 않았기 때문에. 내가 다가가지 않으면 그는 영원히 나를 모를 것이다. 나는 그를 좀 더 알고 싶었다. 딱딱한 껍질 속으로 숨어버린 사람들이 있다. 껍질이 딱딱한 만큼 그 속에 연한 살을 지닌 사람. 껍질이 두껍고 딱딱할수록 나는 끌렸다. 모모도 그런 종류의 사람이었다. 하지만 그가 나를 거절한다 해도 별 상관 없었다. 잘 보이고 싶은 마음 같은 것도 없었다. 말을 걸어보고, 나를 거부하면 그것으로 끝. 내일을 생각하지 않자 나는 대담해졌다. 그런데 모모는 의외로 살갑게 나를 받아주었다. 마치 내가 말을 걸어주기를 기다렸던 것처럼. 나의 예상과 달리 그의 껍질은 그렇게 딱딱하지도 두껍지도 않았다. 어쩌면 내게만 부드러운 게 아닐까. 그도 나를 알아본 게 아닐까. 그리고 나는, 이 사람이 웃으면 이런 얼굴이 되는구나, 생각했다.

  우리는 각자의 배우자를 각자의 방식으로 잃은 후 나름 원래의 생활을 이어가려 애썼던 경험이 있었다. 그리고 지금은 나도 그도 원래의 생활을 버렸다. 그런 공통점이 우리를 연결시켜준 것이라고 믿었다. 내게는 남편이 남겨준 작은 아파트가 있었고 모모는 돈이 있다고 했다. 아내와 살던 집을 처분한 뒤 여기저기 옮겨 다니며 산다고 했다. 집을 판 돈과 보험금, 아내의 학원을 처분한 돈이 있다고 했다. 나는 남편과 살던 아파트를 처분하지 않았다. 그곳에서 그냥 살았다. 말 그대로, 그냥, 살았다. 그곳은 가장 편하면서도 가장 불편한 곳이었다. 벗어나야 한다고 생각은 했다. 생각만 했다. 때로는 벌받는 기분으로, 그냥, 살았다. 내 죄가 무엇인지 깊이 생각할 의욕도 없는 채로. 어쩌면 깊이 생각하는 것이 두려워서. 그렇게, 그냥, 살았다.

  내게도 돈은 있었다. 퇴직금과 꽤 많은 보험금이 있었다. 하지만 늙어 죽을 때까지 일하지 않고 살 만한 돈은 아니었다. 상관없었다. 늙어 죽을 때까지 기다릴 생각이 없었으므로. 아니, 늙어 죽는다는 것이 상상이 되지 않았으므로. 그런 삶은 나와는 무관한 일처럼 여겨졌다. 모모도 비슷했다. 모모도 무언가에서 벗어나 극복하고 의욕을 가지고 다시 시작하고 용서하는 뭐 그런 일 따위에는 관심이 없었다. 그런데 모임에는 어떻게 나온 거예요? 내가 묻자 그는 눈을 내리깐 채 대답했다. 이야기를 듣고 싶어서요.

이야기?

네, 불행한 사람들이 어떤 이야기를 나누는지. 그런데 지금은.

지금은?

밥 먹으려고 나와요.

모임이 끝난 후 우리는 몇 번 함께 술을 마셨다. 어느 날에는 너무 늦은 시간이라 문을 연 술집이 없어서 내 집에서 술을 마셨다. 누군가와 함께 집으로 들어오는 일이 낯설었다. 나는 식탁에 술잔과, 안주로 사온 과자와 땅콩 따위를 꺼내어 놓았다. 식탁의 얼룩이 모모의 눈에 띌까 봐 그릇으로 가렸지만 모모는 보았을 것이다. 그날 나는 침대에서 잤고 모모는 거실 소파에서 잤다. 다음 날 눈을 떴을 때, 모모가 떠나고 없을까봐 두려웠다. 모모는 거실에 앉아 텔레비전을 보고 있었다. 나는 그런 그를 보고 웃음이 났다. 그도 나를 보고 멋쩍게 웃었다. 저 사람에게 저렇게 환한 표정도 있구나, 생각하며 그와 함께 웃었다. 그리고 내 얼굴이 궁금해졌다. 아주 오랜만에.

모모가 떠난 후 나는 공중에 떠다니는 먼지를 보았다. 시선을 돌려 가구들을 보았다. 가구 위에 하얗게 먼지가 쌓여 있었다. 나는 창을 열어 환기를 했다. 창틀에도 시커먼 먼지가 앉아 있었다. 그동안 많은 비와 눈이 내렸을 것이다. 그것을 잊고 있었다. 냉장고를 열어보았다. 말라붙은 채소와 정체를 알 수 없는 썩은 음식들이 있었다. 그것을 잊고 있었다. 옷장을 열어보았다. 남편의 넥타이들이 그대로 걸려 있었다. 곰팡 냄새가 났다. 그것을 잊고 있었다.

  모모와의 동거는 계획된 것이 아니었다. 우리는 그저 술을 마시고 싶었다. 아닌가. 이야기를 나누고 싶었던 걸까. 아니다. 우리는 함께 있고 싶었다. 함께 있어도 불편하지 않은 이가 있다는 것이 좋았다. 모모도 그래 보였다. 우리의 대화는 두서없이 흘러갔다. 모모는 어릴 때 이야기를 많이 했다. 그리고 가족들이 떠난 이야기도. 그런 이야기를 할 때 모모는 허공을 응시하며 드문드문 내게 눈을 맞추었는데 그 순간에는 그가 다른 곳에 가 있다는 느낌을 받았다. 그럴 때면 나는 모모가 눈치채지 못할 정도로 그에게 조금 가까이 다가갔다. 팔이나 무릎이 살짝 닿을락 말락 할 정도로. 그의 말이 끝나면 침묵이 내려앉기 전에 내가 이야기를 시작했다. 나는 어릴 때 기억을 끄집어내기도 했고 남편 이야기를 하기도 했다. 그가 떠날까 봐 이야기가 멈추지 않게 계속 말을 했다. 나는 모모도 같은 마음이길 바랐다. 바라다 보니 나중에는 나와 같은 마음일 거라 믿었다.

이야기를 하다 보면 둘 중 하나가 조는 순간이 왔다. 나는 졸음이 와도 끝까지 버텼다. 졸음이 찾아오는 것이 좋았다. 모모가 졸면 나는 베개를 가져다주었다. 그는 괜찮다고 하면서도 베개를 베고 누웠다. 그 모습을 보면 안심이 되었다. 한번은 내가 졸음을 참지 못하자 그가 자리에서 일어났다. 나는 그의 손을 잡았다. 가지 말아요. 내 말에 그가 나를 물끄러미 바라보다가 말했다. 이불 가져오려고요. 우리는 그날 거실에 나란히 누워 함께 잤다. 자면서도 나는 그가 옆에 있는지 확인했다. 손이나 발에 그의 몸이 닿으면 나는 다시 잠이 들었다. 그런 날들이 늘어나면서 우리는 함께 지내게 되었다. 하지만 모모는 자신의 물건을 우리 집에 가져오지는 않았다. 기껏해야 옷가지 몇 개 정도가 전부였다. 일주일에 한두 번 자신의 집에 가서 옷이나 소지품을 가져오거나 도로 갖다놓거나 했다.

한번은 항상 두던 자리에 있던 시계가 보이지 않았다. 내가 잃어버렸나 했다. 그러다 얼마 후에는 반지가 사라지는 일이 있었다. 간혹 내 지갑에 지폐가 눈에 띄게 줄어든 것을 보기도 했다. 그런 것은 크게 중요하지 않았다. 나도 당신 집에 한번 가보고 싶어요. 내가 말하자, 그는 거긴 집이라고 하긴 그래요. 그냥 보관소 같은 곳이야. 둘이 앉을 곳도 없어요, 하고 말았다.

모임에 나갈 때에는 따로 갔다. 우리는 서로 눈을 마주치지 않기 위해 노력했다. 하지만 곧 말이 돌았다. 누구와 누가 따로 만난다더라. 연애한다더라. 같이 사는 거 같은데. 거기까지는 괜찮았다. 잘못된 일이라고 누구도 손가락질할 수 없다고 생각했다. 오히려 나는 사람들에게 말하고 싶은 것 같기도 했다. 하지만 뭐라고 해야 할까. 우리 관계를.

 모임에 나가지 않게 된 것은 이상한 말을 들었기 때문이었다. 나를 볼 때마다 손을 잡아주거나 등을 쓸어주던 육십대 여자가 한 명 있었다. 사고로 딸을 잃은 지 올해로 20년째라고 했다. 여러 모임이 생겨나고 사라지는 것을 보았다고 했다. 피해자들이라고 다 불쌍한 것만은 아닌 게 모임에서 하는 짓거리들을 보면 어째 짐승들같이 여겨질 때도 있다고 했다. 짐승들. 그렇게 말할 때 여자의 입가에 침이 고여 있는 것을 보았다. 그걸 보고 있자니 속이 매스꺼웠다. 그런데, 비트 님, 모모 너무 믿지 말아요. 수상해. 그런 사람들이 있어요. 모임마다 다니면서 아픈 사람들한테 빌붙는. 아니 모모 님이 꼭 그렇다는 건 아닌데, 내 경험으로 보면.

 저기요, 입가나 좀 닦아요. 침이 고여서 더러워요,라고 말하고 싶은 것을 겨우 참았다.

 모모. 모모는 그. 비트는 나. 모모와 비트는 그 뒤로 모임에 나가지 않았다. 내가 그러자고 했고 모모는 상관없다고 했다.

 우리는 하던 대로 술을 마시고 이야기를 나누었다. 술에 취하면 나는 남편에 관한 이야기를 늘어놓았다. 그 사람은 손목이 얇았어요. 발목도. 피부도 유독 부드러웠어요. 그러니까 현장 관리 같은 일은 태생적으로 잘 맞지 않는 거였어요. 나한테 말했으면 좋았을 텐데. 말을 했다면, 나는, 그만두라고 했을까요? 모모는 대답 없이 내 말을 듣고만 있었다. 어두운 얼굴로 빈 잔에 술을 따랐다. 이런 얘기 괜히 했죠. 왜 나는 자꾸 같은 얘기를 반복하는 걸까요. 내가 말하면 모모는 고개를 가로저었다. 하고 싶은 얘기 다 하기로 해요. 계속 하기로 해요. 이야기를 하다 하나가 눈물을 흘리면 하나는 휴지를 찾아 내밀었다. 그러다 손으로 눈물을 닦아주기도 했다. 우리는 이야기를 주고받는 데 익숙해졌다. 미안해하지 않게 되었다. 어제 나눈 이야기에 대해 오늘 우리는 말하지 않았다.

우리는 먹을거리가 떨어질 때까지 집 밖으로 거의 나가지 않았다. 간혹 쓰레기를 버리러 나가거나 편의점에 술이나 안주 따위를 사러 다녀오는 것이 전부였다. 돈은 언제나 내가 냈다. 모모에게 무슨 사정이 있겠지, 생각했다. 실은 그가 내게서 무언가 빼앗아가기 위해 함께 있는 거라고 해도 나는 그와 함께 있는 편을 택했을 것이다. 분명한 점은 그에게도 내가 필요하다는 사실이었다. 그리고 그 점이 내게 중요했다.

우리는 일이 없었고 일을 하러 나갈 생각도 없었다. 음식을 배달시켜 먹는 일을 반복하다가 내가 구토를 하기 시작했다. 모모는 걱정스러운 얼굴로 병원에 가보자고 했다. 아니면 제대로 된 밥을 해 먹자고 했다. 나는 병원 대신 장 보는 것을 택했다.

　우리는 함께 마트에 갔다. 거기에서 쌀을 사고 국거리를 샀다. 장을 보는 동안 우리는 어떤 음식을 해 먹을지에 대해서만 생각했다. 모모는 오징어볶음과 동치미를 좋아한다고 했다. 당신은 어떤 걸 좋아하나요? 모모가 물었다. 나는…… 어떤 음식을 좋아했더라. 장을 봐서 집으로 오는 길에는 배가 고팠다. 무언가 먹고 싶다는 아주 오래된 감각. 모모는 요리를 곧잘 했다. 소고기뭇국을 끓이고 콩나물을 간이 잘 맞게 무쳤다. 하얗고 따뜻한 쌀밥을 상에 올려주었을 때에는 명치 부근이 아려왔다. 슬픔 안에 하얀 쌀 한 톨이 생생하게 들어앉아 있는 것 같았다. 그것이 낯설게 아팠다. 나는 밥을 입에 가득 넣은 채 눈물을 흘렸다. 입안에 눈물이 섞여 짠맛이 돌았다. 그런데도 밥알 씹는 것을 멈추지 못했다. 모모는 울면서 밥을 먹고 있는 나를 가만히 바라보기만 했다. 나는 밥을 미처 삼키지도 못한 채 속에 있던 말을 꺼냈다.

　나랑 같이 살래요?

　이미 같이 있잖아요.

　이렇게 말구요.

　하지만 모모는 말없이 내 눈물을 닦아주기만 했다. 나는 어쩌면 처음부터 알았던 것 같다. 모모가 나와 함께 살지는 않을 거라는 사실을. 그 사실을 알았기 때문에 나는 자꾸 그런 질문을 했던 걸지도.

이번 달 28일이에요. 그 사람의 기일이죠. 그 사람이 죽은 후에 한동안은 매일매일 납골당엘 갔어요. 아침에 일어나면 출근하듯이 그 사람의 뼛가루가 있는 곳에 갔어요. 거기에 있는 이름이랑 생년월일을 보러 갔어요. 태어난 날과 죽은 날을 보러 갔어요. 두 시간이 걸렸는데. 그 앞에 서서 그 사람 이름이랑 숫자를 한참 바라보다 왔어요. 그 작은 도자기 안에 그 사람의 전부가 들어 있다는 게 믿기지 않았어요. 한번은 꺼내볼까 했어요. 그걸 물에 타서 마셔볼까. 그럼 마음이 좀 괜찮아질까. 멀미가 가라앉을까. 그런데 이제는 안 가요. 안 가도 거기에 내가 있는 것 같아요. 이제는 그게 무서워요. 나는 나중에 죽어도 뼛가루 같은 건 모아놓지 않으려고요. 그냥 몰래 어디 버려달라고 하려고요. 당신이 해줄래요?

이렇게 말한 날에도 나는 취해 있었을 것이다. 그렇게 하기로 한 적은 없지만, 우리가 하는 이야기는 다음 날이면 잊어도 되는 말이었다. 취하지 않았어도 취한 걸로 하기로. 그래서 그가 남편의 기일에 대해 다시 말을 꺼냈을 때 나는 놀랐다.

좀 있으면 28일인데, 이번에도 안 가요?

왜요?

계속 생각하고 있잖아요. 안 가고 있다는 걸 계속 생각하니까. 그 생각에 빠져 있으니까.

당신 아내 기일은 언젠가요?

아, 내 아내요? 아직 멀었어요.

모모는 정확하게 답하지 않고 시선을 피해버렸다. 그때는 그냥 떠올리기 괴로운가, 괜히 물었나, 미안한 마음까지 들었던 것 같다.

침대에서 함께 눈을 뜬 아침, 두꺼운 커튼 사이로 햇살이 길게 들어와 있는 것을 보았다. 햇살을 따라 먼지가 부유하고 있었다. 어릴 때에는 보이는 게 전부인 줄 알았어요. 내 말에 모모는 길게 하품을 하고 내 목덜미에 얼굴을 묻었다. 햇빛이 없는 곳에는 먼지도 없는 줄 알았거든. 그래서 커튼을 치면 먼지는 다 사라진다고 믿었어. 어쩜 그렇게 멍청했을까. 내 말이 끝난 후에도 모모는 한동안 아무런 말도 하지 않다가 한참 뒤에 마른 목소리로 말했다.

오늘은 빨래를 하자.

빨래?

우리한테 냄새나는 거 같아요. 햇살도 좋으니까. 이제 봄이니까.

봄. 봄이구나. 모모의 말을 듣고 나는 몸을 일으켰다. 이불을 들어 냄새를 맡아보았다. 몇 계절의 냄새가 켜켜이 쌓여 있었다. 나의 체취인가. 남편의 체취는 아니다. 나는 모모가 있건 말건 옷장 문을 열어 남아 있는 남편의 옷을 모두 찾아 꺼내었다. 그리고 하나하나 냄새를 맡아보았다. 남편의 체취는 사라지고 쿰쿰한 냄새나 오래된 옷장 냄새가 났다. 벨트나 모자에는 곰팡이가 슬어 있었다. 버리지 못한 것들이 이렇게나 많았나. 순식간에 커다란 옷 무덤이 생긴 방 안에서 나는 망연해졌다. 이걸, 어떡하죠? 고개를 들어 모모에게 물었다. 침대에 걸터앉아 있던 모모가 잠시 뒤 말했다. 일단 빨래를 해요.

모모의 도움으로 나는 몇 년 만에 옷장 정리를 했다. 세탁기를 하루 종일 돌렸다. 줄어든 옷도 있었고 찢어진 옷도 있었지만 상관없었다. 입기 위해서 세탁을 한 것이 아니기 때문에. 다 된 빨래는 털어서 널었다. 처음에는 모모가 남편의 옷을 만지는 게 꺼려졌는데 금방 아무렇지도 않아졌다. 그런 게 뭐라고, 하는 심정이 되었다. 정말, 그런 게 뭐라고. 그런 마음 안에는 남편에 대한 애증이 여전히 남아 있음을 느꼈다. 가슴속에 남편의 손톱 하나가 자리 잡고 있는 것 같았다. 차갑고 날카로운 손톱이 내 심장 어딘가에 박혀 조금씩 틀어지고 있는 물리적인 불편함. 할 수 있다면 심장을 꺼내어 박힌 손톱을 빼내고 싶었다. 숨이 막히고 아득해지는 절망감에 빠져들게 하는 그것을. 하지만 나는 습관처럼 가슴을 탁, 탁, 치는 것 말고는 할 수 있는 게 없었다.

세탁이 된 옷가지들을 옷걸이에 널고 남은 것들은 의자나 바닥에 늘어놓았다. 온 집에 남편의 옷가지가 펼쳐져 있는 모습을 보다가 내가 입고 있는 옷을 훑어보았다. 보라색 스웨터에 청바지. 이 옷은 언제 산 것들이더라? 남편과 함께 있을 때 산 옷이겠지. 이 옷을 입고 있는 나를 남편은 본 적이 있을 것이다. 모모는 검은색 면 셔츠에 고동색 바지를 입고 있었다. 그는 언제나 검은색 옷을 입고 있었다. 아니면 진한 회색. 저 옷들은 아내가 골라준 것일까? 우리 옷도 빨까요? 내가 물었고 모모는 잠깐 망설이는 눈치였다. 뭐 어때요, 그냥 같이 빨아요. 냄새난다면서. 내가 옷을 벗으려 하자 모모가 말렸다. 갈아입을 옷이 없어요. 그가 자리에서 일어섰다. 집에 좀 다녀와야겠어요. 나는 그를 막아섰다.

우리 옷 사러 가요. 이제 봄이니까. 네?

나는 왠지 간절한 마음이 되었다. 그가 거절하지 않기를 바랐다. 모모는 내 눈을 바라보다 고개를 끄덕였다. 우리는 옷을 사러 어디로 가야 할까 잠깐 고민했다. 그러다 근처에 대형 마트가 있다는 사실을 생각해냈고 걸어서 마트로 갔다. 마트에 도착할 때쯤엔 나도 그도 땀에 젖어 있었다. 스웨터에 재킷을 입고 있는 사람은 우리밖에 없었다. 사람들과 우리의 색깔은 애초에 다른 것 같았다. 마치 태생부터 그런 것처럼.

옷을 사러 갔지만 배가 고파서 우리는 먼저 밥을 먹기로 했다. 비빔밥과 돈가스를 시켜 나눠 먹었다. 밥을 먹은 후에는 아이스크림과 커피를 샀다. 사이좋은 연인처럼 우리는 카트를 끌고 의류 매장에 들렀다. 나는 하늘색 티셔츠와 면바지를 골랐다. 면 파자마와 속옷도 샀다. 모모에게 사주고 싶은 색깔로 내 것들을 먼저 골랐다. 혼자라면 결코 살 생각을 하지 않았을 물건들을 카트에 담았다. 모모는 내가 물건 고르는 것을 멀뚱히 보고만 있었다. 당신 것도 담아요. 나는 셔츠 사이즈를 물어보았다. 쇼핑을 하러 나온 다른 커플들처럼 옷을 들어 모모의 몸에 대어보았다. 모모는 어색하게 서 있었지만 내 손을 밀어내거나 하지는 않았다. 나와 같은 하늘색 셔츠를 권하자 모모가 작게 말했다. 제가 하늘색은 정말 안 어울려서요. 나는 웃었고 모모는 옅은 회색 셔츠를 골랐다. 모모의 속옷과 양말도 담았다. 식료품 코너에 가서는 맥주를 찬찬히 골랐고 반찬거리와 안주가 될 만한 것들도 담았다. 모모는 비트를 들어 보였다. 그거 먹어요? 나의 물음에 모모는 고개를 끄덕였다. 나는 별로. 내 말에 모모는 비트를 원래 자리에 두었다. 모모는 샴푸와 보디워시를 사야 한다고 했다. 이제 비누로만 씻는 건 그만해요.

쇼핑을 마친 후 물건값을 계산해보니 20만 원이 넘게 나왔고 모모는 주섬주섬 지갑 찾는 시늉을 했다. 내가 계산대에 카드를 내밀자 모모는 부지런히 비닐 백에 물건들을 담았다. 둘이 들고 가기에는 짐이 너무 무거워서 택시를 타고 집으로 돌아왔다. 새 옷 냄새를 맡으며 모모와 나란히 앉아서 집으로 가는 길이 좋았다. 창밖으로 푸릇한 나무들이 보였다. 햇살 아래에서도 먼지는 눈에 띄지 않았다. 고개를 틀어 모모를 보았다. 콧날과 인중으로 연결되는 옆모습이 섬세했다. 머리가 덥수룩하게 자라 눈을 덮고 있었다. 머리 좀 잘라야겠다. 내 말을 들었을 텐데 모모는 잠자코 앉아만 있었다.

집에 도착해 짐을 내려놓자마자 모모는 집에 좀 다녀와야 겠다며 다시 일어섰다. 간만에 저도 정리 좀 하고 올게요. 이발도 하고. 모모는 고개를 문 쪽으로 돌린 채 말했다. 시선을 마주치지 않고 하는 말은 거짓말일 확률이 높다. 하지만 나는 무언가를 더 물을 수도, 그를 잡을 수도 없었다. 언제 올 거예요? 나의 물음에, 그는, 음, 금방. 금방 다녀올게요. 그렇게 말한 후 나를 잠깐 바라보았다. 다녀와요. 집을 나서는 그에게 내가 할 수 있는 유일한 말이었다.

그가 떠난 후 나는 그 자리에 한동안 그대로 앉아 있었다. 숨을 크게 들이마시고 내쉬기를 반복했다. 바닥에는 남편의 옷가지들이 멍청하고 볼품없는 모습으로 말라가고 있었다. 발코니 건조대에도 빨래들이 촘촘하게 널린 채 바람에 조금씩 흔들리고 있었다. 그 모습을 가만히 눈으로 좇다가 자리에서 일어나 욕실로 들어갔다. 모모가 고른 샴푸로 머리를 감고 비누가 아닌 보디워시로 몸을 닦았다. 오랜만에 맡는 향기로운 냄새가 코를 자극했다. 거품으로 몸을 닦은 후 한참 뜨거운 물을 맞고 서 있었다. 영원히 그렇게 있어도 좋을 것 같았다. 하지만 그럴 수는 없다. 언젠가는 끝난다. 틀어놓은 물은 잠가야 한다. 새로 지은 집도 언젠가는 허물어진다. 나는 방금 태어난 것 같은데 이렇게 늙었다. 우리가 만난 게 언제였더라. 처음 만난 날 당신은 어떤 표정이었지. 나는 그것을 생생하게 기억하는 것 같은데 이미 모두 끝나버렸네. 나는 마른 수건을 찾아 몸을 닦았다. 드라이어로 머리를 말렸다. 모든 것은 전과 후로 나뉘는 것이겠지. 하지만 중간도 있다. 바뀌는 도중도 있는 거잖아. 그런데 너무 찰나구나. 여기와 거기는 무척 가깝구나. 그런데 이토록 무섭게 단절되어 있다. 이런 두서없는 생각을 하며 욕실을 지나 거실로 나왔다. 나는 발가벗은 채로 남편의 옷가지들을 헤치고 발코니로 나가 창 앞에 섰다. 부연 창밖으로 사람들이 어디론가 향하고 있었다. 유아차를 끌고 지나가는 여자, 노인과 천천히 걸어가는 또 다른 노인. 저들은 참 튼튼해 보이는구나. 운이 좋은 사람들. 창을 열고 소리를 지르면 저들은 놀란 눈으로 나를 바라볼 것이다. 웬 미친 여자가 나체로. 그리고 자신들의 목적지를 향해 갈 것이다. 누군가는 금방 나를 잊고, 누군가는 식사 자리에서 미친 여자 이야기를 하며 웃겠지. 이토록 가까운 거리에 있는데 저들과 나는 다른 세계에 살고 있었다. 나는 바깥 풍경을 응시하며 엉킨 머리를 손으로 쓸어내렸다. 모모는 집에 도착했을까. 짐 정리를 했을까. 머리를 자르고 있나. 나를 잊었나. 모모가 돌아온다면 물어볼까. 내게 무엇을 숨기고 있는지. 당신이 어떤 대답을 해도 나는 괜찮다고. 괜찮은 게 사실은 별게 아니라고.

집을 떠나기 전 나를 바라보던 모모의 눈빛을 떠올렸다. 돌아오지 않을 눈빛 같기도 했다. 하지만 나는 사실 그런 걸 잘 모른다. 과거에는 남편의 눈빛을 모두 읽을 수 있다고 장담했다. 하지만 나는 남편이 죽고 나서야 그 눈빛을 이해했다. 지나고 나서야. 끝나고 나서야.

　모모에 대한 생각을 지우기 위해 나는 옷이 마르기를 기다렸다. 마트에서 사 온 파자마를 입고 맥주를 한 캔 마셨다. 때때로 빨래에 손을 대어보았다. 손에 닿는 옷을 꽉 쥐었다가 놓아보았다. 잠깐 쥐었을 뿐인데 면 셔츠는 주름이 잡혀 펴지지 않았다. 하지만 다시 펴고 싶은 마음은 없었다. 노을이 지기 시작할 때쯤 옷을 개기 시작했다. 옷에는 이제 오래된 냄새 대신 마른 세제 향이 났다. 그 따스함이 좋아 하나를 갤 때마다 코를 묻고 냄새를 맡았다. 그 향 사이에 혹시라도 내가 기억하는 체취가 남아 있기를 바랐다. 바라지 않았다. 하얀 와이셔츠와 체크무늬 셔츠, 반바지와 트렁크 팬티, 보드랍고 낡은 러닝셔츠. 보풀이 인 스웨터, 겨울용 롱코트, 입지 않은 지 아주 오래된 티셔츠. 주머니에 구멍이 난 점퍼, 모자, 손수건……. 나는 남편의 옷가지들을 하나도 빠짐없이 개었다. 그리고 남편의 여행 가방 안에 차곡차곡 넣었다. 남편의 장례식을 치른 후 물건들을 꽤 정리했다고 생각했는데 남편의 옷가지는 두 개의 여행 가방을 다 채우고도 남아 커다란 종이 백 세 개가 더 필요했다.

　옷 정리를 하는 동안에도 사실 나는 시간이 지나는 것을 예민하게 감지하고 있었다. 모모는 이미 돌아오고도 남을 시간이었다. 무언가 잊으려 하면 그것만 계속 생각난다는 모모의 말이 떠올랐다. 하지만 잊기 위해서는 그것만 생각하는 시간이 필요하다. 피할 수 없다. 상하고 망가져도 어쩔 수가 없다. 나는 이제 그것을 안다.

나는 남편의 물건이 든 가방을 현관문 옆에 가지런히 놓았다. 저걸 어떻게 해야 할까. 잠깐 고민했다. 1. 버린다. 2. 태운다. 3. 재활용 의류 보관함에 넣는다. 4. 다시 보관한다. 머릿속에 떠오른 보기들을 늘어놓았다. 1번은 쉽지만 마음이 불편하다. 2번은 장소가 마땅치 않다. 3번은 나쁜 짓일까. 죽은 이의 옷을 재활용한다는 것. 재수 없다고 여길까. 하지만 모르면 상관없지 않을까. 4번은……. 그러다 나는 모모에게 전화를 걸었다. 받지 않을 줄 알았는데 통화 연결음 뒤로 익숙한 목소리가 들려왔다. 모모 씨, 내가 어떻게 해야 할지 모르겠어서 전화했어요. 그리고 나는 남편의 물건을 어떻게 하면 좋을지에 대해 물었다. 한참 내 말을 듣고 있던 모모는 3번과 4번을 추천했다. 몇 개는 남겨놓는 것도 나쁘지 않을 것 같다고 했다. 근데요. 모모가 말을 이었다. 사실, 저한테는 죽은 아내가 없어요.

모모의 말을 이해하는 데 시간이 좀 걸렸던 것 같다. 속일 생각은 아니었…… 아니에요. 속일 생각이었어요. 미안합니다.

저녁을 만들려고요. 오징어볶음에 순두부찌개를 하려고요. 어서 와요.

나는 모모의 대답을 듣기 전에 전화를 끊었다. 손을 바삐 움직여 저녁 준비를 했다. 모모와 함께일 때에는 보통 그가 음식을 했다. 나는 주로 받아먹는 쪽이었다. 그리고 우리는 오래 이야기를 나누었다. 그는 주로 자신의 어릴 적 이야기를 했고 나는 남편의 이야기를 했다. 분명 웃기는 이야기도 있었고 재미있는 이야기도 있어서 우리는 함께 웃기도 했는데 항상 슬펐던 것 같다. 모모가 돌아온다면, 웃기는 이야기를 하면서는 웃고 슬픈 이야기를 하면서는 울고 화나는 이야기를 하면서는 함께 화를 낼 수 있을 것 같은데. 나는 또 어떤 순간을 지나쳐버린 것일까. 놓친 것인가. 이런저런 생각을 하면서도 나는 손을 멈추지 않았다. 쌀을 씻어 밥을 안치고 오징어를 씻어 손질했다. 야채를 썰고 다시 물을 우렸다. 고소하고 따뜻한 밥 냄새와 익숙한 찌개 냄새가 집 안에 퍼졌다. 음식 냄새를 맡자 허기가 올라왔다. 갓 지은 밥 두 공기를 퍼서 식탁에 올리고 새로 만든 반찬으로 저녁상을 차렸다. 수저를 가지런히 놓은 후 자리에 앉았다. 맞은편 자리에는 아무도 없었다. 이 그릇과 수저는 남편과 함께 쓰던 것이었다. 그런데 이제는 그런 게 괜찮았다. 그냥 조금 괜찮아진 기분. 나아진 기분. 일시적인 것일지라도.

  모모가 돌아왔을 때엔 밥이 식은 후일 것이다. 이발을 해서 조금 어색한 얼굴로 여전히 내 시선을 피하며 가만히 서 있을 것이다. 나는 그의 손을 끌어 식탁에 앉힌다. 밥 먹어요. 내가 말하면 그가 고개를 숙인다. 나 진짜 배고팠는데 참았어요.

나는 짐짓 밝은 목소리로 말한다. 모모가 고개를 들어 나를 본다. 나는 시선을 돌린다. 내가 그를 보면 그는 내 눈을 피하고 그가 나를 보면 내가 고개를 돌린다. 하지만 우리는 수저를 들어 함께 밥을 먹기 시작한다. 울지 않는다. ■

0302♡

이희주

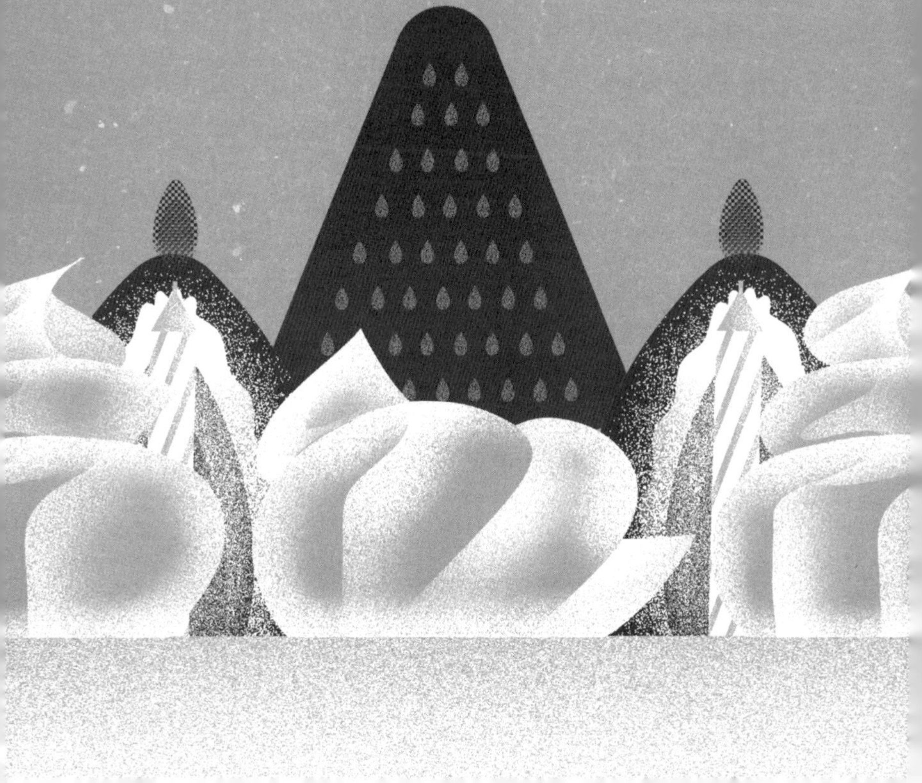

이희주

2016년 장편소설 《환상통》으로 제5회 문학동네 대학소설상을 수상하며 작품 활동을 시작했다. 연작소설 《사랑의 세계》, 장편소설 《성소년》《나의 천사》 등이 있다. 젊은작가상을 수상했다.

사거리의 미소년이 나타났다는 이야기를 들은 건 종례 시간이었다. 담임이 손바닥으로 교탁을 탁탁 내리쳤다. 조용. 그러니까 일찍들 들어가라. 담임은 일단 말은 하지만 말도 안 되는 소리라고 생각한다는 듯 허허 웃으며 교실을 나갔다. 아이들은 흥분한 듯, 아닌 듯 심드렁. 한 여자애가 무심한 척 기대감을 숨기지 못한 투로 말했다. 그 사람이 여길 왜 와……. 희주는 짐을 챙겼다. 먼저 나간 유리를 세 걸음쯤 뒤에서 따랐다. 쟤는 엎드려서 자는데 어떻게 뒤통수에 눌린 자국이 생길까. 아침에도 그랬나? 생각하자마자 유리가 손을 들어 뒷머리를 조심스레 만졌다. 힐끗, 돌아보는 유리를 희주는 모른 척했다. 유리는 다시 머리를 손으로 빗으며 걸었다. 열일곱의 두 사람. 발목을 살짝 드러내는 운동화를 신고 거리로 들어갔다.

그 거리에서 희주는 나고 자랐다. 취객이 벗은 여자가 그려진 명함을 밟고 가는 거리. 여전히 할로겐등과 네온사인이 빛나는 거리. 10년 전엔 분명 사람이 더 많고, 고기 타는 냄새가 나고, 희주도 얼굴이 얼얼하게 숯불 앞에 앉아 돼지갈비를 속이 뜨거워질 때까지 주워 먹었던 거 같은데 이젠 창백하니 시시함만 남은 거리다. 전기가 끊어진 간판들은 낮에는 기계 내장처럼 보이고 밤에는 단란 점 란주점 단란 점 단란주 이 빠진 얼굴을 들이대고 히 웃고 있다. 토사물과 비둘기. 담배꽁초. 그런 건 이 거리에 돈이 돌고 있다는 신호고 돈이 없을 때의 거리는 창백하고, 슈퍼에서는 우유를 팔고, 눈이 온 다음 날 사람들의 얼굴은 조금 순진하게 보인다. 주홍색의. 흰색의. 무엇보다 잿빛의 거리.

유리는 3월 2일 그곳에 왔다. 벽에 붙은 자리, 헐거운 못에 매달려 대롱대롱 위태로운 시계 아래 은근슬쩍 자리 잡았다. 새 학교. 새 학년 첫날의 전학생. 아는 애 하나 없는데 누구도 인사를 시켜주진 않았다. 펜 돌리기를 하다 저기, 정신 사나우니까 좀…… 이라는 소리를 듣고 손을 멈춘 유리. 새로 받은 교과서를 모조리 사물함에 넣고 텅 빈 잔스포츠 백팩을 멘 채 털레털레 집에 가는 유리. 아디다스 슈퍼스타를 신은 유리. 그런 유리의 뒤를, 쫓을 생각도 없이 털레털레 따라가던 희주는 재도 천변길로 가네. 방향이 비슷하네. 엥? 여기서 이쪽으로 꺾는다고? 여기까지? 생각하다가 자기 집 앞에서 발걸음을 멈춘 유리와 눈이 마주쳤고 웬걸, 그 애가 엄마가 말

한 새로 이사 온 앞집 주민이라는 걸 알았다. 그러니까 둘은 맞은편에 사는 사이고,

그래서 사거리의 미소년을 만날 때 둘이 함께 있었던 거다. 평소와 다를 바 없는 하굣길이었다. 개천 앞엔 손잡이가 부러진 컴퓨터 의자가 하나 있다. 서점 주인의 치매 걸린 아버지가 거기서 해바라기를 했는데 어린애들만 지나가면 왁 하고 놀랬다. 그날도 노인이 두 사람을 보자마자 벌떡 일어나서, 언제쯤 어른으로 보이려나 희주는 생각했다. 앞서가던 유리가 노인의 팔을 잡아 자연스레 앉혔다. 할아버지, 안녕하세요. 그리고 주머니를 뒤져 커피사탕을 건넸다. 노인이 마른입에 천천히 사탕을 넣으며 즐겁다는 듯 웃었다. 뒤따라오던 희주는 빈손을 내보였다. 저는 드릴 게 없네요……. 그래도 할아버지는 웃었고 하회탈처럼 싱글벙글, 신선처럼 웃음을 짓다가 아, 무언가 깨달은 듯 허공을 가리켰다. 희주는 손가락을 좇았다. 곁눈질로 두 사람을 보고 있던 유리도 뒤를 돌았다. 그리고 거기에…… 사거리의 미소년이 있었다. 소문처럼 정말로 맨발이었고 씨발, 괜히 그런 이름이 붙은 게 아니구나, 싶게 존나 잘생겨서 순간 눈이 멀 뻔했다. 그가 입을 벌리자 머릿속에 바로 때려 넣듯이, 하늘에서 내려오듯이, 전지전능하고 황금빛으로 빛나는 소리가 들렸다. 소원이 뭐지? 희주와 유리의 눈이 마주쳤다. 희주는 혼란스러운 듯 방황하는 두 눈동자에 불이 붙은 걸 알았다. 유리의 몸이, 그의 발과 손

끝이 황금색으로 빛났다. 공중에 몇 센티쯤 떠오른 유리가 입을 열었다. 뱃속에서 뱀 한 마리가 미끄러져 나오듯 말을 토했다. 내 소원은…….

*

희주는 잠에서 깼다. 코앞에 유리의 얼굴이 있었다. 퍼뜩 놀라 고개를 뒤로 뺐지만 유리는 눈도 깜빡이지도 않고 말했다. "깼냐? 가자." 둘은 뒤늦게 급식실에 갔다. 다른 학년과 뒤섞여 밥을 먹은 뒤, 바로 교실로 가지 않고 밖으로 나갔다. 늦봄의 하늘엔 크림처럼 묵직한 구름이 높게 쌓여 있었고 사방이 밝고 환했다. 외진 곳에 있는 벤치에 앉자 조금 떨어진 운동장에서 축구하는 애들이 보였다. 종이 치자마자 급식실로 달려가는 아이들. 무섭게 달려가 무섭게 밥을 먹어 치우고, 무섭게 소화시키는 아이들. 희주와 유리는 그런 아이였던 적이 없다. 반 아이들의 기억에 남지 않는 건 당연하고 상냥한 초임 교사조차 반년이 지나기도 전 이름을 까먹을 순하고, 특징 없는 애들이었다. 분명 그랬다. 얼마 전만 해도 그랬는데…….

멀리 창가에 달라붙어 있는 머리통들이 보였다. 하나 떨어진 벤치에 앉은 여자애들이 아닌 척 이쪽을 힐끔댔다. 희주도 여자애들을 따라 고개를 돌렸다. 그곳엔 유리가, 고개 숙인

뺨 위로 머리카락이 살랑대는 유리가 있었다.

유리를 뭐라고 하면 좋을까. 수조의 인어? 열대우림의 얼음? 온몸에 절렁절렁 소리 나는 금장식을 매달고 기름진 배와 팔뚝을 고스란히 내보이는 마술사의 조수이자 그날 밤 꼬마 아이의 머리맡에서 춤을 출 젖은 악몽? 유리가 머리카락을 손으로 넘기자 넋을 놓고 있던 여자애 중 하나가 하아아아, 하고 낮은 한숨을 쉬었다. 마술사는 배알이 뒤틀려 커튼을 닫고 싶었다. 장사 끝! 썩 꺼지지 못해! 그러나 인어는 사람들을 신기해했다. 두 뺨을 붉히고 자신을 빤히 보는 바깥의 사람들의 면면을 곁눈질로 훔쳐보았다. 마술사는 말을 삼켰다. 언젠가는 저 눈빛을 끈끈하고 물린다고 할지 몰라도 아직은 아니다. 희주는 유리가 수조 위로 쏟아지는 설탕 같은 눈빛을 달게 마시도록 뒀다. 대신 목소리를 낮춰, 약간의 심술을 담아 뼈 있는 질문을 던졌다.

"몸은 좀 어때?"

"괜찮아." 유리가 흠칫 놀라 우물댔다. "전혀 문제없어." 말은 그렇게 하면서 손은 반사적으로 주머니를 더듬었다. 희주는 그게 거울을 찾는 동작이란 걸 알았다.

"괜찮아."

"응?"

"얼굴 괜찮다고."

유리는 작게 고개를 끄덕였지만 오히려 그 말이 불안에 불을 지폈는지 잠시 뒤 조심스레 구레나룻을 매만지기 시작했다. 꽤 공들였는데 바람이 불었다. 우와. 유리가 재빨리 드러난 이마를 가렸다. 거의 울 것 같은 표정을 보고 희주가 달랬다. 아냐, 괜찮아. 자연스러워. 정말? 커다란 유리의 눈. 그게 향한 곳은 희주인데, 여자애 중 하나가 못 참고 꺄 하고 비명을 질렀다. 아. 얼어붙었던 공기가 깨지며 굳었던 유리의 얼굴이 풀렸다. 비어져 나오는 웃음을 참으며 유리가 손짓을 했다. 몸을 낮추자 희주에게만 들리게 속삭였다.

"진짜일 줄이야." 귓가에 미지근한 숨이 닿았다. "사거리의 미소년 말야. 만나기 전엔 믿지 않았는데."

희주는 유리에게서 천천히 몸을 떨어트렸다. 두 눈을 비볐지만 한번 눈꺼풀 아래 새겨진 건 쉽게 지워지지 않았다. 사르르, 녹아버리는 건 이쪽이지만 어쩐지 녹는다,라고밖에 표현할 수 없는 웃음. 유리의 눈과 코와 입과…… 유리의 얼굴. 유리의 모든 것. 유리의 아름다움.

그날 집으로 돌아가기 전까진 유리에게 변화는 없었다. 꿈이었나. 꿈이겠지. 사거리의 미소년이 실재할 리가. 그러나 다음 날 아침 잠에서 깬 유리가 거울에서 본 건 분명 어제 만난 사거리의 미소년이었다. 아무리 뜯어보아도 그랬다. 찬물로 몇 번 문질러 닦았지만 놀랍도록 아름다운 얼굴이 자기 목 위에 달려 있었다.

긴장돼서 평소보다 일찍 나와 희주를 기다렸다. 잠시 뒤,

맞은편의 철문을 열고 나오던 희주가 멈칫했다. 놀란 건지 크게 뜬 눈이 묘하게 일렁였다. "너……." 적당한 말을 찾지 못해 자석처럼 굳게 달라붙은 입술이 떨어졌다.

"지금 나 기다린……."

"응, 맞아. 나 니 친구 박유리야. 앞집 사는 박유리. 어제 소원 빌었잖아. 그래서……."

유리는 침을 삼켰다.

"나, 사거리의 미소년이 됐어……."

"……진짜였구나."

"응. 일어나니까 이렇더라고."

유리는 착실하진 않아도 소심했다. 그도 가끔은 교실을 벗어나 자유를 누리고 싶은 때가 있었지만, 졸음을 참고 견디는 일보다 쟤는 왜 여기 있지, 같은 눈빛을 받으며 거리를 돌아다닐 일이 더 끔찍해 실천해본 적은 없다. 그런 노릇이라, 일단은 그날도 희주의 뒤에 딱 붙어 교실에 들어갔다. 역시나 낯선 애는 눈에 띄는 건지 조용히 들어갔음에도 애들의 시선이 느껴졌다. 망했다. 고개를 푹 숙인 채 자리에 앉았다. 재빨리 가방을 내려놓고 엎드리려는데 누군가 책상을 툭툭 건드렸다. 힐끗 보니 말 한번 해본 적 없는 기가 센 여자애였다. 괜히 서랍을 뒤지느라 정신없는 척, 우, 왜? 하고 눈도 마주치지 않고 뱉자 여자애의 입에서 예상치 못한 말이 튀어나왔다.

"우리 유리 오늘도 잘생겼네."

유리의 손이 멈췄다. 걸걸한 목소리로 파하, 하고 웃고 여자애는 다시 자기 친구들에게로 갔다. 조회가 시작되고 나서도 유리는 때때로 아이들, 특히 여자아이들의 시선이 두 귀가 화끈거리고 손에 땀이 날 정도로 자기 얼굴에 닿는 걸 느꼈다.

그게 다였다.

한나절도 지나기 전 희주와 유리는 다른 사람들에겐 유리가 항상 지금의 모습이었다는 것을 알게 되었다. 유리가 전학 온 3월 2일엔 아무 일도 일어나지 않았다. 그러나 이곳에서의 3월 2일은 다른 반 여자애들과 선배들까지 복도 창가에 붙어 유리를 보고 간 날로 바뀌어 있었다. 사진첩 속의 갓난쟁이 유리는 그대로였지만, 플립북의 정지된 이미지가 웃는 얼굴로 변하는 것처럼 티끌 같은 변화가 쌓여 지금의 얼굴로 변해 있었다. 가능한 여러 갈래의 진화 중 가장 최선의 루트만 골라 목적지에 도착했다고 할까?

"관심 같은 거. 금방 식을 거야. 알맹이는 똑같은 나니까."

유리는 그렇게 말했지만, 그건 유리만의 착각이었다. 방과 후 미디어 룸으로 이동하는 지금, 아닌 척 두 사람의 뒤를 쫓는 저 애만 봐도 알 수 있었다. 인기는 외모로만 정해지지 않는다. 남자아이의 경우엔 싸움 실력이나 기세, 태도가 우세하게 작용하는데, 사람들과 눈도 잘 맞추지 못하는 유리에게 자존심 센 여자애들이 이런 반응을 보인다는 건 무형의 것이 간섭하지 못할 정도로 유리의 외모가 대단하다는 것을 증명했다. 폭동이 일어나기 전 잔잔하며 불온한 공기. 번개를 머금은 신의 구름. 번쩍거림. 그런 것이 유리를 감싸고 있어 단지 여자애들의 옆을 지나는 것만으로 불씨를 일으켰다. 화기주의. 취급주의. 유리의 속눈썹이 깜빡일 때마다 여자애들의 영혼이 음욕의 지옥에서 재처럼 빨갛게 타올랐다. 사거리의 미소년에게 괜히 그런 이름이 붙은 게 아니라니까. 웹사이트를 뒤지는 내내 희주는 그런 생각을 했다. 한 시간 정도 찾았지만, 오늘도 이 세계에서 사거리의 미소년에 대한 정보를 얻을 수 없었다.

"아무것도 안 나오네."

"응. 검색어를 바꾸든지…… 내일 마저 하자."

둘은 빈 가방을 챙겨 도서관을 나왔다. 해가 기울기 시작한 거리를 나란히 걸으며 이전 세계에서 들었던 사거리의 미소년에 대한 기억을 짜맞췄다.

"교통사고로 죽었다가 부활했다고 했나?"

"자살했던 거 아니었어?"

"동네마다 조금씩 다른가 보네. 일단 엄청나게 잘생긴 건 맞아. 이름부터가 사거리의 미소년이니까."

"응. 그건 봐서 알아……. 근데 어쩌다가 소원을 들어주는 존재가 되었을까."

"누군가 원했기에 그렇게 된 거 아닐까. 사람들이 신을 발명한 거랑 마찬가지로 엄청나게 강렬한 염원으로 소원을 들어주는 미소년이란 존재를 구현한 거야."

"신이 그런 존재야?"

"일단 나는 그렇게 생각하긴 하는데……."

그때 갑자기 근본적인 의문이 고개를 들었다. 애초에 유리는 왜 사거리의 미소년이 되고 싶다고 한 걸까? 그걸 물으려다가 희주는 유리가 멈춰 선 걸 알았다.

"왜?"

뒤돈 희주는 누군가 유리의 교복 재킷을 손으로 꼭 쥐고 있는 걸 보았다. 아, 아까 걔다. 미디어 룸 앞에 개. 간 줄 알았는데 여태까지 안 가고 기다렸나 보다. 그런데 어딘가 이상했다. 그다지 더운 날도 아닌데 여자애의 앞머리가 땀에 젖어 갈라져 있었고 온몸에서 뜨거운 열기가 훅훅 뿜어져 나왔다. 뻣뻣하게 굳은 어깨. 충혈된 눈. 무엇보다 무섭게 덜덜 떨리던 그 애의 손이 갑자기 허공을 훅 갈랐다. 희주는 반사적으로 두 사람 사이에 끼어들어 여자애의 손목을 내리쳤다. 아. 여자애가 몸을 웅크려 반으로 접힌 쪽지를 주웠다. 어, 미안……. 머쓱해하는 희주를 무시한 채 여자애는 다시 유리에게 손을 내밀었다.

"바, 받아줘."

여자애는 그 말만 남긴 채 두 사람을 등지고 마구 달려갔다. 쪽지를 열어보니 전화번호와 함께 고백하는 말이 담겨 있었다.

"답변 기다린대."

고백받은 게 처음은 아닐 거다. 그러나 그건 어디까지나 존재하지 않는 과거의, 그러니까 3월 2일부터 천사 같은 얼굴의 소유자였던 유리에게 일어난 일이지 막 지난주에 얼굴이 바뀐 유리에게 있었던 일은 아니었다. 그래서 유리는 놀란 한편 부끄러웠고, 기뻤고, 묘하게 콧대가 높아졌지만 받아줄 건 아니라 심란했다. 고백한 사람이 징그러워지거나 주제 파악도 못 한다며 혀를 차기엔 유리는 아직 평범한 유리였다.

"말 잘해야겠다. 상처 안 받게."

다음 날 방과 후 유리는 여자아이를 가장 외진 벤치로 불렀다. 미안해. 더 좋은 사람 만날 수 있을 거야. 어색하게 중얼댔고, 거절을 받고 우는 여자애의 어깨를 살짝 감싸기도 했다. 좋아. 충분히 매너 있었어. 유리는 뿌듯해했지만 그게 화근이었다. 무슨 소문이 돈 건지 순번을 정한 듯 끊이질 않고 고백이 들어왔다. 하루 한 명씩 방과 후 체육관 앞으로 여자애들이 유리를 불러내 편지를 건넸다. 유리는 모조리 거절했다. 모조리 거절하며…… 오갈 데 없는 손으로 어깨를 한 번씩 감쌌다. 그랬는데, 기다렸다는 듯 몸을 돌리는 여자애들 덕에 안는 모양새가 되었고, 이거는 프랑스에서는 그냥 인사야,라고 하며 뺨을 맞대려는 여자애, 브래지어를 하지 않고 가슴을 뭉개는 여자애가 나타났다. 어깨에 고개를 파묻더니 이상하게 숨을 헉헉대기 시작하는 여자애 앞에서 유리는 나무토막처럼 뻣뻣해졌다. 사철나무 뒤쪽에 웅크리고 있던 여자애들이 벌떡벌떡 일어나 그 애를 끌고 갔다. 편지를 주지 않았다는 게 이유였다. 그래. 일에는 순번이라는 게 있었다. 그들은 어디까지나 거절당한 피해자의 입장으로 위로를 받았다. 절대, 절대로 유리를 희롱하거나 한 건 아니다. 여자애들이 그럴 수 있을 리 없잖아? 강간은 여자애가 당하는 거지 남자애가 당할 수 있는 게 아니다. 그리고 여자애들은 옳고 깨끗하고 윤리적이고 여자애들의 모든 행동엔 이유가 있다. 여자아이들이 틀릴 일도 없고…….

그 모든 일이 일어나는 동안 희주는 두어 개 떨어진 벤치에 앉아 유리를 기다렸다. 곤란한 듯 어색한 미소의 유리를 관찰하며 여자애들이 유리에게 준 편지를 읽었다. 다 떠나 이게 전부 한 사람을 보고 쓴 것은 맞나 싶었다. 일테면 이런 식이었다. 누군가 유리가 남자다워서 좋다고 한다. 감정의 진폭이 없고, 무던하고, 시키는 대로 의문을 가지지 않고 곧잘 따르는 그런 모습이 단단해 보이고 든든하다고 적는다. 그러면 다음 사람은 이런 편지를 건넸다. 유리야, 다른 애들은 말수가 적어 남자답다지만 난 사실 네가 수줍음이 많고 외로워하는 걸 알아. 너의 침묵은 네 답이 긍정과 부정 흑백으로 나뉠 수 없다는 걸 말해주는 거야. 넌 회색이야. 따뜻한 회색. 오로지 너만이 아는 답을 내게도 나눠줘……. 그러면 네 음침한 내면을 유리를 거울 삼아 비추지 말라는 듯, 미음과 이응이 잘 구분되지 않는 동글동글하고 사랑스러운 글씨체로 사랑둥이 유리♡라고 적힌 하트 범벅의 편지가 들어오는 거다. 여자애들이 틀린 말을 한 건 아니다. 하지만 거기에 포함되지 않은 공백이 있었다. 유리는 편지 하나로 정의될 수 있는 존재가 아니었다. 결코 그렇게 단면적이지 않았다. 그런데도 내가 너를 가장 잘 알고 너를 꿰뚫어 보고 있다고 말하는 여자애들을 보면 심사가 뒤틀렸다. 어쩌면 내용보다 화술이 문제인지도 모른다. 아무래도 자신만만한 여자애들 앞에선 그게 아닌데? 라고 반박하고 싶어지는 거다.

어쨌거나 그 모든 편지를 유리는 성심성의껏 거절했다. 내용은 달라도 결말은 항상 같았기 때문이다. 유리가 자신의 소유가 되는 것. 자신이 유리의 소유가 되는 것.

한 사람과 맺어진다면 방과 후의 번거로움은 끝날지 모른다. 그러나 유리는 모두를 거절한다는 험난한 길로 나아갔다. 어째서일까. 전교에서 제일 예쁜 걸로 소문난 여자애가 뚝뚝 눈물을 흘리며 뒤돌아 멀어질 적엔 희주도 긴장되었다. 이번 거절은 파문을 불러올지 몰랐다. 나의 것이 아니라면 적어도 내가 이길 수 없게 완전한 존재의 것이어야 한다는 게 여자의 마음 아닌가? 이웃 학교에 초미녀 여자친구가 있다는 소문을 퍼뜨려야 할지, 그게 절친의 도리가 아닌지 희주는 고심했다. 한 가지 다행이라고 한다면 곧 방학이고 그러면 고백 이벤트도 중단될 수밖에 없단 거였다. 여자애들도 머리를 식혀야 했다. 방학에 아르바이트를 하거나 학원이라도 다니다 보면 세상에 널린 게 남자라는 소박한 깨달음을 얻을 수 있을지 몰랐다.

2학기의 시작은 학교 축제였다. 오랜만에 간 학교엔 들뜬 분위기가 감돌았다. 점심이나 방과 후에는 밴드부의 음악 소리가 교정에 울렸다. 개학하고 일주일. 그동안 고백한 여자애는 한 명도 없었다. 이제 좀 잠잠해지려나 보다. 그러게……. 이야기를 나누던 두 사람에게 반장이 다가왔다. 성적이 좋고, 안경을 썼고, 반에서 유일하게 유리에게 고백하지 않은 여자애였다. 그가 늘 그렇듯 쏘아붙이는 듯한 깐깐한 말투로 물었다. "축제 때 우리 반은 바자회 하는 거 알지? 거기에 물건 하나씩은 내야 해."

조회 시간에도 들은 이야기였다. 유리는 새 학기에 산 노트를 낼 생각이었다. 열 개짜리 스프링노트 묶음이었는데 껍질도 벗기지 않은 새거였다. 반장은 고개를 저었다. "노트는 안 돼. 그건 이미 꽉 찼어."

"어, 그래?" 유리가 당황하여 말을 더듬었다. "물품에 제, 제한이 있는 줄은 몰랐네."

"있어. 똑같은 물건만 내면 다양성이 없으니까. 그러니까 너는……." 반장이 들고 있던 황파일을 펼쳤다. 낭독하듯 어색한 목소리로 말했다.

"너는 옷을 내야 해."

지구촌의 비극. 옷의 무덤 가나를 아십니까? 대한민국은 중고 의류 수출품 5위로 인도, 말레이시아, 필리핀 등 아시아와 아프리카 대륙에 옷을 수출한다. 가나의 수도 아크라에는 옷으로 된 거대한 언덕이 있고, 화학섬유로 강물이 썩고 있다. 굶주린 소들은 풀 대신 옷으로 배를 채운다. 이런 비극을 막기 위해선 한 벌의 옷을 아껴 쓰고, 다시 쓰고, 바꿔 쓰고, 나눠 쓰는 일이 필요하다. 그러니까…… 옷을 내놓으라는 게 반장의 말이었다. 그건 마땅한 게 없었다. 이사할 때 다 버려서 유리는 잉여 없이 입던 것만 입는 중이었다. 반장이 말했다.

"지금 입고 있는 것도 괜찮아……. 아니! 빨지 마. 안 빨아서 줘도 돼. 바자회니까…… 물건뿐 아니라 추억을 사고파는 곳이니까 뭣하면 내가 한 벌 사줄 테니까 그 옷은 내고……."

새걸 사준다니. 방금까지 침을 튀기며 이야기한 환경보호와는 거리가 먼 일이 아닌가? 그러나 천성이 고분고분한 유리는 그저 알았어, 하고 다음 날 반장에게 티셔츠 한 장을 건넸다. 몇 년 전 크게 유행했던 브랜드의 짝퉁 티셔츠. 뭣 모르고 사 온 엄마에겐 말도 못 한 채 처박아만 둔 한 벌이었다. 희주는 그 옆에서 탁상용 스톱워치를 내놓으며 저건 얼마에 팔릴 건가, 진품보다도 훨씬 비싼 가격, 어쩌면 바자회 사상 최고가를 갱신할 걸 내심 예견도, 기대도 했지만, 체육 시간이 끝나고 돌아온 교실에서 유리의 티셔츠는 사라지고 없었다. "내 옷!" 반장이 소리쳤다. 씩씩대며 쿵쾅쿵쾅 뛰다가 불쑥 유리에게 달려들었다.

"저기, 그러면 아무거나 내놔도 되니까. 그치, 이제 여름이니까, 그 교복 벗어줄래? 어때? 내가 살게. 아, 아니, 바자회에 낼게. 아, 아니, 팔아도 어차피 내가 살 거니까. 응. 얼마가 됐든 내가 사려고 했거든? 그러니까 그냥 조금 일찍 받는 거야."

반장의 옷을 잡아 벗기려는 시도는 다른 여자애들에 의해 저지됐다. 복도를 질질 끌려가며 외치는 소리가 들렸다. 분명 처음엔 저러지 않았던 것 같은데. 희주는 기억 속의 반장을 떠올렸다. 겉보기엔 얌전해 보이는데 뱃속에 도대체 뭐가 들어 있는 걸까?

처음 계획대로 안 쓴 노트 한 뭉치를 내고 학교 축제가 시작되었다. 희주와 유리는 출석만 하고 평소에도 사람이 잘 오지 않는 별관 5층의 자습실로 갔다. 엎드려 휴대전화를 매만지거나 노래를 들었다. 그러고 보니 사거리의 미소년에 대해 조사하지 않은 지 꽤 지났다. 희주는 이어폰을 꽂은 채 눈을 감고 있는 유리를 보았다. 감은 눈 위로 길게 뻗어 나온 속눈썹. 모은 두 팔 위에 얹어진 머리통을 보았다. 그러고 있자니 유리가 인간이라는 사실을 믿지 못하는 여자애들도 이해됐다. 원래 내가 아닌 인간은 인간이라고 생각하기 어렵고, 특히 유리처럼 비현실적인 미남은 더 그랬다. 유리가 피를 흘린다면 뭐가 다를까? 사람들이 쟬 인간이라고 믿을 수 있을까? 희주는 고개를 저었다. 어쩌면 모두 알고 있는지 모른다. 저

사탕 껍질처럼 반짝이는 겉모습 안쪽엔 훨씬 달콤한 것이 들어 있다는 거. 하지만 차마 벗기지 못하고 그냥 껍질을 핥는 걸 택한 걸지도. 유리가 슬쩍 눈을 떠 휴대전화를 보았다. 몇 번 화면을 누르더니 다시 눈을 감았다. 그 일련의 동작. 난생처음 보는, 깨질 듯 위태로운 조화를 이루고 있는 유리의 눈 코 입에서 눈을 떼지 못했다. 이대로 시간이 멈췄으면……. 희주는 그런 생각을 한 자신에게 놀라 머리를 세차게 털고 일어나 창가에 섰다. 눈앞의 콘크리트 건물 안쪽엔 평소와는 다른 세계가 존재했다. 검은 천을 두른 복도는 귀신의 집 입구고, 연극부가 자주색 무대 막을 친 멀티미디어실엔 셀로판지로 된 강물이 흐르고 배구공 같은 태양이 떴다. 강당은 밴드부와 댄스부의 공연장이었고, 운동장 한쪽의 천막은 학부모회 임원들이 부추전과 떡볶이를 파는 분식집이었다. 열린 창으로 기름 냄새가 솔솔 올라왔다. 유리가 슬쩍 곁에 다가와 물었다. 배 안 고파? 두 사람은 설렁설렁 1층으로 내려갔다. 떡볶이 삼천 원어치, 부침개 두 장(장당 이천 원짜리)를 도합 오천 원에 사고 어묵 두 개를 서비스로 받았다. 묵직하고 따끈한 봉지를 손에 쥐고 네가 유리구나, 우리 아들 했으면 좋겠네,라며 은근한 눈길로 쓰다듬는 아줌마들에게 어색하게 고개를 숙이는데

"박유리!"

누가 비명처럼 이름을 불렀다. 소란 속에서 다시 한번 들

렸다. 박! 유! 리! 공기가 잠잠해졌다. 고개를 든 유리의 얼굴이 새하얗게 질렸다. 본관 옥상에 자신이 서 있었다. 아니, 아니다. 자신의 짝퉁 티셔츠를 입은 누군가다. 그가 한 발을 내민 채, 먼 곳에서도 알아볼 수 있는 검붉은 얼굴로 외쳤다. 으르렁거리는 소리. 짐승 소리. 비명 소리. 목에 핏대가 곤두서는 소리. 찢어지는 소리. 왕왕왕 다른 종족의 울음 같은 것이 들렸다. 그르렁. 으르릉. 근데 하나로 합치면 사랑 고백이었다. 놀라 비명을 지르던 여자애들의 표정이 눈에 띄게 심각해졌다. 미친 새끼가……. 가까이 있던 여자애 하나가 중얼거렸다. 남자라고 봐줄 줄 알았나……. 여자애들이 눈빛을 주고받았다. 몇 명이 사삭, 움직여 본관 안쪽으로 사라졌다. 목이 터져라 외치는 소리는 점차로 하나가 되었다. 단어와 단어가 뭉쳐 하나의 이해할 수 있는 문장이 되고 있었다. 정말 그런 일이 있었다고? 그 애가 말한 신호, 둘만이 나눈 암호……. 낯 뜨거운 이야기를 듣던 희주는 몸을 기울여 유리에게 속삭였다.

"누구야?"

유리가 창백한 얼굴로 고개를 저었다. "모르는 사람이야……."

꺄악! 사람이 소리를 질렀다. 세게 분 바람에 남자가 휘청였다. 바닥엔 아직 낮의 달걀 낙하 실험에서 박살 난 무정란의 흔적이 남아 있었다. 터진 우유갑. 박살 난 수박. 다시 바람이 불었다. 눈앞의 모든 것이 느리게 움직였다. 박살 난 머리통.

아니다.

전부 환각이다.

본관 건물 아래엔 나무가 있었고, 창문 밖으로 열심히 손을 뻗고 있는 사람들이 있었고, 가지에 옷이 걸리고, 또 사람들의 손에 걸리고 걸려, 그 애는 2층 창가에 낮게 달린 열매처럼 매달리게 되었다. 누구도 죽지 않았다. 그럼에도 모두 뭉툭한 피 냄새를 맡았다. 기절한 사람은 무거웠다. 모두가 우르르 몰려 사람 하나를 창 안쪽으로 끌어당길 적에 교실 바닥에 책상이 끌리는 소리가 났다. 늘어난 유리의 티셔츠가 찢겼다. 날카로운 쇳소리. 비행운이 지난 위로 잿빛 구름이 드리웠다. 느리게 캄캄해졌다.

간단한 조사가 끝나고 집으로 보내졌다. 희주의 방으로 유리가 들어왔다. 희주는 담요를 건네고 싶었지만 마땅한 게 없어 여름 이불을 걸쳐주었다. 어설프게 뜨거운 차를 내려 유리의 손에 쥐였다. 늦여름의 더위 속에서도 유리는 손을 벌벌 떨었다. 희주는 그의 얄팍한 가슴, 와이셔츠 안에서 쿵쾅거릴 심장을, 치즈처럼 구멍이 났을 마음을 떠올렸다. 그걸 누가, 어떻게 메울 수 있을까?

유리는 손톱을 물어뜯었다. 앞으로도 이런 식으로 죽겠다고 하는 사람이 또 나타나면 어떻게 해야 하지? 이제껏 유리는 거절당하면 마음의 문이 닫히는 줄로만 알았다. 그래서 고백해오는 애들이 척추뼈를 꾹꾹 누를 때 어차피 마지막이니

내쳤다. 옥상에 섰던 남자가 누군지 이제야 깨달았다. 급식실에서 건너편 테이블에 자주 앉던 2학년 선배. 그게 다였다. 그가 말한 것처럼 눈으로 서로를 좇거나 농밀한 대화를 나눈 적은 없다. 국을 뜰 때 한 번쯤은 눈길이 스친 적이, 문을 잡아준 그에게 고개를 숙인 적이 있는지도 모르지만 기억엔 없었다. 그래서 무서웠다. 어떤 사람의 마음은 씨앗 없이도 혼자 싹을 틔웠다. 물을 주지 않아도 자랐다. 그 가시 돋친 덩굴이 유리의 발목을 옥죄었다. 옥상에 오른 선배는 만나달라는 말을 하지 않았다. 그냥 날카로운 비명을 질렀을 뿐이다. 깎지 않은 손톱이 칠판을 쭉 긁듯, 비명이 유리를 할퀴었다. 선배의 바람은 영원히 그 상흔이 사라지지 않는 것이었을 거다.

  희주가 입을 열었다. "내가 도와줄게. 앞으로 사거리의 미소년에 대해 더 찾아볼게. 분명 우리 말고도 아는 사람이 있을 거야. 설마 한 사람도 없진 않겠지. 그동안 너는 액땜을 해."

  어떻게? 크게 올려 뜬 유리의 눈이 그렇게 물었다. 그런 일은 얼굴을 잡아 뜯지 않는 이상 불가능할 것 같다. 그런데 얼굴을 잃기는 싫었다. 거울을 볼 때 느끼는 만족감. 스스로를 사랑하게 되는 마음은 낯설고 소중했다. 그는 자기 얼굴과 사랑에 빠져 있었다. 더구나 유리는 알게 모르게 사람들이 주는 독 같은 마음에 이미 물든 상태였다. 그걸 잃어버리면 기둥 하나가 빠진 듯 오래 휘청댈 것 같았다.

"아니, 얼굴을 바꾸는 방법을 찾자는 게 아냐. 망신살이 있으면 목욕탕에 가는 게 좋다는 거 알아?"

"그게 무슨 상관인데? 벗고 다니라고?"

"아니. 내 말은, 한 번 크게 당할 걸 여러 번 나눠서 풀면 된다 이거지. 아예 많은 사람에게 사랑을 받으면 오늘처럼 한 사람에게 집요하게 당하는 일은 일어나지 않지 않을까? 그러니까, 사거리의 미소년이 100만큼의 사랑을 받을 운명이라면, 열 사람한테 10씩 받는 게 아니라 어마어마하게 많은 사람들한테 0.01, 0.001…… 이렇게 받는 거야. 좋고 부드럽고 깊지 않은 마음만."

"그게 어떻게 되는데?"

유리는 희주의 눈을 빤히 봤다. 그가 내릴 답을 기다렸다. 그러니까 내 말은…… 희주는 침을 삼켰다.

"아이돌이 되는 거야."

*

방과 후에도 두 사람은 다시금 미디어실로 갔다. 이젠 두 대의 컴퓨터로 나눠 희주는 사거리의 미소년에 대해, 유리는 아이돌이 되는 법에 대해 찾아봤다.

"엄청 늦은 건 아냐. 스무 살이 넘어서 데뷔해도 잘 되는 사람들이 있으니까." 유리는 손톱을 깨물었다. "그래도 연습생

생활은 빨리 시작해야 할 거 같네. 봐봐. 이 사람도 열일곱 살에 캐스팅, 이 사람은 열여섯 살에 오디션을 봤어…… 열여덟은 없어. 마지노선이 열일곱 살인 거 같아. 그 이상은 이미 노래나 춤이 완성형으로 잘되어 있거나 하지 않으면 어려운 거 같아."

"너 노래 잘해?"

"해본 적 없어."

춤은…… 물어볼 것도 없지. 오디션에서 보여줄 수 있는 건 네 개였다. 보컬, 댄스, 랩, 연기. 그리고 통과하면 카메라 테스트.

"마지막은 걱정 없겠네."

"다르지. 카메라에 비추면 이상할 수도 있는데. 방송용 카메라는 1.5배 정도는 뚱뚱하게 나온대."

"너 60킬로그램은 나가냐?"

"아니, 그게 중요한 게 아니라 그렇게 보인다는 거지. 보이는 게 중요하잖아."

해는 길어져 아직 환했다. 옥신각신하다 집으로 가는 길의 유리의 두 뺨에 분홍빛이 돌았다. 희주는 그걸 보며 생각했다. 목표가 생긴 얼굴은 이렇구나. 날씨와 상관없이 반짝반짝 빛났다.

"근데 뭐 정보가 다 확실한 건 아니라서…… 무슨 초등학생들이 남긴 말도 안 되는 글도 엄청 많아. 자기가 연습생을 했는데 남자 아이돌이랑 사귀다가 퇴출이 되었다느니 뭐니……." 어이없다는 듯 중얼대던 유리가 말을 돌렸다. "그쪽은 어때? 잘되어가고 있어?"

갑자기 들어온 질문을 희주는 얼버무렸다. "어, 그냥저냥." 설명을 요구하듯 가만히 있는 유리를 보고 희주는 덧붙였다. "뭔가 있을 거 같은 사이트를 하나 알아내기는 했어. 도시괴담 사이트인데 등급 올리는 절차가 조금 까다로워서 출석 체크하고 댓글 남기는 중. 좀 허들이 높은 편이 나아. 그만큼 걸러진 정보가 많다는 뜻이니까. 정회원 되면 글도 올릴 수 있어."

"지금은 뭔데?"

"손님."

흠. 유리가 고개를 끄덕였다. 뭐가 되었든 다른 세계 안에 침투하는 건 어려운 일이다. 그 자신만 해도 얼마 전까진 생각도 못 하던 아이돌 세계에 대해 배우며 생각보다 높은 장벽에 당황하지 않았던가? 동시에 거기엔 새로운 일에 도전한다는 흥분도 있었다. 유리는 무의식중에 머리카락을 매만졌다. 부드러웠다. 눈을 감으면 어제도 늦게까지 들여다본 새 얼굴이 이젠 거울 없이도 보였다. 이런 얼굴이라면 뭐든 될 수 있어. 이제껏 미래를 생각하면 울퉁불퉁한 오솔길을 산더미처럼 쌓인 나뭇가지가 막고 있는 이미지가 떠올랐는데, 가장 큰 줄기 하나를 걷어내니 틈새 사이로 잘 뚫린 아우토반이 펼쳐져 있었다. 너무 늦은 거 같아. 진짜 될까? 춤 같은 건 춰본 적도 없는데. 아무나 되는 게 아니잖아. 희주 앞에선 우는소리를 했어도 진심이 아니었다. 기운을 얻기 위한 투정이었다.

그도 그럴 게 무슨 말을 해도 희주에게선 좋은 반응만 돌아왔다. 지금도 유명 아이돌이 외국 매체와의 인터뷰에서 유려한 솜씨로 대화를 하는 영상을 떠올리며 "요즘은 외국어도 다 잘하더라. 근데 그거 지금 배워서 할 수 있는 거 맞아? 영어유치원부터 다녀야 하는 거 아냐?"라고 중얼거리자 먼 곳을 보던 희주가 고개도 돌리지 않고 무심하게 대꾸했다. "영어 잘한다고 해서 성공한 아이돌 있어? 사람이 매력 있어야지."

그 말이 든든해서 일부러 한 번 더 물었다. "그런가?"

"응. 그리고 영어 잘하면 좀 띠꺼워."

"그건 그냥 니 생각 아냐?"

"여자들 다 그래."

"니가 여자 생각을 어떻게 알아."

"좋은 말을 해줘도 이러네."

유리는 웃었다. 하하. 마음이 한결 가벼워져 집으로 들어갔다. 맞은편에서 등을 돌린 희주가 똑같이 문을 열고 들어갔다.

희주는 저녁을 먹고 방에 들어갔다. 불을 켜지 않은 채 책상 의자의 바퀴를 끌고 창가에 앉아 닫힌 커튼을 살짝 걷었다. 캄캄해진 시간. 맞은편 다세대주택 3층의 얇은 커튼이 쳐진 방 안에서 그림자가 움직였다. 춤 연습을 하나 보다. 희주는 어설프게 움직이는 그림자에서 눈을 떼지 못했다. 저거 뭔지 알겠다. 유튜브에 쳐서 나오는 힙합 루틴이다. 매번 우는 소리를 하지만 동작이 나쁘지 않다. 센스가 있다니까. 한동안 부지런히 움직이던 그림자가 무릎을 짚고 숨을 고르는 듯하더니 방 밖으로 빠져나갔다. 희주는 커튼을 내렸다. 그대로 어둠 속에 누워 도시괴담 사이트에 들어갔다. 댓글은 이미 충분히 달았고, 출석 일수도 채워 자정이 넘으면 준회원이 된다. 준회원은 검색이 가능하다. 그러면 유리가 지금 상태 그대로 행복해지는 방도를 찾을 수 있을 거다.

아이돌이 되겠다고 다짐한 이후 유리는 긍정적으로 변했다. 미래를 얘기하게 되었다. 희망을 가진 사람을 보는 일, 그 반짝이는 빛을 옆에서 쬐는 건 보람 있는 일이다. 그걸 지키기 위해서 희주는 거짓말을 하겠다고 마음먹었다. 혹시 사거리의 미소년을 아냐는 글을 올리고 반응이 없으면 다른 사람인 척 댓글을 달 생각이었다. 아, 저는 경기 북부인데 제가 어릴 때도 그런 소문이 있었습니다. 소원을 들어주는 미소년 말씀이시죠? 저도 기억나네요. 저는 대전입니다. 저희 지역에서는 해 질 녘의 미소년이라고, 일몰에만 나타나는 거였습니다…….

원래의 세계에서도 사거리의 미소년은 도시괴담이었다. 괴담은 사람들이 만들고, 퍼지고, 믿게 되면서 완성된다. 믿음은 안개처럼 흐리멍덩했던 소문의 실체를 만든다. 그렇게 되면 사거리의 미소년은 반드시 다시 나타날 것이다. 인간이 신의 품으로 돌아가듯, 자신을 만든 희주를 찾아올 것이다. 그러면 바뀐 얼굴을 빼앗기지 않고도 유리에게 달라붙는 날벌레 같은 일들을 쳐낼 방도가 생길지 몰랐다.

그리고 흐름은 나쁘지 않게 돌아갔다. 자살 소동 이후 희주가 가장 걱정한 건 그 사건이 불러올 후폭풍이었다. 남자의 행동은 그가 자기 생명을 유리에게 건네겠다는 선언과 다름없었다. 유리의 목숨은 남들의 두 배가 되었고, 보통의 상식인들은 두 사람 몫의 생명을 짊어진 유리의 가치를 스스로에게 설득하기 시작했다. 죽으려던 놈이 미친놈이지. 아니, 근데 박유리면 이해가 되기도 해. 걔 좀 괜찮잖아. 좀 괜찮냐? 솔직히 웬만한 연예인보다 낫다. 그래. 그런 애는 정말이지 처음 봤어. 아니, 진짜 보면 좀 신기하다니까? 진짜 그냥 뭐지? 싶어. 어떻게 그렇게 생겼지? 솔직히 내 취향 아니거든? 근데 계속 보게 된다니까. 얼굴 이상의 매력. 그런 걸 만들어 준 건 유리가 아닌 다른 애들이었다. 거기서부터 밀려오는 커다란 감정. 알고 싶어, 갖고 싶어라는 감정은 유리가 아이돌 준비를 한다는 소문이 퍼지면서 제한이 걸렸다. 거리감이 생겼다고 할까. 확실한 변화는 어느 쉬는 시간에 찾아온 옆 반 여자애가 고백 대신 사인을 요청한 것에서 드러났다.

"넌 꼭 성공할 거야. 파이팅!"

"어, 고, 고마워."

마치 입장이 반대가 된 것처럼 유리는 손을 떨며 펜을 들었다. 그 모습을 보고 다른 여자애들이 줄을 섰다. 나도. 나도 사인해줘. 여기, 이름 적어줘. 이름 앞에 '사랑하는'이라고 써줘. 추신 써줘. 나한테 뭐 하고 싶은 말 없어? 점점 까탈스러워져도 최소한의 상식은 작용했다. 이름 석 자만 적는 모습을 보다가 희주가 말했다.

"사인 하나 만들어두는 게 좋겠다."

"어?"

"사인. 앞으로 많이 해야 하니까."

"됐어. 창피한데."

그러나 그날 자습 시간 내내 유리는 골똘한 얼굴로 이니셜을 조합한 낙서를 그렸다. 그걸 보며 희주는 가만히 미소 지었다. 역시 다른 세상으로 건너가는 게 빠르다. 아주 높은 담을 짓자. 그러면 여우들은 그것이 세상에서 가장 달콤한 포도임을 알아도 감히 따 먹을 생각을 하지 못할 테니까. 보디가드. 유명세. 아우라 따위가 유리를 감싸고 있는 동안 방도를 찾아내면 된다. 희주는 길게 하품했다. 어젯밤 늦게까지 사거리의 미소년에 대해 찾았다. 접근 가능 게시판의 글들을 2년 전 것까지 거슬러 올라가 읽었지만 크게 나오는 건 없었고 결국 새벽에야 잠들었다. 이대로 못 찾는 건 아닐까. 걱정이 되는 한편 졸음이 쏟아졌다. 희주는 책상 위에 팔을 베고 누웠다. 천천히, 꿈이라는 모래사장에 발을 내디뎠는데 어디선가

띠롱, 하는 소리가 들렸다. 희주는 얕은 잠에서 깼다. 의자에 앉아 있던 국어 선생이 고개를 들었다. 교실을 훑으며 느리게 말했다. 한 번만 더 걸리면 뺏는다잉. 성의 없는 말투였다. 아무도 답을 하지 않고, 선생은 다시 자기 휴대전화로 고개를 숙였다. 희주는 몸을 일으켜 유리를 보았다. 얼굴이 조금 굳어 있었다. 카메라는 보이지 않았다. 하지만 희주는 알았다. 그 소리. 그건 한 순간을 남기는 단발적인 소리가 아니었다. 누군가 동영상으로 유리를 찍고 있었다. 어디선가 뱀 한 마리가 기어들었다. 눈꺼풀이 없는 눈으로 계속해서 유리를 지켜보았다.

두 사람은 점심도 빼먹고 외진 곳에 있는 벤치로 갔다. 걸어가는 동안에도 몇 번 셔터 소리가 들렸다. 무시하려고 해도 귀에 달라붙어 이명처럼 맴돌았다. 무슨 말을 걸고 싶었지만 유리는 입을 열지 않았다. 시선은 소멸된다. 기억에는 남아도, 물증으로 남진 않는다. 그러나 사진은 잔인하게 순간순간을 남긴다. 눈을 감거나, 하품을 하느라 콧구멍이 커지고 입이 쩍 벌어지는 찰나까지. 아, 안 그래도 자기 모습에 신경 쓰는 앤데 이러다가 노이로제 걸리는 거 아냐? 희주는 보이지 않는 곳에 있는 눈알들을 노려보았다. 그러거나 말거나. 시비를 거는 듯 찰칵, 하는 소리가 들렸다. 누가 여자애들을 만만하다고 하는 거야. 진짜 말도 안 되는 소리다. 유리가 팔을 툭툭 쳤다.

"왜?"

상체를 기울이자 작게 속삭이는 목소리가 들렸다. "화장실 가고 싶어서."

"그래."

자리에서 일어나려던 희주의 손을 유리가 잡았다. 살짝 식은땀이 밴 손이 닿아 희주는 그게 아니라는 걸 알았다. 다시 이런 걸 신경 써야 하는구나. 일곱 살에서 졸업한 지 10년이 지났는데 똥을 싸는 게 이슈가 된다니. 화장실 입구에 모여 분초 단위로 시간을 재고 있을 여자애들을 상상하니 못 할 짓이다 싶었다.

"내가 담임한테 말할게. 먼저 조퇴해."

"아니, 이것 때문에 그러는 건 좀."

"괜찮아. 얼른 가. 내가 가방 챙겨 갈게."

유리는 말없이 벤치에서 일어났다. 운동장 끝으로 총총 걸어가는 걸 보다가 희주는 교실로 돌아왔다.

시시한 오후 수업을 마치고 오랜만에 혼자 집으로 돌아갔다. 졸졸 흐르는 개천을 따라 걸었다. 원래 이렇게 길었나. 새삼스레 피곤했다. 누군가 먹던 컵라면을 그대로 던졌는지 난간대에서 개천에 이르기까지 불은 면발이 흩어져 있었다. 가까이서 보니 토사물이었다. 비둘기가 그걸 열심히 쪼아 먹고 있었다. 쟤는 담배꽁초도 먹고 비닐봉지도 먹고. 지저분한 것들이 누군가 위에 대고 쇠몽둥이를 꾹 누른 것처럼 잔뜩 게

워진 동네에서 벌어지는 더러운 순환을 못 본 척 지나려는데 눈앞에 무언가 왁 하고 달려들었다. 희주는 잠시 자신의 키를 떠올렸다. 얼마 전 쟀을 때 181센티였다. 그래도 어른이 아니라면 언제 어른이 되는 걸까? 주민등록증이 나오면? 교복을 벗으면? 희주는 애들만 보면 비명을 지르는 할아버지를 의자에 앉히며 인사했다.

"안녕하세요."

그의 손길에 몸을 맡긴 노인이 웃었다. 돌아가려는데 뒤에서 옷깃을 당겼다. "줘!" 무얼? 생각하다가 희주는 아아, 깨닫고 고개를 끄덕였다. "사탕이요. 그거 제가 아니라 제 친구가 들고 다녀요." 희주는 실밥 하나 없는 주머니를 뒤집었다. "보세요. 아무것도 없죠?" 노인은 완전 정신이 나간 건 아닌지 희주의 말을 이해한 듯 얌전히 눈을 감았다. "내일은 걔랑 올게요." 희주는 고개를 숙이고 다시 길을 갔다. 몇 걸음 걷다가 화들짝 뒤로 돌아왔다. 그러고 보니…… 둘 말고도 또 있었다. 사거리의 미소년을 본 사람이.

"할아버지." 희주는 무릎을 굽힌 채 노인의 손을 잡았다. "할아버지. 기억하세요? 몇 주 전에 여기, 여기서 저랑 박유리, 제 친구랑 가는데 저 개천 있는데 누가 나타나서 할아버지가 가리켰잖아요. 기억나세요?"

노인의 두 눈이 느리게 껌뻑였다. 100년도 더 산 거북이처럼 주름진 눈꺼풀 안에 있는 두 개의 눈동자가 초점 없이 허공을 바라보았다. 희주는 그 앞으로 얼굴을 들이댔다. "할아버지, 기억 안 나세요? 그렇게 오래된 일은 아닌데. 엄청나게 잘생긴 사람이 왔잖아요. 여기에. 소원을 들어줬잖아요. 기억 안 나세요?" 노인의 눈꺼풀이 다시 떨렸다. 구취 나는 입이 살짝 벌어졌다. 아. 신음처럼 가는 숨을 내쉬며 노인이 팔을 들었다. 손가락이 허공을 가르는 걸 보고 소름이 쭈뼛 돋았다. 다시 왔나? 희주는 천천히 뒤를 돌았다. 목이, 눈알이 뻐근했다.

가로등을 빼고는 아무것도 없었다. 기운이 좀 빠져 희주는 중얼거렸다. "할아버지, 기억 안 나세요?"

"아빠! 지나가는 애들 잡지 말랬지!" 벼락같은 호통이 들렸다. 노인의 뒤쪽에 항상 닫혀 있던 책방의 유리문이 열려 있었다. 의외로 새것 같은 잉크 냄새를 맡으며 희주는 서점 주인을 향해 황급히 손을 내저었다,

"아녜요. 제가 여쭤볼 게 있어서요. 여기서 누굴, 본 적이 있으신가 해서요."

"뭐 뺑소니 이런 거예요? 아버진 오락가락해서 증거 안 돼요. 우리 집은 CCTV도 없고."

"그런 건 아니고요. 그," 희주는 머리를 굴렸다. "이 동네의 민담, 뭐 그런 지역 어르신들의 이야기를 채집한다고 해야 하나……"

말을 흐리는 희주에게 서점 주인이 알겠다는 듯 고개를 끄덕였다. "수행평가? 조사하고 싶은 게 뭔데요?"

수업을 충실하게 들었다면 개천이 똥물이 되기 전까지 하던 개구리알 먹기라든지, 차로 30분 걸리는 옆 동네의 무형문화유산인 줄다리기라든지, 뭐라도 떠올렸을 거다. 그러나 희주는 머리도 나쁘고 순발력도 좋지 않았다. 그는 더듬다가 발음을 뭉개며 웅얼거렸다. "어, 그게. 사거리의 미소년이라는 민담인데……."

"저, 미안한데 잘 못 들었어요."

"사거리의…… 미소년이라고……."

무슨 소리를 하냐는 반응을 예상했고 아예 무시당할 수도 있다고도 생각했다. 그러나 서점 주인의 반응은 태연했다. "요즘도 그걸 알아요? 근데 그건 민담은 아니고 책이 있는 건데."

"예?" 놀란 희주가 되묻자 서점 주인이 희주에게 손짓했다. "들어와요. 좀 찾아봐야 하거든."

형광등이 파리한 서점 안쪽엔 누구도 읽지 않은 것 같은 책들이 쌓여 있었다. 창이 없어서 묘하게 어둑어둑한 실내를 나아가 주인은 끄트머리에 있는 철제 계단으로 내려갔다. 사람 하나 간신히 지나가는 1층에 비해 지하 서가는 꽤 넓고 습한 냉기가 돌아 오싹했다. 주인이 벽면에 있는 이중 슬라이딩 책장을 밀었다. 무릎을 굽히고 쪼그려 앉았다가 다시 일어나 까치발을 들고 높은 곳에 있는 책 한 권을 꺼냈다.

"여기 있네."

희주는 주인에게서 책을 건네받았다. 이 세계에도 사거리의 미소년의 정체를 아는 사람이 있다니. 더불어 그의 정체를 알 수 있는 힌트까지 단번에 손에 넣었다. 두근거림, 약간의 혼란을 느끼며 희주는 책장을 넘겼다.

"……없는데요."

속이 온통 희었다.

"어머, 없어? 빠져나갔나 보다." 주인이 안타깝다는 듯 허벅지를 쳤다. "종종 이런 일이 있거든요. 책 밖을 빠져나가서 진짜가 되는 일이. 세계는 의외로 막이 얇으니까."

주인이 미간을 찌푸리고 기억을 더듬었다. "나도 아주 옛날에 봤는데. 음, 엄청나게 잘생긴 소년에게 반해서 죽겠다는 여자애들이 달라붙고 그런 장면이 있었던 건 확실해. 좀 우스워서 기억나요."

"그래서 어떻게 됐어요?"

"죽었지."

"예?"

"여자애들이 '죽을 만큼 사랑해!' 그랬더니 '그럼 죽어!'라고 했거든. 그랬더니 정말 사거리의 미소년의 말을 따라서 집단 자살했어요." 서점 주인이 웃었다. "살짝 개그거든."

만약 그걸 종이로 읽었으면 희주도 같은 반응을 보였을 거다. 과장된 이야기는 우스우니까. 그렇지만…… 희주는 옥상에 올라갔던 선배를 떠올렸다. 난간에 교복을 입은 여자아이들이 나란히 서 있는 모습, 손을 잇고 인간 기차처럼 길게 늘어선 모습이 그려졌다. 바람이 불어 치맛자락이 나부끼는 여자애들이 산뜻하게, 이온 음료 광고처럼 활짝 웃으며 외친다. 박유리! 죽을 만큼 사랑해! 그리고…… 희주는 몸서리를 쳤다. 고개를 저어 생각을 돌렸다.

"이건 가정인데요, 만약 현실에서 그런 일이 있으면요, 그런, 여자애들의 마음을 막을 수 있는 방법이 없을까요."

답이 돌아오지 않아도 상관없는 질문이었다. 의외로 서점 주인은 텅 빈 책을 옆구리에 끼고 계단을 오르며 즉답했다. "성직자가 되면 될 거 같은데요. 머리를 밀고 절에 가든, 신부가 되든 신의 품으로 가면 인간이 빼앗아 오긴 어렵지."

"신의 품으로요."

"음, 그렇죠."

그 순간 서점 주인은 떠올리고 있었다. 요셉. 동경하던 두 학년 위의 선배가 졸업 후 사제의 길을 간다고 했을 때 그와 친구들은 얼마나 안타까워했던가? 한편으론 그 누구도 선배의 유일한 사람이 되지 못함에 안심했다. 선배에게 우리는 언제나 이끌어야 할 어린양으로서 평등할 것이다. 그게 저 아름다운 혜지더라도. 열일곱의 서점 주인은 모은 손에 고개를 파묻은 아름다운 동급생의 어깨를 감싸안았다. 그래. 실컷 울어. 네 뺨에 떨어지는 보석 같은 눈물도 어차피 선배의 앞에선 차가운 돌덩이일 테니. 정말이지, 불공정한 사랑엔 이골이 났다! 내 밭이 말라 죽는다면 네 밭도 말라 죽는 게 좋아. 온 지구가 사막이 되고 사랑의 물 한 방울 떨어지지 않는 것이 낫다고 생각하던 기억에 서점 주인은 웃었다. 그 나이엔 그랬지. 뜨거웠어. 서점 주인은 유리문을 열어 인사했다.

"도움이 좀 되었나요? 잘 가요. 또 모르는 거 있음 물으러 오고."

희주는 고개를 숙이고 서점에서 나왔다. 걸으며 검은 수단에 로만 칼라를 두른 유리를, 푸릇하게 머리를 깎은 모습을 상상했다. 완전히 사랑의 뿌리를 잘라버린다. 그럴싸해도 결코 완전한 답이라곤 할 수 없었다. 유리에게서 평범한 행복을 뺏어버리는 일이 되지 않을까. 아이돌의 길도 마찬가지일지 모르지만……. 희주는 고개를 내저었다. 분명 어딘가엔 잔혹하지 않고, 무섭지 않고, 정확하고 따뜻한 사랑만 받는다는, 얼핏 불가능해 보이는 미션을 성취할 분명한 길이 있을 거다. 아마도.

발걸음이 무거웠다. 집 앞에 도착한 희주는 가방을 주기 위해 유리의 집 벨을 눌렀다. 위에서 이름을 부르는 소리가 들렸다. "잠깐만!" 계단에서 유리가 맨발에 슬리퍼 차림으로 내려왔다. 아주 먼 길을 달려온 사람처럼 얼굴이 연분홍색 홍조로 달아올라 있었다. 그가 소매를 당기며 다짜고짜 외쳤다.

"연락이 왔어."

"응?"

"기획사에서 연락이 왔다고."

"어떻게?" 희주는 어리둥절해서 물었다. 희주가 알기론 아직 유리가 오디션에 응모한 적은 없다. 그래도 기본은 갖추고 도전해야지 싶어 혼자 노래와 춤을 연습하는 단계였다. 그런데 어디서, 어떻게 알고 연락이 왔다는 거지?

"이거 봐." 유리가 휴대전화를 내밀었다. 반쯤 창문이 열린 창가. 일렁이는 커튼 옆으로 무언가를 골똘히 생각하는 듯한 유리의 옆모습이 찍혀 있었다. 처음엔 조금 먼 거리에서 떨어져 있다가, 줌을 당긴 듯 가까워졌다. 그 순간 유리가 고개를 들었고 렌즈와 눈을 마주쳤다. 아주 잠시였고, 아름다웠다. 흔들리는 화면은 검은색으로 바뀌었다.

"나도 받은 거야."

유리가 같은 반 여자애의 이름을 말했다. "몰랐어. 얘가 이런 거 하는지." 유리가 휴대전화를 조작하고 다시 내밀었다. 희주는 놀랐다. SNS 계정 하나에 유리의 사진만 가득했다. 책상에 엎드려 자는 사진, 급식을 먹는 사진, 운동장을 걷는 사진, 체육 시간에 스탠드에 앉아 있는 사진……. 하나 떨어진 벤치에 앉아 있는 블러 처리된 사람은 희주 자신이었다. 팔로워 수가 적지 않았다.

"이걸 보고 기획사에서 오디션을 보지 않겠냐고 연락이 왔대. 그래서 걔가 내 연락처를 알려준 거야."

디엠으로 캐스팅되는 경우가 있다는 걸 모르진 않았다. 다만 오래 친구가 없었기에 SNS를 만들 생각조차 못하고 있었다. 유리는 아직 인터넷에 사진을 올리면 누군가 보고 연락을 할 거라는 정도로 나르시시즘을 기르지 못했고 동시에 노력 없이 얻은 이 얼굴을 언제 잃을지 모른다는 불안이 더해져 의외로 찍은 사진도 많지 않았다.

희주는 여자애가 보냈다는 메시지를 읽었다. 그는 꽤 초창기에 유리에게 고백을 했다 거절당했지만, 그 이후로도 꾸준히 마음을 접지 않고 있다가 어느 순간 팬으로 각성한 듯 보였다.

나는 내가 널 남자로 사랑하는 줄 알았어. 만나고 싶고, 만지고 싶고. 거절당한 뒤에도 그 마음을 버리지 못한 건 인정해. 하지만 렌즈를 통해 너를 바라보게 되고 나 스스로도 내 마음을 오해했다는 걸 알았어. 내가 원한 건 내가 보는 네 모습을 많은 사람들이 보는 거더라. 내가 너를 보는 방식으로, 애정의 방식으로 다른 사람들이 너를 보는 거였어. 네가 모두의 인정을 받고 행복해지는 거. 그게 내 행복이었던 거야. 이번 기회로 네가 멀리멀리 날아갔으면 좋겠다. 멀리서도 널 응원할게. 하지만 나를 잊으면 안 돼. 너의 1호 팬이.

약간의 쓸쓸함을 남기며 여자애의 긴 쪽지는 끝났다.

"어떡하지?" 고개를 들어보니 유리가 빤한 눈으로 보고 있었다. "아직 아무 준비 안 됐는데. 기본 루틴도 잘 못하는데. 뭐라고 답해야 하지?"

희주는 유리의 어깨를 잡았다. "해야지. 당연히." 눈을 맞추고 한 글자 한 글자 또렷하게 말했다. "준비된 사람은 없어. 기회가 온 그때, 그때가 준비된 때인 거야."

유리의 눈이 일렁였다. 겁먹은 눈동자 안쪽에서 불이 환하게 켜졌다. "좋아."

두 사람은 유리의 방에서 1분짜리 노래와 춤 영상을 찍어보냈다. 오디션 생각이 있다고 하니 곧장 전화가 왔다. 희주는 유리의 옆에 서서 그가 엉거주춤한 자세로 전화를 받는 걸 보았다. 예. 예. 그날 가능해요. 가, 감사합니다. 떠듬떠듬 전화를 끊은 유리가 이번 주 금요일 정식으로 오디션을 보러 가게 되었다고 했다. 때마침 개교기념일이라 소문내지 않고도 서울에 다녀올 수 있었다.

"뭐래?"

"그냥. 영상 잘 봤다 그러고. 금요일에 보자고 하고."

"잘한다지?"

"그런 얘기는 안 했는데."

"잘될 거야. 역시 프로는 보는 눈이 있다니까. 내가 말했잖아. 너 센스 있다고."

금요일, 희주는 버스터미널까지 유리를 배웅했다. 창가 좌석에 앉은 유리가 희주를 향해 손을 흔들었다. 희주는 유리를 올려다보며 생각했다. 넌 괜찮아. 반드시 잘될 거야. 그걸 한 번도 의심해본 적은 없어. 그리고 집으로 돌아와 그날은 종일 바깥만 바라봤다. 창문에 바싹 붙어 앉아 익숙한 얼굴이 올려다보기를, 환하게 웃기만을 기다렸다. 시간은 느리게 흘렀다. 그럼에도 어느 순간부터 컴컴해졌고 가로등이 켜지기 시작했다. 초조함에 자리에서 일어나 현관 밖으로 나갈까 생각하던 차에 멀리서 눈에 익은 그림자가 보였다. 희주는 재빨리 집 밖으로 뛰쳐나갔다. 걸어오던 유리가 고개를 들었다.

"잘했어?"

어디서부터 말을 해야 할까. 유리는 망설였다.

혼자만 보는 오디션인 줄 알았는데 약속된 건물 1층 로비에 얼쩡대는 또래들이 보였다. 전부 다섯이었고, 그중 교복을 입은 건 자기 자신뿐이었다. 지정된 시간이 되자 어떤 여자가 경비원이 지키고 선 출입구 안쪽에서 나왔다. 목소리를 들으니 전화 통화를 했던 여자였다. 웃는 얼굴이 친절해 보였다. 그는 쉴 새 없이 말을 걸며 무리들을 지하의 대기실로 안내했다. 복도 맞은편이 오디션장이었다. 볼펜과 종이를 받아 수기로 이력서를 써서 건넸다. 유리의 순번은 마지막. 먼저 들어간 사람들을 기다리는 시간이 아주 길고 지루하게 느껴진 한편, 자기 이름이 호명되었을 때는 의자에서 벌떡 일어날 정도로 놀랐다. 심장이 비대해진 기분. 갈비뼈 안쪽을 오로지 심장만이 꽉 채운 것 같은 두근거림에 때때로 눈앞이 흐리기도 했다. 목 안쪽의 가는 관이 조였고 화장실이 가고 싶었다. 도살장으로 끌려가는 듯 걸었다. 숨을 헉헉댔다. 방 안에는 방금 전의 여자를 포함, 남자 한 명과 빨간불이 들어온 카메라가 있었다. 동아줄이라도 되는 듯 저도 모르게 간절한 눈길로 여자를 보았다. 여자는 긴장한 유리를 풀어주려는 생각인지 농담했다. 뭐라고 했는지…… 솔직히 못 알아들었는데 웃었다. 노래를 하고 춤을 췄다. 어디서 배웠어요? 아니요. 그냥 유튜브 보고……. 그래요? 여자는 혹시 다른 노래는 없냐고 물었다. 혹시 싶어 준비한 발라드곡도 불렀다. 고마워요. 그 정도면 됐어요. 이마를 가린 채로, 드러낸 채로 정면과 옆모습 등을 찍었다. 잘 나오네. 잘 나와. 여자는 두 번 말했다. 결과는 머잖아 알려준다고 했다. 이런 말을 하는 건 우습지만 답을 알 것 같았다. 아, 됐구나. 굳이 말로 하지 않아도 느껴졌다.

두 사람은 골목을 거슬러 올라 개천 방향으로 갔다. 오솔길을 따라 조그만 언덕에 오르자 작은 마을이 내려다보이는 공터가 나왔다. 두 사람은 벤치에 앉았다. 발아래로 조그맣고 별 볼 일 없는 두 사람의 세계가 보였다. 그 끝이 바깥으로 이어져 있다는 게 믿기지 않는 마을. 초라한 마을.

희주도 나름대로 조사해서 알고 있었다. 마지막 오디션을 통과한다면 유리는 더는 이 마을에 머물지 못할 거다. 학교를 그만두고 서울에서 다른 사람들과 부대끼며 지낼 것이다. 연습실에서 종일 땀에 젖어 춤을 출 것이다. 낯선 환경 속에서 끓어오르는 감정들. 불투명한 미래. 그런 것과 맞서 싸워야 할 것이다. 만일 실패한다면 남는 것은 써먹기 어려운 춤과 노래. 중졸이라는 최종 학력뿐이었다. 그러나 괜찮겠냐고, 희주는 묻지 않았다. 결심한 사람에게 할 수 있는 건 등을 떠밀어주는 것뿐이다. 남자라면 누구나 인생에 한 번은 자기를 걸어야 할 때가 있고 둘 다 지금이 그때인 걸 알았다. 그래서 약간은 감상에 젖어 언덕길을 내려왔다. 늘 헤어지는 집 앞에서 마지막인 것처럼 손을 흔들었다.

그렇게 모든 준비를 마쳤음에도 여자에게 연락이 오지 않는 건 어째서일까? 유리는 말없이 기다렸다. 여자가 약속한 3주가 지나고 한 달이 될 때까지, 중간에 낀 연휴를 제외하고 손가락을 꼽으면서 최후의 최후까지 기다렸다. 다른 회사에 넣어보면 되지. 아무것도 묻지 않던 희주가 어느 날 그렇게 말했다. 틀린 말이 아니다. 기회는 도처에 있다. 이번 경험을 도약 삼아 다음에 더 잘하면 된다. 구겨진 마음을 펴는 데 약간의 시간이 필요할 뿐이다. 그런 생각을 하는 동시에 유리는 객관적으로,라는 말로 스스로를 잔인하게 평가했다. 그날 느낀 분위기, 주고받은 눈빛. 그런 건 착각이다. 설령 진짜라고 해도 그건 어른들이 어린애의 희망을 꺾지 않기 위해 친절하게 군 것뿐이다. 그리고 솔직히 생각해봐. 거기 있던 다섯 중 한 명만 뽑는다고 하면, 넌 너 뽑을 거야? 아니지? 그날 같이 있던 네 사람은 이미 연예인처럼 보였다. 평생을 아름다웠던 사람이 가진 자부심을 몸에 두르고 있었다. 미남이 된 지 두 달 정도뿐인 자신이 흉내 내기엔 벅찬 태도다. 그런 걸 심사위원들은 느낀 거다. 그러니까, 괜찮았다. 연습하는 시간을 늘렸다. 말보다 행동으로 보여주기 위해 애썼다.

  유리는 다음 오디션을, 그다음 오디션을 봤다. 1차를 통과하는 건 쉬웠다. 기다렸다는 듯 길어도 이틀을 넘지 않고 연락이 왔다. 다들 어디서 이런 복이 굴러들어 왔냐는 듯 깜짝 놀랐다. 달아오른 미소를 숨기지 않고 당장이라도 서명을 하자고 달라붙는 어른들. 환대. 환대받는 기분. 오히려 거절을 하는 게 어려웠다. 저도 생각해야 하니까요. 설마 이런 큰 회사가 사기를 치겠냐마는 그래도 알 수 없는 일이라는 게 세상일이니까. 그런 말을 대놓고 할 순 없으니, 전염된 흥분을 떨치고 침착하게 답했다. 저는 아직 미성년자잖아요? 그러니까 정말 저를 원하신다면 조금만 기다려주세요. 조금만⋯⋯. 그런데 그렇게 지겹고 끈덕지게 달라붙던 인간들이, 돌아서면 언제 그랬냐는 듯 연락을 주지 않는 거다. 버림받은 기분. 화가 나기보단 황당했다. 원래 다 이런 건가? 어른이 되면 이렇게 남의 마음을 갖고 노는 데 익숙해지나? 아니야. 그렇지 않아. 나한테 문제가 있어서 그래. 그러면 도대체 그 문제라는 것은 뭘까. 내가 뭘 못한 걸까? 남의 눈엔 보이고 내 눈에는 보이지 않는 흠이라는 게 뭘까. 한번 들기 시작한 의심은 주변 모두에게로 번졌다. 눈을 마주치면 나야! 나랑 마주쳤다고 호들갑을 떠는 다른 반 여자아이들, 약간의 거리를 두고 쫓아오는 선배들, 어딜 가나 따라붙는 시선이 무서워졌다. 그들의 관심이 애정이 아닌 조롱 같았다. 싸구려 화가에게 속아 벌거벗은 처녀처럼 스스로가 참을 수 없이 바보처럼 느껴졌다.

그럴 때 솔직하게 말할 수 있는 건 희주뿐이다. 유리는 풀이 죽어 운을 뗐다.

"사거리의 미소년은…… 아이돌이 될 운명은 아닌가 봐."

"왜 그렇게 생각해?"

말은 그렇게 했지만 희주 역시 그가 번번이 최종 오디션에 합격하지 못하는 걸 알고 있었다. 그래도 역시, 유리의 입으로 "맨날 최종에서 떨어지잖아"라는 말을 듣자 마음이 아팠다. 실패는 말하는 인간만큼 듣는 인간도 괴롭게 만든다. 다 알고 있었어. 그래도, 너만은 모르길 바랐는데 너도 알고 있었구나. 그래도 희주는 가슴을 쭉 펴고 한 치의 거짓 없이 말할 수 있다는 걸 기뻐하며 말했다.

"계속했으면 좋겠다. 넌 진짜 잘하거든."

순도 높은 진심은 뱉는 사람도 듣는 사람도 금방 알아채기 마련이다. 그래서 유리는 용기 내었다.

"뭐가 문젠지 잘 모르겠어. 나 춤추는 거 봐줄 수 있어?"

물론 희주는 전문가가 아니다. 그리고 유리는 스스로에 대한 기준이 높았고, 그런 성향이니만큼 백치 백 명의 환호보다 한 사람의 학자의 정확한 비평에 가슴이 떨리는 타입이었다. 그러나 희주는 희주니까. 백치도 학자도 아닌 친구니까 달랐다. 유리는 오디션에서 하는 몇 개의 루틴을 보여줬다. 힙합,

재즈……. 숨을 몰아쉬었다. 무릎에 손을 짚고 땅을 보며 답이 오길 기다렸다.

"존나 잘하는데."

희주는 무슨 말을 더 하지 않았다. 더 할 줄도 몰랐다.

"그냥 봤어. 너무 잘해서. 완전 신기한데? 사람이 이렇게도 움직이는구나."

그 말이 왜 그렇게 의지가 되었을까? 근거도 없는 칭찬이 짜증 난다기보단 안심이 되었다. 그 뒤로 유리는 새로운 동작을 익히면 가장 먼저 희주의 앞에서 선보였다. 희주도 춤을 보는 눈이라는 게 생기고, 춤이 그냥 흥을 표현하는 게 아닌 음악을 눈에 보이게 하는 기술이라는 걸 알게 되었다. 두 사람은 엉터리 코치와 천재 선수가 되었다. 넌 진짜 아이솔레이션 잘 되네. 너도 될걸? 난 못 해. 아냐, 한번 해봐. 장난을 치고 웃다가도 유리는 다시 춤을 췄다. 땀을 흘리면 기분이 좋았고, 그러다 보면 다음이라는 게 있을 것 같았다. 무서운 사랑을 피해 아이돌이 되려던 처음 목표는 잊고 유리는 춤과 노래에 빠졌다. 그렇게 한 해가 끝났다. 새해에도 유리는 춤을 췄고, 그 옆엔 희주가 있었다.

순진한 기대와 희망이 깨진 건 방학이 끝나기 전날이었다. 3월 1일. 간만에 쉬는 엄마와 저녁을 먹고, 내일 먹을 우유를 사 들고 오던 유리는 자기 집 우편함에서 갈색 봉투를 꺼내는 희주를 보았다. 더 볼 것도 없다는 듯 갈기갈기 찢는 희주. 도대체 뭐지?

"뭐 해?"

말을 던지자 희주가 소스라치게 놀랐다. 어쩔 줄 모르는 손. 숨기는 손. 그보다 유리가 빨랐다. 유리는 원숭이처럼 매달렸다. "아무것도 아냐." 가지처럼 팔을 뻗은 희주가 외쳤다.

"뭔데."

"아무것도 아냐. 정말 아무것도 아니라니까."

그리고 바닥에 툭, 떨어진 사진. 반쯤 포기한 희주의 질끈 감은 눈. 유리는 허리를 굽혔다. 가로등 불 아래서 찢긴 사진 조각을 맞췄다. 반지하 층계참에 서 있는 유리. 홑복을 입은 여자가 팔을 쓰다듬게 가만히 두는 유리. 웃는 유리.

그걸 보는 순간 피식 웃음이 났다. 이래서였구나. 이게 기획사에도 갔겠다. 그리고 음, 순식간에 많은 것이, 모든 것이 포기되었다. 말했잖아? 유리는 기가 약하다고. 사람들에게 변명할 마음도 없었다. 한국에는, 커피숍의 수보다 많은 업소가 있고, 그러면 거기서 일하는 사람이 있고, 그중에 누군가는 아이를 낳고, 또 그 아이는 자라서 어떤 꿈을 꾸거나 삶을 도모하는 동안 아이를 낳은 여자는 여전히 일을 하고, 포주가 되어 인센티브를 떼 가고, 외상값을 떼먹히고, 사기도 당하고, 비위를 맞추고, 술을 마시고, 술을 아주아주 많이 마시고, 담배는 끊고, 그리고 남는 시간엔 장을 봐 와서 생색내듯 갓 지은 밥을 자식에게 해먹이고 오늘 학교에서 뭐 했어? 공부 열심히 해라, 전기장판에 누워 있던 아이의 엉덩이를 두들기다가 전깃불 아래서 갑자기 모든 게 수치스러워져 터트리듯 말하려다가 그런데 도저히 어디서부터 시작해야 할지…… 말을 할 방도를 찾지 못해서…… 입을 꾹 다문 채로 니가 날 이해해줬으면 좋겠고, 근데 나처럼 살진 않았으면 좋겠다고 전하는 걸, 어떤 자식들은 무릎을 베고 누워 있는 순간에 알게 된다고. 그래서 배신하지 않겠다고 다짐하는 순간이 온다고 말할 이유가 없었다. 이 지옥에 같이 있더라도.

 유리는 상당히 개운함을 느꼈다. 역시 꿈은 꿈인 채로 두는 게 낫다. 세계는 영원히 건너갈 수 없게 벌어진 채로 있는 게 낫다. 만일 더 늦게 알려졌다면, 엄마가 이런 말을 들었어야 할지 모른다. 요즘은 예전 같지 않잖아요? 좀 놀던 애가 춤 잘 추고, 노래 잘한다고 나도 아이돌이나 해볼까? 그런 게 아니라는 거죠. 재능, 끼, 인성을 포함해서 정말 전방위적으로 본다고 생각하면 돼요. 생활기록부상의 폭력 문제나 이런 건 당연히 안 되고요. 하여튼 최대한 깨끗해야 하고 흠이 있어선 안 되죠. 명문대 가는 것보다 어렵다고 보시면 돼요. 거긴 몇천 명 뽑지만 저희는 짧으면 3년, 길면 5년 텀으로 딱 한 팀 데뷔시키거든요. 계산할 것도 없이 답이 나오죠. 저희만 그런 게 아닙니다. 정말 작은 회사가 아닌 이상에야 다 보죠, 이런 건. 사람으로 하는 사업은 리스크가 크니까요.

 그리고 그 말 아래 숨어 있는 공백. 유리는 누군가의 롤모

델이 될 수 없습니다. 물과 소금, 헤모글로빈. 피는 씻길 수 없습니다. 앉아 있던 자리에 남은 체온처럼 기분 나쁜 미지근함이…… 당신의 피가 저 아이에겐 흐르고 있기 때문에. 한 마리의 정자가 아니라 수백 수천 개의 괴물 머리를 달고 태어난 게 저 아이예요. 지금은 하나의 얼굴로 보여도 언젠간 들통날 일입니다. 모든 눈에서 하나도 빠짐없이 피가 흐를 겁니다.

먼저 운을 뗀 건 희주였다.

"좀 걸을까?"

둘은 좁은 골목의 바깥으로 나갔다. 차 한 대가 간신히 들어오는 골목의 한 블록 바깥으로 나가면 여전히 할로겐등과 네온사인이 빛나는 거리가 있었고 그 거리의 지하와 돼지갈비집 건물 3층의 닫힌 문 안에 여자들이 앉아 있었다. 남자들이 서성인다. 들어갔다 나온다. 식당에선 끓고, 찌고, 볶는 소리가 난다. 연기. 타는 돼지, 내장, 양념. 고춧가루 듬뿍, 보글보글 탕을 끓이고 그걸 허어, 시원하다고 뱃속에 집어넣는 사람들이 있다. 살아 있는 사람들. 살아 있는 움직임들. 먹고, 사고, 싸고. 허어. 시원하다. 우웩. 토사물이 넘치는 거리. 비둘기가 쥐처럼 우글거리는 거리. 쪼아 먹는 거리. 짧은 거리가 끝나고 다시 똥물 같은 천변길이 나왔다. 걷다가 희주가 말했다.

"예전엔 이 물도 깨끗했어. 내가 일곱 살 때까지 엄마랑 여기서 빨래를 했다니까. 향긋한 빨랫비누 냄새가 났어."

그거 다 꿈 아냐?라고 유리는 묻지 않았다. 언젠가는 그랬을 거라는 걸 알았으니까. 누구나 깨끗한 순간이 있다. 그리고 유리는 어느 낮에, 빨래가 돌아가는 동안 잠든 엄마의 곁에서 조용히 들숨과 날숨을 구경하던 걸 떠올렸다. 5~6학년에 걸쳐 같은 반 애한테 끔찍하게 맞았던 일과 졸업식 때 그 애의 엄마와 유리의 엄마가 같은 가게에서 일했었다는 걸 알고 그 애를 조금 덜 미워하게 되었던 것도 떠올렸다.

어느새 두 사람은 조그만 언덕 위로 올라와 있었다. 내려다보는 마을은 미세먼지로 부옜다. 빛들은 전부 희미했다. 가로등 없이도 언덕은 어둡지 않았다. 안개가 반사한 빛으로 옆에 선 사람의 얼굴도 선명하게 보이고, 높게 자란 나무들은 수런수런. 고백하기 좋은 데시벨로 잎을 비볐다. 비밀을 쏟아 날리기 좋은 바람이 불었다. 유리가 입을 열었다.

"왜 사거리의 미소년이 되고 싶다고 했냐고 물었지? 난 그런 소원 빈 적 없어. 나는…… 사랑받고 싶다고 했어. 영원히 꺼지지 않는, 사랑을 받게 해달라고 빌었어. 얼굴을 준 건, 그 사람의 방법이었던 거야."

"어쩐지." 희주의 말에 유리가 고개를 들었다. 무슨 뜻이냐는 눈빛을 보냈다. 말해도 되나. 희주는 망설이다가 답했다.

"실은, 나한텐 니가 사거리의 미소년으로 안 보이거든."

"그럼 뭘로 보이는데?"

"그냥 박유리로 보여. 처음 봤던 박유리 그대로."

"뭐?" 유리의 얼굴이 일그러졌다. 달아오르는 두 뺨을 감쌌다. "존나 쪽팔리네."

"왜?"

"내가 한 짓들 다 병신처럼 보였을 거 아냐."

"그런가? 나한테 넌 그냥 넌데. 처음부터 그냥…… 넌데."

"너는 나한테 관대하네."

"그런가?"

"응." 유리가 한 박자 쉬고 말했다. "고맙다. 친구가 좋긴 좋다."

그 말을 듣고 희주는 웃었다. 생각했다. 있지, 무언가 이상하다고 생각하지 않았어? 같이 마주쳤는데 네 소원만 들어준 거. 실은 사거리의 미소년은 내 소원도 들어줬거든.

나는 단지 너의 앞집에 사는 여자애였을 뿐이었어. 우리는 친구였던 적이 없고 매일 세 걸음 앞서가는 너를 지켜보다가 나는 너를 알고 싶어졌어. 아니, 너랑 사귀고 싶던 게 아냐. 섹스하고 싶었던 게 아냐. 너라는 존재를, 개념을 가장 깊이 알고 싶었어. 너보다 더 깊게 알고 싶었고, 아는 걸로 갖고 싶었다. 그래서 영원한 관찰자로 너의 곁에 있게 해달라고 빈 거야. 그렇게 뭐든지 들어주는 사거리의 미소년이 나를 네 친구로 만들어준 거야. 이렇게 말하면 넌 믿을까?

희주가 중얼거렸다. "내가 여자였으면 우리는 친구가 될 수 없었겠지."

"그게 무슨 말이야?"

"너도 바뀌었으니까 믿겠지. 난 사실 여자였어. 사거리의 미소년이 날 남자로 만들어준 거야."

"진짜야?"

"진짜면 어떡할래?"

유리의 눈동자가 멈췄다. 떨고 있었다. 약간의 침묵 뒤 희주는 웃었다. "잘 속네. 우리 유리."

"미친 새끼가."

희주는 때리는 유리의 손길에 어깨를 웅크렸다. "아아, 아파 아파. 잠깐만. 진짜. 진짜로 말할게."

"……"

"사실 난," 희주가 헛기침을 하고 목소리를 낮게 깔았다. "사이보그 전사야. 미래에서 너를 구하러 온 거야."

유리가 코웃음 쳤다. 희주가 뻔뻔하게 덧붙였다. "진짜야. 터미네이터 몰라?"

"예, 기계 인간님."

"뻥이야. 사실 난 사거리의 미소년이야. 근데 네가 내 얼굴을 가져가는 바람에 희주라고 하는 애의 몸을 잠시 빌린 거야."

"미안하네. 가져가서."

"응. 진짜 나는 외계인이야. 여기서 몇억 광년 떨어진 별에서 지구 침략을 위해 온 건데 지구인들을 죽여야 하는지, 살려야 하는지, 그 가치를 판단하기 위해 떨어진 거야. 그러니까 네 가치를 나한테 증명해봐. 지구인이 살아야 한다는 걸 보여줘."

유리가 맞장구를 쳤다. "어떻게?"

"춤을 춰봐."

"춤이면 돼?"

"응, 그럼. 우리는 문화와 예술을 숭배하는 종족이거든."

유리가 웃었다. 희주는 휴대폰으로 음악을 틀었다. 밤에 산에서 이러면 미친놈 같지 않냐? 그러면서도 유리는 움직이기 시작했다. 그 모습을 희주는 눈으로 담았다. 역시 잘해. 너만큼 잘하는 사람은 없다.

"넌 잘될 거야."

"그래. 고맙다."

"진짜야. 내가 그렇게 되게 할 거거든."

자정이 되면 3월 2일이 된다. 희주는 앞으로도 작년 오늘을 잊지 않을 것이다. 늘 같은 일만 일어나는 거리. 사람들이 우유를 사고 빨래를 하고 눈물을 흘리고 도망치고 싶어 하며 발목을 득득 긁는 이 거리에 유리가 나타났다. 그를 본 순간 희주의 뇌 안으로 설탕물이 스며들었다. 유리가 스며들었다. 희주는 유리에게서 눈을 떼지 않고 생각했다. 크고 작은 고난이 있어도 결과적으로 너는 행복해질 거야. 아름다움의 왕좌에 앉아 영생을 누릴 거야. 내가 널 그렇게 만들 거야. 그걸 위해 나는 신이 되었거든. 너를 알아주지 않는 이 세계 따위는 버리고 새것을 만들어서 너에게 주기 위해서 밖으로 나와 소설을 쓰게 되었거든. 영원히 너의 바깥에. 닿지 못해도 우리가 함께 있다고 믿는 것. 이것이 내 사랑이라고 한다면. ■

바통 08

셋 세고 촛불 불기

1판 1쇄 발행   2025년 6월 23일

지은이 · 김화진 남유하 박연준 서고운 송섬 윤성희 위수정 이희주
펴낸이 · 주연선

(주)은행나무
04035 서울특별시 마포구 양화로11길 54
전화 · 02)3143-0651~3 | 팩스 · 02)3143-0654
신고번호 · 제 1997—000168호(1997. 12. 12)
www.ehbook.co.kr
ehbook@ehbook.co.kr

ISBN 979-11-6737-564-3 (03810)

• 이 책의 판권은 지은이와 은행나무에 있습니다. 이 책 내용의 일부 또는 전부를 재사용하려면 반드시 양측의 서면 동의를 받아야 합니다.

• 잘못된 책은 구입처에서 바꿔드립니다.